講談社文庫

密封

奥右筆秘帳

上田秀人

目次

奥右筆秘帳

密封

◆『密封――奥右筆秘帳』の主要登場人物◆

立花併右衛門《たちばなへいえもん》　奥右筆組頭《おくゆうひつくみがしら》。麻布箪笥町《あざぶたんすまち》に屋敷がある旗本。練達の右筆。

柊《ひいらぎ》 衛悟《えいご》　立花家の隣家の次男。涼天覚清流《りょうてんかくしんりゅう》の大久保《おおくぼ》道場に通う若き剣術遣《つか》い。

瑞紀《みずき》　併右衛門の気丈な一人娘。

大久保典膳《てんぜん》　大久保道場の主。剣禅一如《けんぜんいちにょ》を旨《むね》とする衛悟の師匠。

上田《うえだ》 聖《ちから》　大久保道場の師範代。黒田《くろだ》藩の小荷駄支配役《こにだしはいやく》。衛悟の剣友。

加藤仁左衛門《かとうにざえもん》　併右衛門と同役の奥右筆組頭。

田村一郎兵衛《たむらいちろうひょうえ》　老中太田備中《おおたびっちゅうのかみ》 守資愛《すけよし》の留守居役《るすいやく》。

徳川家斉《とくがわいえなり》　十一代将軍。御三卿一橋《ごさんきょうひとつばし》家の出身。大勢の子をなす。

松平《まつだいら》 越中守定信《えっちゅうのかみさだのぶ》　奥州《おうしゅう》 白河《しらかわ》藩主。老中として寛政《かんせい》の改革を進めたが、政争に敗れ閑職に。

一橋民部卿治済《みんぶきょうはるさだ》　権《ごん》中納言《のちゅうなごん》。家斉の実父。幕政に介入し、敵対した定信を失脚させた。

中根壱岐守《なかねいきのかみ》　将軍側役《そばやく》。

米倉長門守昌賢《よねくらながとのかみまさかた》　譜代大名。体調不良で大番頭《おおばんがしら》を辞したが、復権を願う。

覚蟬《かくぜん》　上野寛永寺《かんえいじ》の俊才だったが酒と女に溺《おぼ》れ、願人《がんにん》坊主に。衛悟の知人。

冥府防人《めいふさきもり》　鬼神流《きじんりゅう》を名乗る居合い抜きの達人。大太刀を腰に差し殺気を放つ。

村垣源内《むらがきげんない》　家斉に仕えるお庭番。根来流《ねごろりゅう》忍術の遣い手。

田沼淡路守意明《たぬまあわじのかみおきあき》　老中筆頭だった田沼主殿頭意次《とのものかみおきつぐ》の孫。大坂城代副役《そえやく》として赴任中に急死。

田沼山城守意知《やましろのかみおきとも》　意明の父。若年寄。十二年前、旗本佐野善左衛門《さのぜんざえもん》に殿中で刺殺された。

第一章　過去の亡霊

一

冷たい床の感触が、柊《ひいらぎ》衛悟《えいご》の意識を呼び戻した。

「うっ……」

したたかに撃たれた頭の痛みがよみがえって、衛悟はうめいた。馬皮に割竹を入れただけの稽古《けいこ》用袋竹刀《しない》とはいえ、脳天に喰《く》らえば意識を奪われる。

まともに額を打たれた衛悟は、目の前が真っ暗になって倒れた。

衛悟が気を失っていたのは、どうやらほんの一瞬ですんだようであった。

「生き返った気分はどうじゃ」

一間（約一・八メートル）ほど離れたところから、大久保《おおくぼ》典膳《てんぜん》が声をかけた。

大久保典膳は、今年で五十歳になる。涼天覚清流《りようてんかくしんりゆう》という無名に近い剣術の道場を開き、数少ない弟子の指導を世すぎとしていた。衛悟は六歳で入門していた。

「よくはありませぬ」

嘔吐《おうと》しそうなほどのめまいを無理矢理抑えて、衛悟は立ちあがった。

「あいかわらず無茶をする。衛悟、おぬしが師範代上田聖《うえだちから》と並ぶ力量を持つとわかっていながら、免許皆伝をやれぬわけがそこにある」

衛悟の対応に不満を見てとった大久保典膳が、きびしい口調に変わった。

「涼天覚清流は、死ねと教えてはおらぬ。儂《わし》は、戦いで生きぬくための技と心を教えておるつもりじゃ」

師の訓辞を聞くために、衛悟は道場の床で膝《ひざ》をそろえた。

「己《おのれ》より上の者へあたるにさいし、必死の覚悟をするはよい。なれど、それは己の心に巣くう怖れを払うためであって、けっして相討ちをめざすものではない。衛悟、この説教を儂は何度すればすむのだ」

「申しわけありませぬ」

あきれた大久保典膳に、衛悟が頭をさげた。

「勝てぬなら逃げよ。そして次のための修行を重ねよ。最後に勝てばいいのだ。いいか、死合《しあい》はな、最後に生きて立っていた者が勝ちなのだ。死後の名声などなんの意味もない。名誉で腹はふくれぬ」

「はい」

衛悟はすなおに首肯《しゅこう》した。

「もう一手参れ」

大久保典膳が、袋竹刀を手にした。

「お願いいたしまする」

勇んで衛悟も、袋竹刀を構えた。

ふたたび、道場に気合いが満ちていった。

幕府奥右筆組頭《おくゆうひつくみがしら》、立花併右衛門《たちばなへいえもん》は、配下からあげられてきた書付《かきつけ》に目を落とした。

奥右筆とは、幕府の施政にかかわるすべての書付を制作保存するのが任であった。老中の任命書から、台所役人から出される炭の購入願いまで、いっさいをあつかった。

「田沼《たぬま》家の家督相続願いか」

「はっ。淡路守《あわじのかみ》どの急死による末期養子《まつご》ではございまするが」

答えたのは、書付を持ってきた隠居家督掛《いんきょかとくかかり》の奥右筆佐藤鐘乃介《さとうかねのすけ》であった。

「赴任地での急死ならば、問題はなかろう」

下村《しもむら》藩初代となった田沼淡路守意明《おきあき》は、幕府の命をうけて大坂城代副役《そえやく》として赴任、直後に急病死していた。

「世継ぎがいなかったのも無理ないか。まだ淡路守どのは、二十四歳とお若いからの」

「織田左近将監《おださこんしょうげん》さまのご息女と婚姻《こんいん》されたのも、つい先年のことでございましたし」

縁組官位補任掛《えんぐみかんいほにん》の奥右筆鵜野玄蔵《うのげんぞう》が、少し離れたところから口をはさんだ。奥右筆に求められるのは、字のうまさだけではなく、かかわった記録をすべて覚えているだけの能力であった。

「晩婚じゃな」

併右衛門がつぶやいた。家と家の結びつきを主眼とする大名の婚姻は早い。ときには三歳での婚約七歳での婚姻もあるのだ。二十歳を過ぎてからの縁は、遅いほうであった。

「はい。先代、当代と上様のご不興を買ったことがございましたので、遠慮していたようでございまする」

佐藤鐘乃介が告げた。

先代とは、老中筆頭として幕政に並ぶもののなかった権力者田沼主殿頭意次《とのものかみおきつぐ》のことである。十代将軍家治《いえはる》の寵愛《ちょうあい》を一身に受け、六百石のお小姓《こしょう》から、五万七千石相良《さがら》藩主までのぼりつめたが、家治から十一代家斉《いえなり》に代が変わるなりその権を奪われ、減禄のうえ隠居させられた。

続いて、交通の要衝相良から奥州下村へ転じられた田沼藩の跡を継いだ意次の孫意明も幕閣に嫌われた。江戸における供行列の態度が悪いと、ほとんど難癖《なんくせ》に近い罪をかぶせられ、登城停止の咎《とが》めを受けた。意明十九歳の冬のことだ。

わずか十日で禁は解かれたが、それでも罪を受けた事実は残る。意明は婚姻などの慶事をしばらく遠慮するしかなかった。

「役目中の死ということもある。相続に異論は出まい」

出された書付に併右衛門は応諾《おうだく》の付箋《ふせん》をつけた。

奥右筆組頭の真の役目はこれであった。

幕府の諸役、大名旗本から執政衆に出される書付は膨大《ぼうだい》な数にのぼる。多忙な老中に一件一件の検分をさせるわけにはいかないので、まず奥右筆組頭が可否の意見をつけるのだ。そのために必要な下調べも任の一つであった。

けっして筆だけで仕える役人ではなかった。

「しばし、お願いしてよろしいかな」

念のために田沼家のことを確認しておく気になった併右衛門は、文机《ふづくえ》を並べている同役の加藤仁左衛門《かとうにざえもん》に離席したいと頼んだ。

「どうぞ」

加藤が首肯した。

奥右筆は二人の組頭と十四人の右筆衆からなった。右筆衆は勝手《かって》掛、仕置《しおき》掛、隠居家督掛など七つに分かれ、それぞれ二名が担当していた。

奥右筆の部屋は、老中の執務する上《かみ》の御用部屋《ごようべや》、若年寄が在する下《しも》の御用部屋と廊下一つ離れただけの場所にある。三十畳ほどの広さがあり、その中央やや廊下側に二階への階段があった。

併右衛門は階段を静かに上がり、二階に設けられた書庫に足を運んだ。

一階より天井が低いだけで同じ広さの書庫は、棚に占領されていた。その棚には隙《すき》間《ま》がないほど書付が積まれている。

「天明《てんめい》四年（一七八四）、天明……」

年ごとにまとめられた過去の書付を、併右衛門はたどっていった。

「あった。田沼山城守意知《やましろのかみおきとも》刃傷《にんじょう》一件お調べ書き。これだけか」

併右衛門は、その薄さに驚いた。

己を殺すだけでなく、家まで潰《つぶ》してしまう刃傷はそう多くはないが、幕府開闢《かいびゃく》以来何度かあった。

有名なものとして、御用部屋前でときの大老堀田筑前守正俊《ほったちくぜんのかみまさとし》が、若年寄稲葉石見守《いなばいわみのかみ》正休《まさやす》に刺殺された一件や、勅使応対当日に松の廊下前で高家《こうけ》吉良上野介《きらこうずけのすけ》義央《よしなか》を浅野《あさの》内匠頭長矩《たくみのかみながのり》が斬りつけたものがある。

それらのお調べ書きが書籍に近い厚さを持つに比して、田沼意知の調べ書きはわずか数枚の紙でしかなかった。

「十二年前といえば、拙者《せっしゃ》はまだ奥右筆にもなっておらなかったな」

書付を読みながら、併右衛門は事件を思いだしていた。

「たしか、刃傷をおこなった旗本佐野善左衛門《さのぜんざえもん》は切腹になり、家はお取《と》り潰《つぶ》しになったはず」

江戸城真の主《あるじ》といっていい老中筆頭の嫡男で、部屋住みの身分ながら若年寄という執政に補され、まちがいなく次の権力者と認識されていた田沼意知が、将軍警護を担当する新番組《しんばんぐみ》の旗本に刺されたのだ。

事後佐野善左衛門は切腹させられていることから見て、けっして乱心などではなく、計画を立ててのものとわかる。

その一件の調査として、あまりに手薄な感じを併右衛門は書付から受けた。事件のようすはくわしく述べられていても、佐野善左衛門への取り調べはほとんどなされてなかった。

「普通なら乱心でことをおさめるはずだが」

乱心となれば本人は処断されても、家は残る。こうしてやるのが、武家の情けとして慣例となっているのに、佐野家はあっさりと潰された。

「ふうむ」

併右衛門はうなった。

奥右筆の意見は、老中たちの考えに大きな影響を及ぼす。このたびの相続にかんして、併右衛門は異議を付帯する気はなかったが、田沼家に相次いだ不幸に怖れのようなものをいだいた。

「調べると申しても、奥右筆に人はない」

町奉行所における同心、老中における伊賀組《いがぐみ》のような存在を奥右筆は持っていなかった。全員が事務に精通していても、探索はまったくの素人なのだ。

「なにか瑕瑾《かきん》があっては、相続に諾を記した拙者の責任となりかねぬ」

併右衛門は、独りごちた。

奥右筆組頭は、役高四百俵、役料二百俵で、御四季施代金《おしきせだいきん》二十四両二分を支給される。身分は、お目見《めみ》え以上布衣《ほい》格であるが、席は勘定吟味役《かんじょうぎんみやく》の下とされ、あまり高いものではない。ただし、余得は群を抜いていた。

大名の家督、縁組みはもとより、役人たちの就任、昇進、離任いっさいに意見を付けることができるのだ。便宜《べんぎ》をはかってもらおうとする者からの付け届けは、それこそ門前市をなすほどあり、その実収入は三千石の旗本を凌駕《りょうが》するほどであった。

幕府開闢《かいびゃく》から二百年近い月日が過ぎ、天下の権は武から金になった。大名旗本を問わず、借金に苦労していない者はないといっていい。そんななか、奥右筆は我が世の春を謳歌《おうか》しているのだ。もちろん、多くの旗本たちが虎視眈々《こしたんたん》とその座を狙っている。

「あと五年、この地位にあれば、孫の代まで安泰だからの」

金と縁を使いきってようやく就《つ》いた奥右筆組頭の地位を、併右衛門は守りたかった。

「ふむ」

併右衛門は沈思した。

幕府役人の一日は、暮れ七つ（午後四時ごろ）の報《しら》せをもって終了する。その日にすますべき所用の残っている者や、宿直番《とのい》に当たっている者などをのぞいて、下城が始まった。

「お先に」

併右衛門は、加藤に挨拶《あいさつ》をして腰をあげた。

「お気になさらず」

加藤に見送られて、奥右筆部屋を出た併右衛門は通い慣れた道を帰った。内桜田門《うちさくらだもん》から外《そと》桜田門へいたる大名小路は、諸役に就いている譜代《ふだい》大名の下城行列で混みあっていた。

「これは、立花さま」

歩いていた併右衛門は、呼び止める声に顔を向けた。

「拙者をお呼びになられたのは、おう、備中《びっちゅうのかみ》守さまの」

併右衛門は、夕日の照りに目を細めながら、相手を確認した。

お仕着せの看板を着た中間《ちゅうげん》を供に、老中太田《おおた》備中守資愛《すけよし》の留守居役《るすいやく》田村《たむら》一郎兵衛《いちろうひょうえ》が立っていた。

留守居役とは、大名と幕府、あるいは大名同士などを繋《つな》ぐ連絡役のことだ。互いのつきあいを密にして、家臣が供することの許されない江戸城中で藩主が無用な軋轢《あつれき》を生まないように注意し、さらに幕府からお手伝い普請《ふしん》という名の苦役を押しつけられないようにするのが任である。

それぞれの利同士かちあうことも多いが、それをうまくこなし、少しでも有利に持っていく。留守居役の腕にかかっているだけに、世慣れていないとなかなかに難しいものだった。

その留守居役に、田村は三十歳になったばかりの若さで抜擢《ばってき》されたほどの切れ者である。老中の懐刀《ふところがたな》と奥右筆組頭は密接に連絡を取りあうあいだがらであり、併右衛門とは顔なじみであった。

「お帰りか」

「いかにも」

二人は旧知のような口調で世間話を始めた。

身分からいえば、いかに老中の家中とはいえ陪臣《ばいしん》に過ぎない田村は、旗本である併右衛門に敬意を表しなければならないが、実際の権となると立場は逆転した。田村の一言で、併右衛門の首はとびかねないのだ。

「田村どのは、どこかへお出かけか」

まもなく下城してくる主君を、待つことなく屋敷とは反対の方向に向かっていた田村に併右衛門が問うた。

「祝いの使者でござる。これより番町《ばんちょう》まで」

「番町……田沼どのか」

併右衛門はすぐに思いあたった。

田沼主殿頭の失脚とともに江戸城曲輪《くるわ》内に与えられていた上屋敷は収公されていた。今、田沼家の上屋敷は番町に移っていた。

「かつてのよしみでござる」

かつて田沼主殿頭が老中であったとき、太田備中守は、田沼山城守と並んで若年寄であった。

「それはごていねいなことでございまするな」

併右衛門は中間の持つ荷物に一瞬目をやった。漆《うるし》塗りの平箱に白絹《しろぎぬ》が三反のせられていた。親戚筋でもない大名の祝いとして妥当なものだ。

「それにしてもお早い。願い書きは本日右筆部屋に上がってきたばかりでございますのに」

「慶事は午前中と申しますが、やはりこういうものは、一刻でも早いほうがよろしいかと存じまして。主から知らせを聞いてすぐに手配をいたしました」

田村が併右衛門の驚きに応えた。

「さて、それでは、これにてご無礼を」

中間をうながして田村が、去っていった。

「老中ともあろうお方が、咎めを受けた家柄の相続を気にする。腑《ふ》に落ちぬ」

田村の背中を見送りながら、併右衛門が首をかしげた。

大名小路の突きあたり、外桜田門を出ると、併右衛門の屋敷がある麻布《あざぶ》箪笥《たんす》町《まち》までは、四半刻《しはんとき》（約三〇分）ほどで着く。

「殿さまのお帰り」

挟《はさ》み箱《ばこ》を肩に、ついてきた中間が大声で報せた。

待っていたかのように、大門が開かれた。

「お帰りなさいませ」

玄関式台に三つ指をついて出迎えたのは、併右衛門の一人娘瑞紀《みずき》であった。五尺

（約一五〇センチメートル）足らずと小柄ながら背筋を凜《りん》と伸ばした瑞紀は、大きな瞳が目立つなかなかの美形である。併右衛門は、亡くなった妻の面影を色濃く残す、一粒種の瑞紀を溺愛《できあい》していた。

「うむ。変わりはなかったか」

腰に差していた太刀を渡しながら、併右衛門がいつもの問いを発した。

「はい。我が家にはなにも」

袖《そで》でくるむようにして、瑞紀が太刀を受けとった。

「我が家にはなにもか。ならば、どこになにがあった」

瑞紀の言葉に、併右衛門は顔をしかめた。

「衛悟どのが、また大きなこぶを額にこしらえておいででございました。それはもう、みごとなこぶ」

そのときのようすを思いだした瑞紀が、微笑《ほほえ》みを浮かべた。

「やくたいもないことをいまだに続けておるのか」

苦い顔で併右衛門が言った。

「棒振りをしている暇があれば、林《はやし》大学頭《だいがくのかみ》さまのもとで学問をいたせばよいものを。優等と折り紙がつけば、どこでも養子先には困らぬであろうに」

旗本の表芸はすでに剣から筆に代わっていた。

「でも衛悟どのは、素読吟味《すどくぎんみ》には一度でとおられておられまする」

父の言いようが気に入らなかった瑞紀は、衛悟をかばった。

「あのような簡単なもの。落ちるほうがどうかしておるわ」

素読吟味とは昌平黌《しょうへいこう》でおこなわれた四書五経の講義の習熟度をみるための試験であった。これに合格しないと、いかに名門の世継ぎでも、家督は許されなかった。

「隣の次男のことはもうよい。それよりも着替える」

いつの間にか日は落ちていた。不機嫌な顔で、併右衛門が足音も荒く廊下を進んだ。

筋目と役柄によって多少の違いはあるが、二百俵から五百俵ほどの旗本に与えられる敷地は三百坪そこそこであった。ほとんどの旗本はそこに二百坪ほどの平屋を建てて屋敷としていた。

立花家も二百五十坪ほどの敷地に、百八十坪ほどの母屋と蔵に厩《うまや》、そして使用人の長屋を配していた。

「夕餉《ゆうげ》の用意をいたせ」

「はい」

書院までついてきた瑞紀に、併右衛門が命じた。

足高《たしだか》によって本禄《ほんろく》以上の収入のある立花家ではあるが、ふだんの生活は質素である。夕餉も一汁二菜と決まっていた。

奥右筆になって併右衛門は、好きだった酒をほとんど飲まなくなった。幕府の機密いっさいと触れる奥右筆に、酒のうえでの失策は許されなかった。

「馳走《ちそう》であった。瑞紀もすませて参れ。儂は少し書きものをせねばならぬ」

併右衛門は、瑞紀に退出を命じた。

「では、食事にさせていただきまする」

商家ではそうでもなくなっていたが、格式のある武家の女は男と食事をともにすることはなかった。瑞紀はこれから台所脇の部屋で一人夕食を摂《と》るのだ。

「……………」

併右衛門はすでに持ち帰った書付へと気を移していた。

二

「一橋《ひとつばし》民部卿《みんぶきよう》がお目通りをと願っておりまする」

小姓番《こしようばん》の言葉に、十一代将軍家斉は苦い顔をした。

「父がか。何用か聞いておるか」

跡継ぎのなかった十代将軍家治の養子として十一代を継いだ家斉は、そのじつ一橋権中納言《ごんのちゆうなごん》兼民部卿治済《はるさだ》の長男であった。

「毛利大膳太夫《もうりだいぜんたゆう》さまをお伴いにございまするが……」

用件を訊《き》いても答えてもらえなかったのか小姓番が、語尾を濁した。

「またぞろ外様《とざま》どもの願いを仲介されるか。父にも困ったものだ」

家斉が大きく嘆息した。

手もとが逼迫《ひつぱく》しているのは、将軍も大名も同じであった。とくに禄高《ろくだか》はあっても江戸から遠い領地の外様大名たちは、参勤交代にばくだいな金額がかかるだけでなく、毎年のように幕府お手伝いの任で大枚の金を吐《は》きださせられていた。三年どころか五年先の年貢までかたにして、金を借り、ようやくしのいでいるのが実情であった。

金のかかるお手伝いの任をはずしてもらうか、小さな規模のものへ変えてもらいたいと願うのは当然であった。

もっともそんな願いを全部きいていては、幕府がなりたたない。一言のもとに拒絶するのが通常であった。

一橋治済は、外様大名と仲がいい。頼まれては息子家斉のもとへ足を運んで来た。さすがに父親を連れてこられてはむげなあつかいもできず、家斉も多少の融通をはかってやることになる。これが悪循環となり、日をおかずに一橋治済は家斉に面会を求めていた。

「父は大名どもから礼金を貰《もら》えるからよいだろうが……」

嫌そうな顔をしても、父に会わないわけにはいかなかった。

「あまりときはとれませぬがと申せ」

家斉は小姓番にとおしてよいと命じた。

奥右筆組頭に休みはなかった。

「遠慮なく、お先に帰られよ」

翌日もいつものように仕事をこなした併右衛門は、同役と配下を帰した後、一人書庫に籠《こ》もった。

「田沼家となれば、どうしても天明四年（一七八四）三月二十四日の刃傷に行きあたるな」

併右衛門が独りごちた。

読んでいたのは、幕府に提出された諸家の系譜であった。寛永《かんえい》諸家系譜や藩翰譜《はんかんふ》のもととなったものであった。幕府からおりを見て大名旗本に提出が命じられ、訂正加筆が重ねられていた。

八代将軍吉宗が紀州から江戸に入ったときに供をし、旗本となった田沼家の系譜は、意行《おきゆき》から意次、意知、意明の三代しかなかった。

「ふうむ」

考えこんでいた併右衛門は、いつのまにか明かり取り窓からさす光が薄くなっていることにようやく気づいた。

「いかぬ。このままでは門が閉まってしまうわ」

あわてて併右衛門は、帰宅の用意に入った。

江戸城の諸門のうち、内曲輪《うちくるわ》と称する大手御門《おおてごもん》、内桜田御門、西丸《にしのまる》大手門の三門と和田倉《わだくら》、外桜田に代表される二の曲輪十五門のうち櫓《やぐら》がある門には門限があった。暮れ六つ（午後六時ごろ）になると閉まるのだ。もっとも門脇の潜《くぐ》りは子《ね》の刻（午前零時ごろ）まで開けられていたが、それまでに帰るのが慣例であった。

背中で外桜田御門がきしむ音を聞きながら、併右衛門は江戸城を出た。

すでに十一月も末に近づき、日の落ちるのは早い。残照もあっという間に消えた。

晦日《みそか》近くで月もなく、星が数多く輝いているとはいえ、その明かりはものの明暗をかろうじてつけるていどでしかなかった。

広大な筑前黒田《くろだ》四十七万三千石の中屋敷の南角を曲がり、麻布谷町《たにまち》の町屋に入ったところで、併右衛門が、中間に命じた。

「幸吉《こうきち》、提灯《ちょうちん》に火を入れよ」

「へい」

中間が従った。

相次ぐ火事に手を焼いた幕府は、武家以外に辻灯籠《つじどうろう》の設置を認めていなかった。

寒風の吹く人気《ひとけ》のなくなった麻布谷町に、薄い提灯の明かりがついたとき、併右衛門と幸吉は、囲まれていた。

「あっ」

人影に気づいた幸吉が、驚きの声をあげた。

「眠っていろ」

人影は、音もなく間合いを詰めて、あっさりと幸吉をあて落とした。幸吉の手から落ちた提灯に蠟燭《ろうそく》の火が移り、一瞬あたりを明るくした。

浮かびあがった人影は、袴《はかま》、小袖《こそで》、羽織を黒でそろえ、さらに黒覆面《くろふくめん》で顔を隠していた。

「何者か」

太刀の柄に手をかけながら、併右衛門が誰何《すいか》した。

剣の心得などほとんどない併右衛門が、抜くまねをしているのは家を救うためであった。世のなかがどのように変わろうとも、旗本は将軍を守ることが表向きの任である。ゆえに、武の心構えが求められていた。どれほど理不尽な暴力であっても、太刀を抜くことなく殺されては家が潰された。太刀の柄に手をかけてさえいれば、禄《ろく》は減らされても家は残る。中間をあざやかに倒して見せた黒覆面の手並みを目の当たりにして、勝負にならないと知った併右衛門の覚悟であった。

「影とでも名のっておこうか」

黒覆面が含み笑いをした。

「名のることもできぬ不審な輩《やから》が、拙者になんの用だ」

炎が消え、あたりに闇が戻ってきた。強気な併右衛門の声に微《かす》かな震えがのった。

「奥右筆組頭立花併右衛門どのだな」

併右衛門の問いに応えず、影が確認した。

「いかにも。ご公儀の役人たる拙者に無法を働くことは、御上に弓引くも同然ぞ。ただちに立ち去るがよい。いまなら表沙汰《おもてざた》にはせぬ」

「たつのは筆だけかと思えば、口もなかなかではないか」

説得する併右衛門を影は嘲笑《ちようしよう》した。

「なっ……」

鼻白んだ併右衛門に、影が一歩近づいた。

影は太刀を抜いてさえいないが、その迫力に併右衛門は思わず半歩さがった。

「お仕事とはいえ、手出しをしてはならぬものがござる。貴殿のすることで迷惑する方々が大勢おられるのだ。天明四年の一件に触れるな」

ささやくような声で影が告げた。

「このたびは警告。次はない」

殺気の籠《こ》もった声で影が加えた。

「…………」

浴びせられた殺気に、併右衛門は固まった。

「では。二度と会うことのないことを、貴殿のために願いますぞ」

闇に溶けるようにして、影は消えたが、しばらく併右衛門は動くことができなかった。

屋敷に帰った併右衛門を迎えた瑞紀は、その消沈ぶりに驚愕《きょうがく》した。

「父上さま、いかがなされましたか」

幼くして母を亡くし、父と二人家族となった瑞紀は、併右衛門の異常さにすぐ気がついた。

「大事ない。夕餉《い》は要らぬ。御用をいたすゆえ、しばらく誰も近づくな。瑞紀、そなたも儂が呼ぶまで来ずともよい」

併右衛門は、そう言うと書斎に籠もった。

「幸吉には、固く口止めをいたしておいたゆえ、漏《も》れることはないと思うが」

活を入れ、意識を取りもどした中間の幸吉に、併右衛門は他言無用ときびしく言いつけておいた。

幕府の機密にかかわる奥右筆組頭に、得体の知れぬ連中が近づいたと噂《うわさ》されてはなにかとややこしいことになる。場合によっては職を辞すことにもなりかねなかった。

着替えもせず、併右衛門は書棚の文箱を開けた。なかから数枚の書付を出した。

書付には、歴代の奥右筆組頭の転任転出が記録されていた。

「ううむ」

書付を確認した併右衛門がうなった。

奥右筆組頭はその権力のわりに身分が低い。留守居《るすい》や町奉行のような、幕府の役人としてあがりではなかった。奥右筆組頭を勤めた後、ほとんどはより将軍に近い御納戸頭《おなんどがしら》や御広敷《おひろしき》用人に転出していく。

だが、併右衛門が息を呑《の》んだのは、出世ではなく、職務中の死亡にであった。

奥右筆組頭は、いままでに併右衛門を入れて十九人が就き、じつにその三分の一にあたる六人が在職中に卒していた。さらに一人が罪を得て役目を追われている。

併右衛門がうなるのも当然であった。もちろん、在職中の死亡すべてが、暗殺されたわけではない。しかし、在任中の死去が多すぎた。

「辞めるわけにはいかぬ」

幕府が武から文に移り、旗本のありようも違ってきた。泰平の世では武功などありえないのだ。かわりに、役目のうえでの功績が手柄になった。つまり、役に就かないかぎり出世できなかった。

しかし、幕府にはすべての旗本に与えるだけの役職はなく、一つの席を何人もの旗本で争うことになる。そのなかでも長崎奉行と奥右筆はその後の出世と在職中の余得の多さで、垂涎《すいぜん》の的であった。

幕府すべての書付は、奥右筆の手を経てからでないと、執政衆のもとへ回らないのだ。奥右筆がへそを曲げ書付を滞《とどこお》らせれば、いつまで経っても願いは達せられないのである。婚姻、相続などの私《わたくし》のことから、役目上必要な公《おおやけ》の用件まで、奥右筆の筆次第となれば、誰もが融通を願って機嫌をとる。老中さえ例外ではなかった。

泰平が続くと人々の生活は派手になり、つれて諸色は高じていく。いっぽうで、先祖代々の禄高が増えない武士の生活は逼迫していった。重代の家宝を売り、来年の俸禄を担保に金を借りしてと、どこの武家もやりくりに必死であった。

併右衛門の家にも借金があった。それが、奥右筆になって三年でなくなり、今や蔵にかなりの金が積まれていた。三代喰えるとまでいわれた長崎奉行ほどではないが、奥右筆も十年やれば死ぬまで裕福な生活がおくれる得難い役目であった。

「命が惜しくば、手をひけか」

併右衛門は悩んだ。田沼家の一件から手を引けば、無事に生きていけるだろうが、一度脅迫に屈した併右衛門を、影が利用しないはずはなかった。

奥右筆を手の者にする利点は、一族から執政を出すにひとしい。影はまちがいなく併右衛門にいろいろと命じてくるだろう。そして、誇りを失った併右衛門はしたがうしかない。

「不正が見つかれば、我が身だけで咎は終わらぬ」

八代将軍吉宗によって、当主の罪が家族にまでおよぶ連座はなくなっていた。しかし、併右衛門の罪は立花家に傷をつける。謹慎や閉門ですめばいいが、減禄から下手をすれば取り潰しになることもありえた。

「そうなれば、娘は、瑞紀はどうなる」

一人娘の瑞紀には婿《むこ》養子の話がいくつか来ていた。新規お召し抱えや分家がされなくなった今、旗本の次男以下にとって婿養子に行くことが、なによりの仕事であった。養子先がなければ、実家で生涯妻を娶《めと》ることもなく、納屋のような部屋で小遣い銭にも苦労して気がねの固まりのような日陰の一生を送ることになる。親としても跡継ぎにそんな厄介叔父《やっかいおじ》を押しつけることはできないので、必死に養子先を探すことになる。

瑞紀が十五歳になったころから、ちらほらと来ていた縁談は、併右衛門が奥右筆組頭になるなり一気に増えた。数が増えただけではなかった。元高五百俵の家に一千石をこえるお歴々から養子の話が持ちこまれるようになったのだ。

八万騎と称される旗本のなかでも、千石をこえる者は数えるほどしかおらず、幕府のなかでも重きをなしている。家柄がよいおかげで、役目に就けば将軍の側近くに仕えることになり、出世の機会も多い。

立花の家として望んでもないほどの良縁だったが、瑞紀は首を縦に振らなかった。

「折れるわけにはいかぬか」

負ければ娘にも不幸が来る。併右衛門は独りごちた。

真剣を抜いたことさえない併右衛門に戦う術《すべ》はなかったが、娘を守る気概はあった。

手を叩《たた》いて、併右衛門は瑞紀を呼んだ。

「なにか御用でございまするか」

障子を開けて部屋に入ってきた瑞紀が、問うた。

「夜分だが、隣家の衛悟を呼んでくれ」

併右衛門が瑞紀に命じた。


旗本の家で次男ほど悲惨な身分はなかった。

その理由は、嫡男に万一のことがあったときの控えとして、家督が譲られるまで実家に留め置かれるからであった。

家督相続が終わるまで、場合によっては嫡男が嫁を娶り男子を産ませるまで、他家へ養子に出されることがないのだ。三男以下は元服するなり養子先探しに入り、多少の釣りあいは無視してでも早くに出すが、次男はお控えさまと呼ばれて、たいせつに残される。

しかし、それも嫡男が家を継ぐまでであった。兄が家督を継ぐなり、次男はいきなり厄介者の地位に突き落とされるのである。

六年前、家督を継いだ長兄が嫁をもらい、子供ができてから、衛悟のあつかいもいきなり悪くなった。

まず、母屋にあった部屋が取りあげられ、台所脇の小部屋に移された。食事も兄と同じであったのが、使用人並《なみ》になり、月ごとに与えられていた小遣《こづか》いが半分に減り、毎日のように養子先を探せとせっつかれる羽目になった。

二百石、かろうじてお目見えのできる旗本とは名ばかりの貧乏な柊家に、持参金をつけて条件のいい養家に出すだけの余裕はなかった。先に家を出た三男、四男も百俵そこそこの御家人へ養子にやられていた。

「いつまで剣術に耽溺《たんでき》しているつもりだ」

毎日のように、兄からそう言われても、衛悟に返す言葉はない。

今日も、養子先をあっせんしてもらうとの理由で実家を出た衛悟は、剣道場から戻るなり呼びつけられた。

「衛悟、どうであった」

兄賢悟《けんご》が、百日同様の問いを発した。

賢悟は評定所与力《ひょうじょうしょよりき》として、昨年からお役に就いていた。剣よりも学を好み、筆頭にはなれなかったが、昌平黌でめだつだけの評判を残した。お陰で柊家は、代々続いていた無役から抜け出すことができた。

「申しわけありませぬ」

訊くまでもあるまいにと思いながら、衛悟は頭をさげた。

「本気で探しておるのか。儂も伝手《つて》を頼ってはおるが、今どき、なかなかに婿養子はもちろん、養子の口はない。あっても奪いあいじゃ。このままでは、そなた厄介叔父として生涯を台所脇の納戸で過ごすことになるぞ」

「はあ」

衛悟は首をすくめた。

「いくつになった」

「二十四歳になりまする」

衛悟と賢悟は十歳離れていた。すでに兄には二人の子供がいた。

「二十四ともなれば妻を娶り、子もなしているのがあたりまえじゃ。三男の教悟《きょうご》はすでに養子に行って六年、養家の娘との間に子を三人もなしておる。四男の悌悟《ていご》も二つ歳上の妻と睦まじいと聞く」

「…………」

同じ説教の繰り返しであった。衛悟は次に兄がなにを言うかさえ覚えていた。

「人は子をもうけて、武士は家を継いで一人前である」

「はあ」

聞き慣れた話に、衛悟は生返事をするしかなかった。

「こうなれば、武士の身分に固執するのも止めねばならぬ。百姓あるいは商家でもよいとせねばなるまい」

「えっ」

いつもと違った、意外な展開に衛悟は、驚いた。

「幸枝《ゆきえ》」

賢悟が、後ろに控えていた妻に目配せをした。

「はい」

幸枝が一膝前に出た。幸枝は百八十俵取りの旗本川口《かわぐち》家から六年前に嫁してきた。

実家は将軍の食事をつかさどる御賄頭《おまかないがしら》を勤めており、江戸城出入りの商人からの貰《もら》いものが多く、かなり裕福であった。

「衛悟さん。これはわたくしの実家の父が、話を持ってきてくれたものでございます」

説明を始めた幸枝が、折りたたんだ紙を拡げた。

「日本橋の漆器《しっき》問屋《どんや》山形屋《やまがたや》が、娘の婿を探しておるとのこと。山形屋は大奥のお出入りで、なかなかの格式を持っておりまする。先祖は上杉家の家中だったとも言いまする。お相手は二人姉妹のどちらでもけっこうとのこと。長女が初《はつ》十九歳、次女が珠《たま》十六歳。二人とも漆小町と賞されるほどだとか」

幸枝が、衛悟に笑いかけた。

「はあ。ですが、わたくしは商いのことなどなにも知りませぬ」

素読吟味も合格しなければいけないからすませたていどで、生活のほとんどを剣に費やしてきた衛悟である。商いどころかそろばんに触れたことさえなかった。

「ご心配にはおよびませんよ。商売のことはいっさい子飼いの番頭がするそうですから。衛悟さんは、なにもしなくてよろしいの」

衛悟の懸念を、あっさり幸枝は振った。

「で、さっそくですが、吉縁は急ぎませんと。山形屋ほどの身代となりますと、いろいろ有象無象が群がって参りますから。いかに三河《みかわ》以来の名門柊家とはいえ、油断はできませぬ。衛悟さん、さっそくですが明日にでも……」

「それはまた急な」

衛悟は驚きの声をあげた。

「悠長なことを申すな。そのようなありさまだからこそ、いまだに行き先が決まらぬのだ。衛悟、これは命令ぞ。明日、日本橋の……」

賢悟の意見は、廊下からかけられた瑞紀の声にさえぎられた。

「ごめんくださいませ。夜分にご無礼とは存じますが、衛悟さまはいらっしゃいますか」

「これは、瑞紀どの」

話から逃げるように、衛悟は急いで障子を開けた。

薄明かりの庭に、瑞紀が一人で立っていた。

柊家と立花家の間は生け垣によって仕切られていたが、一ヵ所だけ隙間《すきま》があった。

かつて衛悟や瑞紀が子供だったころ、そこを通って互いの家に出入りしていた。娘になってからはしなくなっていたが、数年ぶりに瑞紀は隙間をくぐってきたのであった。

「お怪我《けが》はいかがでございますか、衛悟さま」

子供のころのように、いたずらっぽく微笑んだ瑞紀へ屋敷の明かりがあたってい
た。衛悟は、その美しさに一瞬息を呑んだ。

「これは立花どのの娘御」

急いで賢悟も顔を出した。

奥右筆組頭の影響力は大きい。併右衛門が目のなかに入れても痛くないほどかわい
がっている一人娘の機嫌をそこねることは、得策ではなかった。

賢悟は、常識にはずれた瑞紀の行動を不問に付した。

「このような刻限に失礼をいたします。父が衛悟さまにお出ましを願いたいと申して
おります」

小腰をかがめて瑞紀が告げた。

「立花さまが、衛悟にでござるか」

賢悟が驚いた。

屋敷が隣という関係から代々交流はあるが、今や柊家と立花家では格が違ってい
る。部屋住みにすぎない衛悟に、併右衛門から呼びだしがかかるなど考えられなかった。

「はい」

ただ瑞紀は首肯した。

「承知つかまつった。衛悟、話はまた明日じゃ。急ぎ立花さまのもとへ参れ」

小普請《こぶしん》から役人に這《は》いあがっただけのことはある。賢悟は内容を訊いてはいけない用件だと悟り、衛悟をうながした。

「わかりました。瑞紀どの。ご案内を願いまする」

そのまま庭下駄《にわげた》をつっかけて、衛悟は瑞紀の隣に進んだ。

「では、失礼をいたしました」

賢悟たちに優雅な礼をして、瑞紀が先に立った。

生け垣の隙間を潜り、立花家の敷地に入ったところで、瑞紀が足を止めた。

「衛悟さま。なにか兄君さまとお話になっておられたようでございますね」

「たいしたことではござらぬ」

「わたくしには聞かせられないことでございますか」

「いや、商家に養子にいかぬかと」

からむ瑞紀に、衛悟は折れた。

「まあ、次男とはいえ、三河以来の名門を商家に」

瑞紀が目を大きくした。

「いたしかたありませぬ。武家の行き口がないのでござる」

「そのようなことはございませぬ。衛悟さまならきっとあるはずでございます」

「ご紹介願えぬか」

「いやでございまする」

怒ったような口調で、瑞紀が告げた。

「父が待っております」

すたすたと瑞紀が歩きだした。

「遅かったな」

書院では併右衛門が待ちくたびれていた。

「衛悟さまがのんびりなされておられますゆえ」

瑞紀が、横を向いた。

「まあよいわ。瑞紀、席をはずしなさい」

「なぜでございますか」

「御用じゃ」

娘の反発を、併右衛門が珍しく叱《しか》った。

「衛悟よ」

娘が出ていくのを待って確認して、併右衛門は声をかけた。

「はい」

姿勢を正して、衛悟が応えた。

衛悟は格式ばった併右衛門が苦手である。瑞紀と意識することなく遊んでいた子供のころから、すぐに怒る併右衛門は衛悟にとってなにより怖い存在であった。

「剣の修行はどうじゃ」

併右衛門の口から出たのは、衛悟にとってもっとも意外な言葉であった。武ではなく文で将軍家に仕えていることを誇りとしている併右衛門は、ずっと剣は不要だと断じてきたのである。衛悟もことあるごとに、竹刀を握る暇があれば本を読めと忠告されてきた。その併右衛門が衛悟に剣の腕を問うたのであった。

「なんとか、続けておりまする」

「そうか。衛悟」

真摯《しんし》な顔で併右衛門が呼んだ。

「儂の身を護《まも》ってくれぬか」

「どういうことでございましょうや」

頼まれた衛悟は、驚きを隠せなかった。

「下城の途中、暴漢に襲われたのだ」

真相を隠して併右衛門が告げた。

「それは……ご無事でございまするか」

見えないところに怪我でもしているのではないかと、衛悟は問うた。

「大事ない」

「御上へのお届けを」

そう言った衛悟を、併右衛門が止めた。

「それはできぬ。要らぬ腹を探られることになりかねぬでな」

旗本にかかわる事件は、目付《めつけ》が管轄《かんかつ》する。秋霜烈日《しゅうそうれつじつ》とおそれられる目付の調べはきびしく、一度目をつけられれば、それこそ何代にもわたってさかのぼることさえした。身に覚えのない祖父や曾祖父の失策で、お役御免《ごめん》になったり、家を潰されたりすることもあるのだ。

「だから、きさまに頼んでおるのだ。もちろん、無償でなどと虫のよいことは申さぬ。どうだ、月に二分やろう。そのうえ、養子の口を探してやろうではないか」

二分は一両の半分、銭にして二千文になる。月三百文の小遣いしかない衛悟にとって、併右衛門の申し出は、喉《のど》から手が出るほど欲しいものであった。

「明日から頼む。登城の供は不要。さすがに役人大名がぞろぞろと出歩く五つ（午前八時ごろ）は大丈夫だろうからの。毎日、暮れ七つ（午後四時ごろ）に外桜田門まで迎えに来てくれればいい」

「承知いたしましてございまする」

二つ返事で衛悟は引き受けた。

帰宅した衛悟から話を聞いた賢悟は、たちまちにして相好を崩した。

「しっかりと勤めよ。奥右筆組頭さまがお引き受けくださったのなら、衛悟にはもったいないような縁談が来ることだろう。よいか、決して立花さまの機嫌をそこねるでないぞ」

「はあ」

兄賢悟の期待が重く身にまとわりつくのを、衛悟は感じていた。

同じころ、太田備中守の上屋敷で、田村一郎兵衛が一人の侍と対峙《たいじ》していた。

「どうだ」

「おとなしくなるかと思われまする」

答えた侍の声は、あの影と同じであった。

「そうか。だが、監視をおこたるな」

「お言葉でございまするが、文字を書くしか能のない連中をなぜそこまでおそれられますので」

慎重な田村に影が問うた。

「奥右筆に配下はおらぬが、幕政のすべてを見ることができる。そして奥右筆の筆が入らねば、たとえ上様の御命といえども、実行されることはない」

「それほどの権を有しておりますのか」

影が驚愕《きようがく》した。

「うむ。身分はそれほど重くはないが、若年寄さえ立ち入ることのできぬ上《かみ》の御用部屋に出入り勝手であり、老中方と密談することもかなう。油断は身を滅ぼすことにもなりかねぬでな」

「おまかせくださりませ」

田村の依頼に、影が頭をさげた。

「真剣に震えるしかできなかった文弱の輩、おそらく二度とあの一件には口出ししてこぬと考えまする」

「甘いぞ。あの立花併右衛門、小普請から御広敷番、奥右筆、そして組頭とあがってきた練達《れんだつ》の役人。折れてくれればよいが、そうでなければ手強《てごわ》いぞ」

影の驕《おご》りを田村がいさめた。

「……ならば、排除するのみでござる。死人はなにもできず、なにも言えませぬ」

田村の危惧《きぐ》を、影が一蹴した。

「たしかにそのとおりだが、あまりめだつまねはしたくないのだ。奥右筆組頭の横死は、衆目を集めることになる」

「ご心配あるな。やりようはいくらでもござる」

影が田村に安心しろと言った。

「頼むぞ。金は要るだけ申せ」

「かたじけのうございまする」

ゆっくりと影が平伏した。

三

翌日、衛悟は昼過ぎに家を出た。

併右衛門に命じられた仕事は、外桜田門から麻布箪笥町までの往復、待ちを入れて一刻（約二時間）もかからないが、敵がいるとなれば待ち合わせの場所は当然、途上の道も下見しておく必要があった。待ち伏せのしやすい場所、人目につかないところなどがあらかじめ頭に入っているかどうかは、勝負を大きく左右する。

いつもよりゆっくりと歩きながら、衛悟は周囲にさりげなく目を配った。外桜田門からそれほど離れていない麻布は武家屋敷のなかに寺社と町家が点在している。江戸が城下町として発展していく当初から開発されただけに、道も狭く曲がりくねり、かなり入りくんでいた。

「あらためて見ると、隠れる場所と逃げこむ路地には不足していないな」

独り言をつぶやきながら、衛悟は路地の奥まで記憶に叩きこんでいった。

いまだ袋竹刀を軟弱として嫌う流派があるなか、早くから採用した涼天覚清流は、実戦に即した教えを旨《むね》としていた。もちろん剣の技もそうだが、修行のうちには地の利刻の利の読み方もふくまれている。衛悟は、おのれが襲う側にまわったとして、どこが最適な場所かを考えてみた。

「もっともよいのは先夜立花さまに脅《おど》しをかけた黒田家を離れ、麻布谷町の路地に入ったところだが……同じ場所は使うまい」

併右衛門から聞かされた影たちの行動から、衛悟はかなりの手練《てだ》れだと見ていた。不審なまでにあたりをうかがっていた衛悟に、声がかけられた。

「柊氏《うじ》ではないか」

「覚蟬《かくぜん》どの」

振り向いた衛悟は、顔見知りの僧侶の姿を見つけた。

「めずらしいところでお目にかかる」

「なに知人のもとへ無心に行った帰りじゃ。でなければこんな町屋のない稼ぎの悪いところにくるものかいな」

歯のない口を開けて、覚蟬が笑った。

墨衣を身にまとった初老の覚蟬は一見悟りを開いた僧侶に見える。だが、そのじつは破門僧であった。

覚蟬は、家柄もよく、上野《うえの》寛永寺《かんえいじ》において、学僧三千の頭と讃《たた》えられたほどの知恵者であった。門跡《もんぜき》寺院である寛永寺の門首になることはできなくとも、いずれは名のある寺院の住職となり、あっぱれ名僧と称されるはずであった。

その覚蟬が、願人《がんにん》坊主同様の格好で江戸の町を徘徊《はいかい》して歩くには理由があった。

「葷酒《くんしゅ》山門に入るを許さず」と禅宗の戒律にあるように、仏門に帰依《きえ》した者は酒と女に触れることは禁忌である。覚蟬はそれを破った。あまりに道を求めすぎたのだ。知識東叡山《とうえいざん》一とうたわれた学僧は、己に知らぬことがあることを許せなかった。

「女も酒も知らずして、なんの道を説けようか。煩悩《ぼんのう》を理解してこその悟りぞ」

不惑をこえて、覚蟬は酒を飲み、女を抱き、そしてはまった。

「男が女を求めるは、摂理なり。男が女を抱かずば、釈迦《しやか》も生まれなかったではないか。また、人が酒を飲むは極楽浄土を夢見んがため。仏につくす身とはいえ、かほどのものを捨ててなんの悟りぞ」

不行跡を咎められたとき、覚蟬はそううそぶいた。

その才を惜しみ、反省としばしの謹慎あるいは降格でことを納めてやろうとした師僧の思いやりを覚蟬は捨てた。

こうして覚蟬は寛永寺を追放され、裏長屋に住みながら、わずかな銭で供養や祈禱《きとう》をおこなう願人坊主になった。

覚蟬と衛悟の出会いは、深川《ふかがわ》大橋をこえたところにある団子屋律儀《りちぎ》であった。

衛悟は酒が飲めなかった。というより、飲めるほどの金を持っていない。

稽古帰り、小腹が空いても酒と飯のできる身分ではない衛悟は、月々に渡される少ない小遣いのなかから、腹のたしになるものを考えて、律儀屋の団子を選んだ。

どこにでもある串団子のために、わざわざ深川まで行く理由は、律儀屋の団子は五個で四文だからであった。

当初、江戸の団子はどこも一串に五つの団子がついて五文だった。それが明和《めいわ》五年（一七六八）に四文銭の通用とともに変わった。

客が団子の代金として四文銭一枚を置いてすますようになったのである。困った多くの団子屋は、儲《もう》けの確保とばかりに一串にささっていた団子の数を四つに減らした。

だが、なかには五個のままを貫いた店もあった。

律儀屋はそんな一軒であった。もともとは別の屋号であったのだが、団子の数を減らさなかったことを賞した庶民たちによって、律儀な団子屋と呼ばれるようになり、そのまま定着したのだ。

たった一個の差であるが、二串、三串と食べる衛悟には大きい。衛悟が、道場の帰りに遠回りしてでもかよったのはそこにあった。覚蟬も同じ理由で律儀屋をひいきにしていた。

そして律儀屋で何度か顔をあわすうちに、衛悟と覚蟬は話をするようになっていった。

「拙僧のことはともかくとしてじゃ。柊氏こそみょうなことをなさってるのではないかの。なにやらあたりをうかがっておられるようじゃが。ひょっとして盗賊に養子にでも入られたか」

しっかりと覚蟬は、衛悟のようすを見ていた。

「物騒なことを」

思わず衛悟は、周囲を気にした。麻布は実家に近い。顔見知りに今の言葉を聞かれれば、それこそ兄の逆鱗《げきりん》に触れかねなかった。

「冗談、冗談でござるよ。で、なにをなさっておいでかの」

覚蟬は、聞き出すまであきらめそうになかった。

「じつは……」

しかたなく衛悟は、襲撃があったことは伏せ、併右衛門の警護を頼まれたと語った。

「なるほど」

聞き終えた覚蟬は、ゆっくりとうなずいた。

「万一に備えてとの理由はわかりましたがな。ちと柊氏の目つきが剣呑《けんのん》すぎませぬかの。いやいや、拙僧の気のせいだとは思いますが」

裏に何かがあると覚蟬は見抜いていた。

「まあけっこうでござろう。常在戦場。これこそまさにお旗本衆のお心得でございましょうでな。昨今のお侍は、経を忘れた坊主同然、刀の抜き方もご存じない御仁ばかり。さすがは柊氏。お気構え、拙僧感嘆いたしました」

大仰《おおぎょう》に覚蟬が、衛悟を褒《ほ》めた。

「いやいや、お仕事のお手を止め申したな。どうぞ、しっかりとなされや。この世は、何があるかはわからぬが常。一寸先は闇でござる」

呵々大笑《かかたいしょう》すると、覚蟬は足早に去っていった。

覚蟬に翻弄《ほんろう》された衛悟は、疲れを感じながら外桜田門へと向かった。

外桜田門は、堀を渡って右に曲がったところにあった。二の曲輪御門の一つであり、当番となっている大名が家臣を出して警衛している。梁《はり》行き四間二尺（約七・八メートル）、桁《けた》行き二十間（約三六メートル）あり、三間槍を手にした馬上武者がゆうゆうと通ることができた。

衛悟は、外桜田門を潜ったところで併右衛門を待つことにした。

しばらくして下城時刻を報せる太鼓が、衛悟の耳に届いた。すぐに外桜田門は人通りであふれた。役目を果たして帰宅する役人、大名小路の屋敷へ出入りしている物売り、曲輪内の上屋敷へ帰邸する藩士たちが、あわせたように集まってくる。

衛悟は緊張しながら、人の流れを注視した。

しかし、いっとき増えた人の行き来もわずかで少なくなった。一刻（約二時間）近く経ったころようやく併右衛門が供を連れて現れた。

「待たせたな」

「いえ」

軽く詫《わ》びる併右衛門に、衛悟は首を振った。身近で見て来た衛悟は、奥右筆組頭の多忙をよくわかっていた。

「では、頼むぞ」

併右衛門が先に立った。衛悟はその三間（約五・四メートル）ほど後にしたがった。裃《かみしも》姿の併右衛門に比して、動きやすいようにと細かい縞の小袖《こそで》に小倉袴《こくらばかま》の衛悟では、あまりに装いが違いすぎて、一緒に歩くわけにはいかなかった。

小柄な併右衛門だが、せかせかと足をこまめに出して、思わぬ疾《はや》さで進んでいく。衛悟は大股で離されないようにとついていった。

初日はなにごともなく終わった。

二日、三日と平穏に過ぎ、衛悟の送り迎えも十日を数えた。

「よろしかろう」

奥右筆組頭が認めた書付は、老中たちも問題とすることはあまりなかった。回されてきた書付の不備を点検した併右衛門は、それを御殿坊主《ごてんぼうず》に手渡した。

「お預かりいたしました」

奥右筆部屋の片隅に控えている御殿坊主が、併右衛門から受け取った書付を捧げ持つようにしていた葵《あおい》の紋が入れられた漆塗《うるしぬ》りの箱に納めた。

こうやってまとめた書きつけを、御殿坊主が御用部屋へと運ぶのだ。

十年一日のごとく同じ仕事をこなす併右衛門のもとへ、東叡山寛永寺から出された願い書きが回ってきた。

「勘定衆《かんじょうしゅう》　伺方《うかがいかた》をつうじての願いか」

併右衛門が書付に目を落とした。

幕府の金いっさいをとりあつかう勘定衆は、いくつかに分かれていた。天領からの年貢を管轄《かんかつ》する取箇方《とりこがた》を筆頭に、幕府の経費を取りしきった御殿詰《ごてんづめ》、諸街道の整備取り締まりを任とした道中方《どうちゅうかた》などがあった。

そのなかで伺方は、将軍家にかかわる寺社のことや運上などをあつかっている。将軍家の菩提所である東叡山寛永寺、三縁山増上寺《さんえんざんぞうじょうじ》の両寺も伺方の範疇《はんちゅう》に入った。

「孝恭院《こうきょういん》殿のご年忌にともなう墓地改装の費用負担願いか」

「孝恭院さまが、お亡くなりになられて、もう何年になりますか」

同役の加藤仁左衛門が、声をかけてきた。

「安永《あんえい》八年（一七七九）のことだったかと。もう十七年前になりますか」

「もうそんなに。あのときは大騒動になりましたが」

思い出すように加藤が言った。

孝恭院とは十代将軍家治の世継ぎ家基《いえもと》のことである。家治の血を引くただ一人の息子として西の丸に住んでいた。江戸城からほとんど出ることのなかった父家治と違って、鷹狩りや巻き狩りを好み、また学問も修めた名君となるべき素質にすぐれた人物であった。

中興の祖と讃えられた八代将軍吉宗《よしむね》から代を重ね、ふたたびゆるみ始めた幕政をただし、権威を取り戻してくれるだろうと期待された家基だったが、若くして亡くなった。

品川《しながわ》まで狩りに出かけた帰り、立ち寄った寺で湯茶の接待を受けた後、家基が腹痛を訴えた。急ぎ江戸城へ戻り、典医の治療を受けたが、そのかいなく死去した。十八歳と若すぎる死であった。

「それ以降、家治さまはお元気をなくされ、政《まつりごと》いっさいを田沼主殿頭どのにお任せきりになされるようになられた。やはり子に先立たれるのはつらいのでございましょうな」

しみじみと加藤が語った。併右衛門とほとんど歳の変わらない加藤には、三十歳になる長男と二十五歳の次男がいた。長男はすでに妻帯し、子もいるが、父加藤が隠居しないので、部屋住みのままである。次男は三年前に、親戚筋の旗本へ養子に行っていた。

「親として、これほどつらいことはございますまい」

同意しながら、併右衛門は加藤の口から出た田沼主殿頭意次の名前に引っかかった。

「うぬ。これでは御老中に回せぬではないか」

目をとおしていた併右衛門がうなった。

「工事の日数見積もりがついておらぬ。勘定方めなにをやっておるのか」

費用などに漏れはなかったが、いつから工事を開始し終了するかが抜けていた。

「日程の報告が寛永寺から参らなかったのではございませぬか。金の支払いは遅れがちになるもの、話だけでもつけておきたかったのでは」

加藤が、珍しいことではないと言った。

「将軍家菩提寺のことと気を回したのでござろうが、このまま出しては奥右筆の任にそむきまする」

「お坊主どの」

併右衛門が、御殿坊主を呼んだ。

「戻してくれるように」

書付を併右衛門は勘定方へ返すようにと渡した。

「はい」

すなおに首肯した御殿坊主の顔に一瞬苦いものが浮かんだ。

奥右筆は書付いっさいの専門職である。毎日百をこえる願い書きに目をとおし、必要な書付を作るだけに、見逃しや失敗はまずなかった。併右衛門の行動は当然のものであったが、書類を突き返す役目は御殿坊主の仕事なのだ。

「それぐらいよいではないか」

不備を指摘された者は、かならずといっていいほど御殿坊主にあたる。

誰も奥右筆組頭に文句を言えないのだ。

「頼んだぞ」

不満そうな御殿坊主に気づいてはいたが、併右衛門は押しつけた。

四

襲われて以来、併右衛門はなるべく仕事を早くあがることにしていた。しかし、今日は暮れ七つ（午後四時ごろ）近くになって、急に細かい書付が集中し、下城時刻が暮れ六つ（午後六時ごろ）をこえた。

「遅くなった」

大手門前の広場に控えている家士たちも、まばらになっていた。

併右衛門は、待っていた家士と中間を引き連れて帰宅の途についた。

すでに日は落ち、あたりは辻灯籠《つじどうろう》の明かりだけになっていた。衛悟は出てくる人のいなくなった外桜田門をうかがうように首を伸ばした。

「腹が空いたな」

いつもより一刻（約二時間）以上も経《た》っているのだ、普段ならすでに家で夕餉にありついているころあいであった。

待ちくたびれた衛悟の目に、橘《たちばな》の紋が入った提灯が見えた。

「ようやくお出でか」

併右衛門一行を先行させ、衛悟はゆっくりと後についた。

武家の門限、暮れ六つ（午後六時ごろ）をすぎた麻布に人影は少なく、もっとも大きな黒田家の中屋敷も大門を閉じ、静まりかえっていた。

「ちと間を詰めておくか」

黒田家の塀沿《へいぞ》いから、麻布箪笥町への小路に近づいて、衛悟は足に力を入れた。いつの間にか、併右衛門との距離は八間（約一四・四メートル）に開いていた。

衛悟が危惧《きぐ》した路地をこえて、ほっと息を抜いた瞬間、併右衛門前方の闇が、膨《ふく》らんだように見えた。

「ちっ」

殺気を感じた衛悟が、太刀を鞘走《さやばし》らせながら駆けた。

辻灯籠の光が届かぬ陰から、姿を現したのは侍の一団であった。四人の侍が併右衛門の行く手を塞《ふさ》いだ。

「奥右筆組頭立花併右衛門だな」

最後尾の頭領らしい侍が、併右衛門に告げた。

「死んでもらおう」

返事を聞かず、頭領が太刀を抜いた配下に合図した。

「かかれ」

先頭にいた侍が、中間めがけて斬りかかった。

身を守ろうと中間が手にしていた提灯を突きだした。

「うわっ」

柄が二つにされ、地に落ちた提灯が燃えあがった。火が大きくなり、周囲を照らした。ふたたび振りあげられた侍の刃が、白く輝いた。

「待て」

衛悟が叫んだ。

「邪魔するな。おい」

頭領が衛悟に言い、右手にいた配下に顎《あご》を振って命じた。

首肯した配下の侍が、抑えに出てくるのを、衛悟は待たなかった。すでに白刃を抜いているのだ。命のやりとりの合意はすんでいた。

駆け寄った勢いを右手にぶら下げた太刀へと送った。すくうようにあがった太刀は、出てきた侍の下腹を裂いてあがった。

破れた小袖《こそで》の隙間から、夜目にも青白い臓腑《ぞうふ》があふれ、垂れさがった。

「ぎゃっ」

腹をやられても、人はすぐに死なないが、助からなかった。

「出るな、出るな」

斬られた侍が、腹を押さえた。手にしていた太刀が音を立てて落ちた。

「津野田《つのだ》」

別の侍が、叫んだ。

「馬鹿、名前を出すな」

頭領が怒鳴《どな》った。

「やむを得ぬ。こやつを先に始末しろ」

命じられた配下たちが、中間や家士に向けていた切っ先を衛悟に変えた。

「りゃ、りゃあ」

衛悟の右手にいた配下が、小刻みに足を前後に動かして、幻惑をかけてきた。

斬りあげた太刀で天を指していた衛悟は、まどわされることなく呼吸を整えた。

衛悟の学んだ涼天覚清流は、その字のごとく、晴れわたる空のように心を澄ませ、ただ一心、まっすぐに斬り落とす上段の太刀に極意を求めていた。

「りゃあ、りゃあ」

間合いを細かく変えていた敵が、大きく前に踏み出し、太刀をぶつけるように正面から斬りかかってきた。

「せいい」

踏み出すことなく、その場で衛悟は一刀を落とした。

衛悟の太刀に自ら身を投げ出す形になった敵は、真っ向から頭蓋を割られ、崩れた。

「ひくっ」

呆然《ぼうぜん》と一部始終を見ていた中間が、大きく息を呑んだ。

「じ、直心影《じきしんかげ》が……」

衛悟を牽制《けんせい》していた左手の若い侍が、驚愕のうめきを漏らした。

「たわけが。一度退くぞ」

無念を声にのせて、頭領が背中を見せた。あわてて生き残った配下も後を追った。

「待て」

追撃しようとした衛悟を、併右衛門が止めた。

「離れるな。敵の思うつぼぞ」

「はっ」

そのとおりだと衛悟は、したがった。

「と、殿。お目付に届けませぬと」

太刀の柄に手をかける振りをしていた家士が、勢いこんでいった。

「いや。それはならぬ」

併右衛門は首を振った。

「なぜでございまするか」

命を狙《ねら》われたのにと家士が不思議そうに訊いた。

「表沙汰にすれば、敵も死にものぐるいになる。公にする気がないと見せておけば、向こうも思いきった手には出てこまい。敵も倒したが、わが立花家も傷つきましたでは、先祖に申しわけがたたぬ。よいか、今夜のことを含めて、いっさい他言無用ぞ」

きっぱりと併右衛門が宣した。

まだ不服そうな家士から、併右衛門は衛悟へと身体《からだ》の向きを変えた。

「どうだ」

「なにも持ってはおりませぬ」

倒した敵の懐《ふところ》を探っていた衛悟は、首を振った。

「太刀もなかなかのものではございますが、銘もなく刀剣商に持ちこんだところで、おそらく誰のものか知れるとは思えませぬ」

立ちあがって衛悟は、地に伏している二人を片手で拝んだ。生まれて初めて人を斬った気分は最悪であった。胃が空でなければ、まちがいなく吐《は》いていた。

「いつまでもここにいるわけにもいかぬ」

併右衛門の言葉で、一行はふたたび歩き始めた。

「衛悟」

「はっ」

名を呼ばれて、衛悟は併右衛門の右隣に肩を並べた。抜き撃ちで斬りつけられない左手に立つことが、目下の者の礼儀であった。

「すさまじいものよな」

かすかにながら、併右衛門は震えていた。

「怖くないのか」

「膝が揺れるほど、怖ろしゅうございまする」

隠すことなく、衛悟は答えた。

「だが、衛悟はひるまなかった」

「稽古のたまもので」

涼天覚清流は、一刀両断を旨《むね》としている。稽古でも遠慮なく殺気を浴びせかけてくるのだ。師や師範代ともなると、鳥を落とすほどの殺気を出す。それを初心のころから浴びせられてきた衛悟は、殺気に慣れていた。

「そうか」

そこから併右衛門は、屋敷に着くまで無言であった。

「お帰りなさいませ。父上さま」

玄関の式台に手をついて、瑞紀が出迎えた。

「ご苦労さまでございまする。衛悟さま」

併右衛門の背後を護《まも》るように、門前で立ち止まった衛悟にも瑞紀が声をかけた。

「いや。では、これにて」

後をつけてきた者の気配がないことを確認して、衛悟は一礼した。

「衛悟。ついて参れ。夕餉を馳走しよう」

玄関にあがっていた併右衛門が、衛悟を誘った。

「まあ。たいへん。急いでお膳を一つ用意しなければ」

衛悟の返事を待たずして、瑞紀が台所へと消えた。

「賢悟どのには、使いを出す。頼みたいこともある」

重ねて言われて、衛悟は首肯した。

石高が倍違うだけでも大きな差になる。記憶にある子供のころとは段違いになった立花家の裕福さに、衛悟は驚いていた。

「座れ」

とおされたのは、先夜と同じ書斎であった。

「常着にならせて貰《もら》うぞ」

いつもは瑞紀が手伝う併右衛門の着替えを、家士がおこなった。

「お話とは今宵《こよい》のことでございますか」

併右衛門が座るなり、衛悟は質問した。

「急《せ》くな。なにから話していいやら整理をつける。食事を先にしよう」

聞き耳をたてていたかのように、瑞紀が女中一人を連れて膳を運んできた。

「お待たせいたしました」

膳を併右衛門の前に据《す》えて瑞紀は部屋の隅に控えた。

「どうぞ」

衛悟の前に膳を置いて女中は下がっていった。

「瑞紀、酒を頼む」

「お珍しいことを。はい。お持ちいたしましょう。衛悟さまは」

父併右衛門の依頼に首肯した瑞紀が、衛悟に訊きかけて止めた。

「衛悟さまは、お酒をたしなまれませんでしたね」

すっと膝を立てて、瑞紀が書院を出ていった。

「飲めぬのか、衛悟」

「はあ。飲むだけの金もございませぬし」

問われて衛悟は、苦笑した。

「よいことだな。飲まずにすめば、酒も煙草《たばこ》もやらぬにこしたことはない。だが、酔わずにおられぬときもある。そのようなときに、下戸は辛いぞ」

人生経験豊かな併右衛門の言葉は、真実味を帯びて衛悟の胸に落ちた。

「それほどのことでございまするか」

今から併右衛門が告げようとしていることの重さに、衛悟は緊張した。

「…………」

衛悟の問いかけに、併右衛門は無言で応えた。

「父上さま。どうぞ」

「ああ」

燗酒《かんざけ》を入れた酒器をかたむけて、併右衛門が注いだ。身分ある武家では、娘や妻が酌をすることはなかった。

「衛悟さま、お召しあがりになられてくださりませ」

勧められて、衛悟は膳に箸《はし》を伸ばした。

膳の上には、煮魚と菜のおひたし、それに豆腐の煮付けがのっていた。厄介者の次男では、めったに口にできないものばかりである。

「ちょうだいする」

そう言いながらも、衛悟は食欲がなかった。生まれて初めて人を斬った衝撃で、胃がものを受けつけなかった。

「瑞紀、衛悟にも酒を注いでやれ」

箸を持ったが、膳へ手をつけない衛悟に、併右衛門が気づいた。

「えっ、でも、衛悟さまは……」

とまどう瑞紀に、併右衛門が首を振った。

「酒でなければ、はらせぬ憂さがある」

重ねて併右衛門が、瑞紀に命じた。

「杯をお持ちしまする」

腰をあげかけた瑞紀を、併右衛門が止めた。

「楽しむのではない。酒で嫌なものを捨てるのだ。杯ていどで間にあうものか。衛悟、吸物の蓋《ふた》を使え」

「はい」

併右衛門の言うとおりに、衛悟は吸物の蓋を裏返した。そこへ膝で寄った瑞紀が酌をした。異例のことだったが、併右衛門は咎めなかった。

「いただきまする」

軽く蓋を持ちあげて、衛悟は酒をあおった。

「どうだ。それが酒の味だ」

みょうな顔をした衛悟に、併右衛門が笑った。

「酸味のあるものでございますな」

初めて口にする酒の味に、衛悟は顔をしかめた。

「味ではなく、酔うことで、心の澱《おり》を流す。これが、酒の役割だと儂は思っておる。もっとも酒に頼りきるようでは、話にならぬがな」

「はあ」

喉から胃へと熱いものがしたたっていく感触を衛悟はとまどいながら受け止めてい

た。しばらくすると、気持ち悪かった胃の腑が落ちついてきた。

「これは……」

「それが、酒の効能よ。胃の腑を温め、食欲を増し、そして気分を昂《こう》じてくれる」

併右衛門が語った。

空腹のところへ、一気に酒を飲んだせいか、衛悟は感じたことのない熱く浮ついたような気分になった。

「少しは喰う気になったか」

「はい」

勧められて、衛悟は茶碗を手にした。

併右衛門の倍ほど盛られている白米を、かきこむようにして口に運ぶ。剣術遣いは山のように米を喰った。衛悟も兄嫁の目がなければ、五杯はお代わりをする。

「ご遠慮なさらずに。いま、急いで代わりを焚《た》かせておりますゆえ」

瑞紀が、衛悟のようすを見て笑った。

昼からなにも腹に入れていない衛悟は、またたく間に膳の上を空にした。

「よく喰うの。さすがは男じゃ」

「ほんとうに。衛悟さまはご健啖《けんたん》」

併右衛門と瑞紀が感心した。

「ご馳走《ちそう》になり申した」

箸を置いて、衛悟は感謝した。

「おそまつさまでございました」

瑞紀が受けた。

「さて、御用の話がある。瑞紀、遠慮いたせ」

己も食し終えた併右衛門が、告げた。

「わかりましてございまする。父上さま、お茶はいかがいたしましょう」

首肯しながら、瑞紀がうかがった。

「要らぬ。呼ぶまで誰も来させぬように」

併右衛門が、人払いを命じた。

瑞紀が、書院の襖《ふすま》を閉じて去って行った。

「どのような御用でございましょう」

衛悟は姿勢を正した。

「……他言は無用ぞ」

「御念におよばず」

併右衛門の危惧を、衛悟は一蹴した。

「衛悟、そなた田沼家について知っておるか」

小さな声で、併右衛門が問うた。

「陸奥《むつ》下村藩一万石の田沼さまでございますか。あまりよく存じあげませぬ」

旗本二百石の次男と大名では、まずつきあいはない。衛悟が知らないのも当然であった。

「田沼家が、上野《こうずけ》の出であることは」

「それならば。刃傷の原因となったのが、上野佐野郡の佐野神社だったと覚えておりますれば」

若年寄だった田沼意知を佐野善左衛門が江戸城中で刺した原因の一つに、その神社がかかわっていた。

新番組士の佐野善左衛門政言《まさこと》は、家禄五百石の旗本であった。馬上を許されてはいなかったが槍一筋の家柄で、代々大番組や新番組などの武方の筋だった。

禄を質に入れなければやっていけない貧乏旗本ではなく、お歴々と呼ばれるにふさわしい家だったが、佐野善左衛門は不満であった。

佐野善左衛門は、寄合格に上がりたかった。いや、できれば大名に列したかったのである。

もともと善左衛門の佐野家は分家に当たる。本家は、三千五百石の寄合旗本で代々布衣《ほい》を許され、従五位下に任官できた。

寄合とは、おおむね一千石以上の旗本を称し、無役となっても小普請組にいれられることはなく、また役に戻ることも容易であった。

それに比して、佐野善左衛門の家柄は、無役になれば小普請組に配され、役職手当がなくなるだけではなく、小普請金という一種の租税金まで徴収された。別名懲罰小普請と言われるだけに、一度無役になると這《は》い上がってくることはほとんどできなかった。

祖父、父ともに小普請組へ落とされ、肩身を狭くしていたのを見てきた佐野善左衛門はなんとしてでも寄合席に出世したかった。

そのために佐野善左衛門はあらゆる手を使った。本家はもとより、親戚筋にも頼んだが、そう簡単に運ぶこともなく、無為な日々だけが過ぎていった。

そこで、佐野善左衛門は、ただ先祖が同郷だったという伝手《つて》だけを頼って、田沼家に近づいた。

もちろん、出が同じ国だというだけで引きあげて貰えると考えるほど佐野善左衛門は世間知らずではなかった。

命の次にたいせつな金を差し出すことこそ忠義なりと公言してはばからなかった田沼意次、意知親子に、佐野善左衛門は無理な借金までして付け届けを重ねた。

しかし、佐野善左衛門が用意した金では、行列ができるほどの来客のなかで目立つことはできなかった。

それでも、佐野善左衛門は、楽観していた。戦国のころまでさかのぼると、佐野家は田沼の主筋に当たっていたからだ。徳川幕府の方針は、主筋に対し厚い忠義を求める。田沼意知がこのことに気づいてくれれば、きっと目をかけてくれるに違いないと思いこんだ佐野善左衛門は、その証拠となる氏神神社の由来書と旗印を届けた。

それが逆効果となった。由来書と佐野家の旗印を受けとった田沼山城守《やましろのかみ》は、何を思ったのか、佐野家先祖伝来の旗印を我がものとし、さらに佐野神社を田沼神社と改名させたのだ。

そこまでされても、佐野善左衛門は我慢して待った。だが、いつまで経《た》っても出世の声はかからなかった。

それどころか、悪評がたち始めたのだ。

新番組詰所に佐野善左衛門が入ると、雑談に興じていた同僚が急に口をつぐむなど、疎外され始めた。

怪訝《けげん》に思っていた佐野善左衛門のもとへ、怒気もあらわに親戚が来た。出世したいがために、先祖伝来の宝を差しだしたばかりではなく、誇るべき出自《しゅつじ》さえも献上した武士の風上にも置けぬ輩だと、面と向かって佐野善左衛門を罵倒《ばとう》したのだ。

佐野善左衛門に思いあたることは一つしかなかった。城中の噂に詳《くわ》しい御殿坊主へ金をわたした佐野善左衛門は、己の耳を疑った。

佐野家に横領されていたものを取り返した。佐野郷一帯の領主が田沼家であったことの証拠が、ようやく帰ってきた。旗と系図を手にした田沼山城守は、そう言いふらしていたというのだ。

武士にとって、面目を潰されることほど辛いものはない。佐野善左衛門はこの恥をそそぐには、田沼山城守を誅《ちゅう》するしかないと思いこみ、凶行におよんだ。

「これが一件の真相じゃ」

併右衛門が話を終えた。

「衛悟、そなたはどちらが悪いと思うか」

「田沼山城守どのもなんでございまするが、やはり発端を作った佐野善左衛門どのに分がないと勘案いたしまする」

衛悟は答えた。

「そうだな。少しでも道理のわかる者ならばそう考える。だが、世間は違う。庶民どもは、佐野善左衛門を世直し大明神として褒め称えた」

佐野善左衛門が世直し大明神と歓迎されたのは、田沼主殿頭の政策への不満からであった。田沼主殿頭は、幕府の収入を始め、多くのものの主体として、毎年の不作豊作に左右される米ではなく、金に変えようとしたのだ。

大きな改革はときをかけて、ゆっくりとおこなわなければならないのに、田沼主殿頭は一代でなしとげようとした。その無理は、物価に跳ね返り、諸色が高騰《こうとう》する結果となった。

さらに田沼主殿頭は、どういう意図があったのか、賄賂《わいろ》を奨励した。金を出した者を露骨に優遇した。それらが政への不信を生み、幕府の権威は大きく失墜した。

「それでは、田沼どのがたまりませぬ」

思わず衛悟は、口にした。

「うむ。斬られるわ、罵《のの》られるわだからの」

併右衛門も同意した。

「されど、それが世間というものだ。ことの真相よりも感情でものごとを決めつける。真実がつねに正しいわけではないとの証明ぞ」

「はい」

まるで師よりの教えを受ける弟子のように、衛悟はうなずいた。

「それに田沼山城守どのも、よろしくなかった。父主殿頭どのがあれだけの権勢を誇っていたのであるから無理もないとはいえ、驕慢《きょうまん》に過ぎた」

「父の威光を己のものだと勘違いしたと」

「うむ。どこにでもおるであろう。先祖の功を我がことのように自慢し、己への気遣いを求めるおろか者がな」

柊家と同じ二百石から五百石へと家禄を増やした併右衛門の自負がそこに見えた。

「話がそれたの」

併右衛門が、あらためて続きを語った。

「こうして田沼家は、嫡男を失った。それがきっかけかどうかは知らぬ。しかし、飛ぶ鳥を落とす勢いだった田沼主殿頭どのの威勢が薄れ始めた。そして、ついに信頼を寄せてくれていた十代将軍家治さまが亡くなられ、田沼主殿頭どのは隠居せざるを得なくなった。権力をなくした者の末路は決まっている。得たものをすべて奪われ、さらに遠ざけられる。その幕府の中枢から放り出された田沼家を継いだのが、先ほど大坂で客死した田沼意明どのじゃ。意明どのは、殺された意知どのの息子。意明どのの死を受けて出された相続の願いが、儂の手許に回ってきた直後に、みょうな男どもが脅しをかけてきた。まだ、儂はなんの調べにも入っていなかったのにじゃ」

併右衛門が話を終えた。

「なるほど、それでわたくしに声を」

ようやく衛悟は納得した。

「ですが、なぜ、立花どのは、田沼家の相続が気になられたのでござる。役目について遠国へ出張《でば》った者が、その地で命を落とすことなど、めずらしいことでもございますまいに」

衛悟は疑問を口にした。

「甘いの。それでは、旗本の当主としてやっていけぬぞ」

子供を叱るように、併右衛門が注意した。

「よいか。少し前までは、紀州家の、それもたいしたというほどの身分ではなかった田沼家が、大老にひとしい権と五万七千石に出世しただけでもめずらしいことであるに、そこから嫡子の刃傷、老中を辞めさせられ、四万七千石を削られたうえで東北の田舎へ転封。ようやくお許しが出て、孫が役目に就いたかと思うと、任地で急死。これだけのことが続く家はそうそうないぞ。この異常に気づかねば奥右筆は務まらぬ。上様のもとへことがまわるまでに、非違がないか、確認しておかねば、我らの落ち度となる」

併右衛門が理由を告げた。

「では、この度《たび》のことはどうなさるので」

田沼家の相続に異議を唱えるのかと、衛悟は問うた。

「疑義はつけぬ。儂が疑念を持った日に、動きがあった。これは奥右筆部屋が見張られている証拠だ。我らの敵は、そこまで食いこんでおる。いま、うかつなことをすれば、ことは儂とともに闇へと葬り去られることになろう。相手はそれだけの力を持っておる。いまは雌伏しておけばいい。最後に立っている者が勝者。そうであろ、衛悟」

「立花どの」

悔しそうな表情をした併右衛門に、衛悟はなにも言えなかった。

第二章　栄光の残滓《ざんし》

一

田沼家の家督相続は、滞《とどこお》ることなく十一月十九日に認められた。安永《あんえい》九年（一七八〇）生まれの意壱《おきかず》は十七歳で藩主の座に就いた。

一門である九鬼式部少輔隆旗《くきしきぶしょうゆうたかよし》に伴われて、将軍家斉に御礼言上《おんれいごんじょう》を述べた意壱は、緊張のあまり声が出せなかった。

「あ、ありがたく。お、御礼も、申しあげまする」

必死でそれだけを口にすると、畳《たたみ》に額をこすりつけた。

「うむ。はげめ」

十一代将軍家斉は、一言だけ言うと興味をなくしたようにさっさと席を立った。家斉の衣擦《きぬず》れの音が消え、披露の労をとった奏者番《そうしゃばん》が声をかけるまで、意壱は平伏し続けなければならなかった。

「けっこうでござる」

奏者番が、意壱に顔をあげていいと伝えた。奏者番とは、将軍家と拝謁《はいえつ》する大名、旗本の仲だちをする役目である。五万石内外の譜代大名から選ばれ、やがて寺社奉行から若年寄、側役《そばやく》へと登っていく。百をこえる大名、千におよぶ旗本の名前や来歴をまちがいなく覚える必要があり、凡庸《ぼんよう》な者では勤まらなかった。

「かたじけなく。おかげさまで御前体を整えることができましてござる」

同行していた九鬼式部少輔が、奏者番に頭をさげた。

「いやいや、なかなかにご立派であった。先が楽しみなお方じゃ」

奏者番が、意壱を褒《ほ》めた。

将軍の前で粗相《そそう》があっては、それこそ家が潰《つぶ》れかねない。前もって田沼家から奏者番に相応なものが送り届けられていた。

「では、これにて拙者は」

任の終わった奏者番が書院を出ていった。

黙礼して奏者番を見送った九鬼式部少輔が、書院の片隅に控えていた目付《めつけ》へ顔を向けた。江戸城中いっさいの儀礼儀式を監察する目付は、こうやって塑像《そぞう》のように控え、大名や旗本たちに非違がないかどうか見ているのだ。

「退出いたしてよろしいか」

声をかけられた目付が、鷹揚《おうよう》にうなずいた。

「よろしかろう」

横柄な口調で目付が応えた。

「挨拶《あいさつ》に滞《とどこお》りがあったが、ご威光に打たれたとあっては、いたしかたないことである。田沼、殊勝である」

目付が、大きくうなずいた。目付の権限は御三家にもおよんだ。畳の縁に蹴躓《つまず》いた、あるいは敷居を踏んだだけで、大名を登城停止にすることもできた。千石高で旗本の華と言われ、役目にある間は、縁故を疑われぬようにと親戚友人のつきあいを断つのが慣例であるほど清廉潔白を旨《むね》とした。なかには実の父親を告発し、罪に落とした者や、情にほだされたと噂されるのを嫌がって、長年連れ添った妻を離縁した者までいたほどである。賄《まいない》はおろか、挨拶代わりの品物さえ受けとらなかった。

鼻薬がすべてを決める江戸城において、ゆいいつ買収のできない相手であった。

「参ろうか、意壱どの」

九鬼式部少輔にうながされて、意壱はようやく腰をあげた。

そのちょうど一ヵ月後、意壱は従五位左衛門佐《さえもんのすけ》に任官し、名実ともに大名の仲間入りをしたのであった。


その間、衛悟は夕方の迎えを続けながら、江戸中を尋《たず》ね歩いていた。先夜戦った黒覆面が口にした直心影流を手がかりに、道場を探したのだ。

直心影流は、鹿島神道流松本備前守《かしましんとうりゆうまつもとびぜんのかみ》の流れをくんだ剣術の一流派である。元禄《げんろく》のころに摂津高槻《せっつたかつき》藩士の山田平左衛門光徳《やまだへいざえもんみつのり》が創始し、その三男長沼四郎左衛門国郷《ながぬましろうざえもんくにさと》によって広められた。

直心影流が、世に受けいれられたのは創始から袋竹刀《ふくろしない》と防具を使用したことにあった。木刀を用いた荒稽古《あらげいこ》があたりまえの時代に、山田平左衛門は弟子たちが怪我《けが》をしないようにと、工夫を重ねて生みだした。

じつは、山田平左衛門自身、若いころに木刀で試合をし、大怪我をした経験があった。それ以来、なにかよい方法はないかと思案していた山田平左衛門に、直心正統流の高橋弾正左衛門重治《たかはしだんじようさえもんしげはる》が使用していた袋竹刀と簡単な防具に目をつけた。その創意工夫に感嘆した山田平左衛門は、すぐに門下生となり、四十六歳で免許皆伝を貰《もら》い、あらたに直心影流を起こした。

当初、山田平左衛門が生みだした竹刀を軟弱、防具を怠惰《たいだ》とほとんどの者がわらった。しかし、それは稽古をする弟子たちにとっては大きな魅力であった。

木刀での稽古では、大怪我をすることもあり、下手をすれば命まで失うことがあった。袋竹刀と頭巾《ずきん》に綿を入れたていどの防具とはいえ、打たれても傷を負うことのない道具立ては、思いきった打ちこみを可能とし、稽古に実戦味が加わった。

たちまち直心影流は江戸中に拡がった。

「知れぬな」

ここのところ衛悟は毎日、直心影流の道場を探しては、門を入り、無双窓《むそうまど》や羽目板《はめいた》の隙間《すきま》ごしになかをうかがうのだが、もともと顔を隠していた連中である。まったく見つけだすことはできなかった。

「殺さずにおくべきだった」

衛悟の口から愚痴《ぐち》が漏《も》れた。あのとき一人でも生けどっておいたなら、もう少し手がかりがあったものをと、衛悟は浅慮を悔《く》やんでいた。

「どうかなされたかの。お控えどのよ」

品川近くまで足を伸ばした衛悟は、思わぬところで覚蝉と出会った。

「その呼び方は、やめていただけませぬか」

うんざりとした表情で、衛悟が言った。

お控えどのとは、大名や旗本の次男の呼称である。その字のとおり、次男とは予備であった。なにしろ跡継ぎがいなければ、親藩であろうが、譜代名門であろうが関係なく、潰れるのだ。武士にとって何よりたいせつな家を守るために、子供たちは必要であった。とくに無事長男が家督を相続するまでは、家にとって次男はまさに控え、万一のときのための備えであった。

「まちがってはおりますまい」

衛悟の抗議など、蛙《かえる》の面《つら》に小便と、覚蟬は気にしてもいなかった。

「そんなことよりも、珍しいところでお目にかかりますな」

「たしかに」

言われて衛悟も首肯《しゅこう》した。

屋敷のある麻布《あざぶ》簞笥《たんす》町《まち》から品川はさして遠くないが、知人もなく、また物見遊山をする身分でもない衛悟の行動する範囲ではなかった。

と同時に、きびしい縄張りに縛られる願人《がんにん》坊主の覚蟬も、うろついていい場所ではなかった。

「覚蟬どのは、品川にお知りあいでもござるのか」

かつては寛永寺の学僧として鳴らした覚蟬である。寺の多い品川には知己もあるだろうと思った衛悟が訊《き》いた。

「いや、少し、ずれましたが赤穂浪士が討ち入りはこの月の十四日。どれ、ちと供養でもして進ぜようかと愚考しましてな。高輪《たかなわ》の泉岳寺《せんがくじ》まで行ってきた帰りでござる」

覚蟬が背後に首を曲げ、どんよりとした冬空にひときわそびえる大きな屋根を指さした。

「ほれ、あの大屋根、九州は熊本五十四万石細川《ほそかわ》家の下屋敷。あの真裏に泉岳寺はござる」

教えて貰《もら》わなくても、泉岳寺のことを衛悟は知っていた。参ったことはないが、忠義の最たるものとして、赤穂浪士の討ち入りはいまだに語り継がれている。

「どうでござった」

「いや、さすがは泉岳寺。すでに命日を過ぎたというのに、墓地は立錐《りっすい》の余地もないほどの人であふれ、門前は屋台などが出て、祭りのようでございましたな。おかげで拙僧のような者にまでお布施をくださるご奇特なお方もおられまして」

色の褪《あ》せた墨衣の袖《そで》から、覚蟬が紙包みを出した。

「ありがたいことでございまする。これで歳をこえられますでな」

にこやかに笑う覚蟬に、衛悟はあきれた。参詣という名目を使って、覚蟬は縄張り破りをやっていたのだ。

「よろしいのでござるか」

願人坊主も香具師《やし》の仲間である。香具師はしきたりにきびしく、掟《おきて》を破った者には容赦《ようしゃ》がないと衛悟は耳にしていた。

「なに、泉岳寺のあたりを縄張りにしている連中は、この十四日からの稼ぎどきで儲《もう》けるだけ儲《もう》けて、いまごろ品川でおしろい臭《くさ》い観音さまを拝んでござろうよ」

あっけらかんと覚蟬はしていた。

「覚蟬どのは、よろしいのか」

この破戒僧が、女好きなことを衛悟は知っている。

「いやいや。女がいいのはほんの一時《いっとき》。酒は半日ここちよい」

にやりと覚蟬が笑った。

「それよりも、衛悟どのはどうして、品川に」

覚蟬が問うてきた。

「拙者は人探しでござる」

疲れ果てた顔で、衛悟は答えた。

「人探し。それはまた」

なにか気づいたのか、覚蟬がじっと衛悟の目を見つめた。鳶色《とびいろ》がかった瞳に、衛悟は吸いこまれそうなほどの深淵を見た。

「そのごようすでは、見つからなかった。それも昨日今日から始めた話ではなさそうでございますな」

「……そのとおりでござる。三日無駄足を踏んでおります」

あっさりと見抜かれて、衛悟は拗《す》ねたような口調になった。

「どれ、ちょっと座りませぬかな」

覚蟬が、往来から外れた道ばたにしゃがんだ。衛悟もつきあって膝《ひざ》を曲げた。

「どのように探された」

問われて、衛悟はさしさわりのない範囲で、襲撃の一件を話した。

「…………」

だまって最後まで聞いた覚蟬が、大きく嘆息した。

「流派と名前、姿の背格好。それだけを頼りに、町道場を覗《のぞ》いていたとおっしゃる」

「いかにも」

衛悟は首肯した。

「十年前の愚僧を見るようで」

「どういう意味でござろう」

覚蟬の漏らした言葉に、衛悟は首をかしげた。

「なに、いろいろ世のことを知ったような気でいても、そのじつ、両手を縛《しば》られ目隠しをされて夜の町を歩いているに同じ」

やさしい目で覚蟬が語った。

「衛悟どの、この江戸に何人いるかご存じか」

「いえ」

試すような言葉へ、衛悟はわからないと答えた。

「参勤で江戸に出てこられた藩士の方々を入れると百万におよびまする」

「そんなに」

聞かされた衛悟は驚愕《きょうがく》した。

「そして、ここが江戸のみょうなところでございますが、百万の内七分が侍で、町人僧侶神官はあわせても三十万に満たぬので」

覚蟬が続けた。

ひとしい」

「武家の半分を男としても三十五万人。衛悟どの、あなたは三十五万人のなかの一人を闇雲に歩いて探しておられる。これは、大河のなかで一椀《わん》の水をすくおうとするにひとしい」

できることではないと覚蟬が諭《さと》した。

「おっしゃるとおりだ」

ようやく衛悟は、徒労に気づいた。

「ようするに世間知らずなのでございますな」

「否定はいたしませぬが……」

衛悟も己が剣術馬鹿だと自覚はしていたが、正面から言われて憮然《ぶぜん》とした。

「ご不快にしたのなら詫《わ》びましょうぞ。それより、衛悟どの。人探しの基本がどこにあるかご存じか。よろしいかの。人を探すは人でござる。ならば、できるだけ多くの人に手伝ってもらうが肝要。もちろん、公にできぬことと知っておりまする。世間には、公とは違った道がございまする。そちらを使われればいい」

覚蟬が、衛悟のたりぬ部分を説明した。

「公ではない道と言われても、拙者に思いあたるところはございませぬ」

簡単に言われて、衛悟はとまどった。

「道で迷われておりませぬか。裏街道ではございませぬぞ。坊主には坊主の道が、剣術遣《づか》いには剣術の道がございましょう。衛悟どの、あなたには頼りになる同門のお方がおられるではございませぬか。道場には各藩の方も来られましょう。なかにはお家流として直心影を習わされておられる藩もありましょうし、でなくとも他の道場の人々と交流のあるお人もおられるはず。そこから手を広げて行かれればよろしい。一人が四人に話をしてくれれば、一千人に話が行き渡るのに日はかかりませぬぞ」

覚蟬がていねいに教えた。

「かたじけない。さっそくに道場へ」

急いで衛悟は立ちあがった。

「女難の相のうえに、剣難の相まで出てこられたか。見るところ寿命はまだのようじゃが、命にかかわる危難と出会われることになりそうじゃな」

茫洋《ぼうよう》としていた覚蟬の表情がきびしいものに変わっていた。

「人には試練が与えられる。修行とはその試練を模したものでしかない。生死を賭けた試練を御仏《みほとけ》はかの御仁に課されたか。はたして、衛悟どのに佳《よ》きか悪《あ》しきか。御仏の心にお任せするしかない」

奔《はし》っていく衛悟の背中に、覚蟬がそっと両手をあわせた。

涼天覚清流道場は、道場主の大久保典膳が購入した三軒長屋を改造したもので、二軒をぶち抜いて道場にしていた。

すでに夕刻に近かったが、道場にはまだ弟子たちが残って稽古していた。

「珍しいな。こんな刻限に。よいのか、仕事は」

師範代として、道場の雑事ほとんどを任されている上田聖《ちから》が、衛悟に気づいた。

「すまぬ。すぐに戻らなければならん。頼みがある」

衛悟は道場の玄関で立ったまま、用件を話した。

「わかった。尋ねてみよう。直心影流で最近姿を見せなくなった弟子、どこかの藩士らしい者がいないかどうかだな」

聖が、引き受けてくれた。

「頼む」

飛びだすようにして衛悟は外桜田へと向かった。

大久保道場から外桜田までは少しあるが、走り続けたおかげで衛悟は、併右衛門の迎えに間にあった。

幕府も創立以来百九十年を数え、なにもかもが慣例で動くようになっていた。幕政のすべてを把握する奥右筆部屋も同様であった。下城時刻間際になっての処理願いは、明日へ回すと暗黙のうちに決まっていた。七つ（午後四時ごろ）を過ぎてしまえば、いくら書類に奥右筆の花押《かおう》が入ったところで、決済あるいは受け付ける役目の者がいないのだ。翌朝の最初に処理したのと同じあつかいにしかならなかったからである。

文机《ふづくえ》の周囲を片づけ、使った筆を御殿坊主が差しだした水鉢で洗い終わった併右衛門のところへ、配下の奥右筆が申しわけなさそうな表情で近づいてきた。

「どうした」

しぶい顔をしながら併右衛門が迎えた。

「奏者番土井大炊頭利厚《どいおおいのかみとしあつ》さまより、火急にとの書付《かきつけ》が」

おずおずと奥右筆が書類を差しだした。

「土井大炊頭さまがか」

併右衛門が首をかしげた。

土井大炊頭はながく奏者番の地位にある老練な大名である。始祖は二代将軍秀忠《ひでただ》から三代将軍家光《いえみつ》に変わるとき、「天下とともに土井大炊頭を譲る」とまで言わしめた能吏で、歴代藩主も幕政に重要な役割を果たした譜代の名門であった。

「土井大炊頭さまといえば……」

つい最近耳にしたなと併右衛門は、配下を見た。

「二十四日付で、寺社奉行兼帯を命じるとの内示が、昨日御用部屋から回されて参りました」

配下がすかさず告げた。

「そうであったの」

併右衛門も思いだした。

寺社奉行は幕府三奉行の一つである。唯一の大名役で、全国の寺社を統括した。これは江戸にしか権のない町奉行や、天領のみを管轄《かんかつ》した勘定《かんじょう》奉行とは大きく違った。寺社奉行は、寺社がかかわることであれば、天領、大名領、皇室領にかかわりなく手を出すことができた。あまり表に出ることはないが、七代将軍家継《いえつぐ》のときに世間を騒がせた絵島生島《えじまいくしま》の一件でも大きな役割を果たしたように、必要とあれば大奥にさえ踏みこむ力を寺社奉行は与えられていた。

定員は四人、奏者番のなかから特に優秀な者が選ばれ、加役として兼帯するのが慣例であった。

「どれ、見せよ」

命じられて配下が、書付を文机の上に置いた。

「寛永寺の墓地補修の願いではないか。ということは、寺社奉行としての書付か」

読んだ併右衛門が、目を見張った。

「内示が御用部屋から出たのが昨日、土井大炊頭さまに報《しら》されたのはそれより数日は前であろうが、それにしてもあまりに早いな」

「我ら奥右筆以上に耳の早い連中がおりまする。そして、口が軽い」

配下が、ちらと部屋の隅に控える禿頭《とくとう》の御殿坊主を見た。

「なるほどな。寛永寺に飼われているか」

併右衛門も納得した。

「しかし、性急に過ぎぬか。内示は出たとはいえ、まだ土井大炊頭さまは寺社奉行ではない」

書類で生きている奥右筆である。決まった手順にはうるさい。

「土井大炊頭さまは二度目の寺社奉行でございまする。事情にはつうじておられましようから、それを買われたのでは」

配下が推測を口にした。

「そうだな。土井大炊頭さまは二度目……ならば慣例もよくご存じのはず。下城刻限近くの書付はせぬのが決まり」

不思議ではないかと併右衛門が疑問を口にした。

「寛永寺に力を誇示したかったのではございませぬか」

「慣例を無視して、書類を押しとおすだけの権を持つとか」

併右衛門が、配下の言葉をくりかえした。

「まあよいわ。このようなことを話していても、ときを浪費するだけじゃ。どれ……」

幸い硯《すずり》はまだ洗っていなかった。併右衛門は筆に墨を含ませた。

「また、孝恭院さまの墓所の傷み修繕願いか」

「年明け二月にご命日が参ります。安永八年（一七七九）にご逝去《せいきょ》なされておられますので、ちょうど十七回忌にあたりまする。寛永寺といたしましては、盛大な年忌法要をいとなみたいのでございましょう」

あるていどの事情を配下の奥右筆は調べていた。

「日をおかずして、先日は勘定方、そして寺社奉行。ずいぶんと急ぐのだな。お忌日《きにち》まではは、まだ日があるに」

併右衛門は疑問をつぶやいた。

孝恭院とは、十代将軍家治の嫡男のことだ。

家治には、長女千代姫《ちよひめ》、長男竹千代《たけちよ》、次男貞次郎《ていじろう》三人の子供がいた。長女と次男は生後わずか一年で早世したが、長男竹千代は無事に元服し、家基と名のりを変えるにいたっていた。

家基は、大人《おとな》しい気質の父家治や祖父家重よりも、曾祖父《そうそふ》吉宗に似て、巻き狩り、鷹狩り、遠乗りなどを好んでいた。

安永八年二月二十三日、いつものように品川へ巻き狩りに出かけた家基は、多くの獲物を仕留め、満足して帰城の途についた。

しかし、その後、家基を異変が襲った。

高熱を発した家基は、ご典医たちによる必死の看病も功を奏さず、急死した。享年十八歳。吉宗の再来と言われ、享保《きょうほう》の改革の効果も薄れた世を建てなおすにふさわしい将軍と期待されていただけに、その死は多くの人に悼《いた》まれた。

とくに実父家治の落胆振りは酷《ひど》かった。もともと寵臣《ちょうしん》田沼主殿頭《とのものかみ》意次を重用し、政に口出しすることの少なかった家治だったが、家基の死後、いっさいを人任せにするようになり、気力を失った。そして七年後の天明《てんめい》六年（一七八六）、家治も五十歳でこの世を去った。父家重におよばぬこと一年、祖父吉宗より十八年も短い生涯であった。

「十七回忌とならば、いたしかたあるまいが、夕刻に提出せねばならぬほど急《せ》くかの」

寺社奉行からのものとなれば理由なく引き延ばすことはできなかった。首をかしげながら、併右衛門は書類に花押《かおう》を入れた。

二

幕府の役人がさからってならないのは、女と坊主であった。女とは大奥のことであり、坊主とは菩提寺《ぼだいじ》のことである。ともに将軍と直接言葉を交わすことができ、にらまれると後々の出世にひびいた。

併右衛門が疑念を感じながらも、土井大炊頭の求めに応じたのは、そこにあった。一度は拒否できても重ねてはまずかった。続いて拒絶されれば、寛永寺も誰が止めたかを調べにかかる。城中のことは厳秘とされているが、朝あったことが昼には江戸市中に知れわたっているほど、規律は甘くなっている。突き返したのが二度とも併右衛門だとばれるのは、止めようがなかった。

襲われた先夜ほどではないにせよ、いつもより小半刻《こはんとき》（約三十分）ほど併右衛門が外桜田門に着くのは遅くなった。

あと十日ほどで大晦日《おおみそか》である。冬のさなか、暮れ六つ（午後六時ごろ）を過ぎた江戸の町は闇に閉ざされていた。

「寒かったであろうに、すまぬな」

真っ白な息を吐《は》きながら、併右衛門が気遣った。

「いえ」

衛悟は、大丈夫だと首を振って見せた。

雪がちらつくころとなっても、衛悟は綿入れを着なかった。剣術遣いが着ぶくれて動けませんでは話にならないからであった。

「では、参りましょうか」

あの夜から、衛悟は併右衛門のすぐ後ろを歩くことにしていた。一度失敗しているのだ。次は油断なく逃げ道を塞《ふさ》いで来るに違いなかった。

わずか三間（約五・四メートル）とはいえ、離れていては間にあわなくなるやもしれないと危惧《きぐ》した衛悟の発案であった。

「なにかございましたか」

つきあいが深くなったことで、衛悟は併右衛門の悩みに気づいた。

「御用のことだ」

「ならば口出しは控えまするが、なにかお手伝いできるならば、お申しつけくだされ。迎えだけでは心苦しゅうございますれば」

併右衛門の拒絶に、衛悟は一歩退いた。

「ふむ」

衛悟の言葉に、併右衛門がうなった。

「日中は暇なのだな」

「はあ。道場に通うほか、することもありませぬゆえ」

問われて衛悟は首肯した。

「そうか。日中、儂《わし》は動けぬ。かといって家臣どもでは心許《こころもと》ない。旗本の次男ならば、どこへ行こうとも疑われることはないか」

独りごちた併右衛門が、衛悟の顔を見た。

「ひょっとすれば、なにか頼むやも知れぬ」

外桜田門からわずか小半刻（約三十分）たらずの道のりは、緊張しているとあっという間である。

辻灯籠《つじどうろう》のかすかな明かりのなかに、立花家の門が浮かんだ。

「今宵《こよい》はなにごともなくすんだか」

ほっと併右衛門が肩の力を抜いた。

そのとき、閉じられた門の前で一人の小柄な侍がうずくまっているのに衛悟が気づいた。

「立花どの」

とっさに衛悟は、併右衛門の襟首《えりくび》を摑《つか》んで引き戻した。

「げふっ」

首を絞められた形になった併右衛門がうめいた。

「だ、誰だ」

衛悟を怒鳴《どな》りつける前に、併右衛門も気づいた。

「立花併右衛門どのだな」

小柄な侍が、ゆっくりと立ちあがった。

大柄で五尺七寸（約一七〇センチメートル）近い衛悟の肩ほどしかない侍が、身体《からだ》にあまるような長刀を腰に差していた。

であった。

「大太刀か」

衛悟は目を剝《む》いた。小柄な侍が腰に差している刀は、一目でわかるほど異様な長さ
幕府は太刀の長さを規定していた。

威を張ることが武士の本分とされていた三代将軍家光のころ、ささいなことで抜刀して争い、死者が絶えなかった。そこで幕府は、寛文《かんぶん》二年（一六六二）に、刃渡り二尺九寸（約八七センチメートル）をこえる太刀、一尺八寸（約五四センチメートル）以上の脇差《わきざし》を禁止していた。

小柄な侍は堂々とそれに反していた。

「冥府《めいふ》防人《さきもり》と申す」

衛悟の驚嘆を気にもせず、小柄な侍が名のった。

「たわけたことを申すな」

誰が聞いてもわかる偽名に、併右衛門が憤《いきどお》った。

「偽りではないぞ。名前などしょせんは、人が決めた符帳でしかない。拙者にも親がつけた名前はあったが、二度と名のることを許さずと言われておる。そのような勝手につけたり、禁じたりできるものにどれほどの必要がある」

くどくどと冥府が語った。

「ならば、拙者は神に決められた職務を名のりとすることにした。これならば、自在な名前ではなく、ずっと同じ名のりを続けられよう。そう、お主たちが、二言目には三河《みかわ》以来の旗本と口にするのと同じよ。拙者は、神に命じられた冥府の番人」

冥府が、上半身をそのままに腰だけを左にひねった。

「居合いか」

併右衛門をかばうように、衛悟が前に出た。

「その鞘《さや》が地面につきそうなほど長い刀。そして腰のひねり」

衛悟は指摘した。あわせるように衛悟は、太刀を抜いた。

「用心棒か。少し見る目はあるようだが、鬼神流《きじんりゅう》の相手ではない」

「鬼神流」

聞き慣れない名前に、衛悟は思いあたるものがなかった。

「知らぬか。まあ、いい。いずれしっかりと鬼神流の味をその身へと教えてくれよう」

「いずれだと」

みょうなことをと、衛悟は首をかしげた。

「残念だが、今宵は手出しをするなと命じられている」

「命じられているだと。誰にだ」

衛悟の肩越しから、併右衛門が聞いた。

「決まっているではないか。冥府の防人に命を下せるはただ一人、六道の主にして、現世の罪を裁く神。閻魔大王《えんまだいおう》」

まだ太刀を退かない衛悟をさげすむように、冥府が見た。

「ふざけたことを」

「きさまの寿命を決めるお方には違いない。己《おのれ》の見識のなかだけが、すべてだと思うな。世には筆ではどうにもならぬ存在があるのだ」

冥府が、あきれた併右衛門を断じる。

「死は将軍であろうとも、天皇であろうとも避けることのできない運命《さだめ》。その運をつかさどるのが閻魔大王。そして拙者はその代行者。無駄なことはよせ。きさまでは勝つことはできぬ。拙者は死そのものぞ」

突風のような殺気が、冥府から吹きつけてきた。

「ひっ」

荷物を持っていた中間《ちゅうげん》が、腰を抜かした。

「むう」

武士の矜持《きょうじ》、併右衛門は歯を食いしばって耐えた。

「おおう」

気迫を返すことで、衛悟は怖《お》じ気《け》づかなかったことを示した。

「そこその修行はしているようだが、しょせんは人の身。神の使いたる吾《われ》には遠くおよばず」

「黙れ」

気負けしないため、衛悟は怒鳴った。

「冥府の使者と申すなら、そのさまを見せてみよ。口先だけならば、両国《りょうごく》の広場に行くがいい」

両国橋を渡った広小路には、口まね、曲芸を見せる芸人が晴れてさえいれば出た。人を集めて芸を見せ、投げ銭をもらうか、がまの膏《あぶら》や万金丹《まんきんたん》などの薬を売ってその日を生きていた。

「立花併右衛門よ。きさまの寿命はまだつきておらぬ。それを己で断ちきるようなまねをそなたはしておる。閻魔大王さまは、それを惜しまれておる。光栄にもきさまはなかなかに役立つ人材と閻魔大王さまはお考えである。そこで、閻魔大王さまがきさまに拝謁を許される。歳明け三日の夜、迎えに参る。そのときまでに肚《はら》を決めておけ」

用件をようやく口にして、冥府が背中を向けた。

「閻魔大王さまの意に従えば、立花の家は栄華を極めるだろう。一千石はもちろん、寄合席も夢ではない。だが、ご威光に逆らえば、きさまの命がなくなるだけではすまぬぞ。家はもちろん潰れ、娘は苦界《くがい》で生涯続く責めを味わうことになる。誤るでないぞ」

辻灯籠の光を不気味に反射していた冥府の赤鞘が闇へと溶けた。

「……ほおおうう」

冥府の姿が消えて数拍後、併右衛門が大きなため息をついた。

「おい、衛悟」

殺気なれしていないだけ併右衛門の回復が早かった。大久保典膳ら剣の達人と稽古を重ねてきた衛悟は、冥府の強さに呆然《ぼうぜん》としていた。

「人とは思えませぬ」

ようやく衛悟は声を出せた。

「勝てるか」

現実を併右衛門が訊いた。

「いまのわたくしではとうていかないませぬ。おそらく師なれば……」

威勢を張ることも衛悟にはできなかった。冥府の迫力に、衛悟は圧倒されていた。

「そうか。ご苦労だったな」

併右衛門は、なぐさめるような口調で衛悟をねぎらった。

「御免《ごめん》」

衛悟は肩を落として去るしかなかった。


併右衛門と衛悟に強烈な脅《おど》しをかけた半刻（約一時間）後、冥府は、広大な庭園に片膝《かたひざ》を着いていた。

しばらくして屋敷の片隅の雨戸がたぐられて、かすかな明かりとともに絹の寝間着を身にまとった壮年の男が姿を見せた。

「鬼は外かの」

節分のかけ声のようなつぶやきを受けて、冥府が応えた。

「これに」

「どうじゃ」

「ご慧眼《けいがん》、恐懼《きょうく》いたしまする。立花併右衛門、なかなかに目がききそうな男かと」

冥府が併右衛門の印象を語った。

「役にたちそうじゃの。奥右筆組頭を一人配下にしておくのもよかろう。なにかと便利に使えよう」

「御前《ごぜん》さま」

満足そうな壮年の男に、冥府が声をかけた。

「お姿をお見せになるのはいかがかと存じまする」

「…………」

「いまさら奥右筆の一人が味方になったところで、大勢はすでにお筋さまがものとなっておりまする。お名前を知る者が一人とは申せ増えることに比すだけのものが得られようとは思いませぬ」

うかがうように、冥府が壮年の侍を見あげた。

「冥府よ、そなたはなんだ」

問いかけに、壮年の侍は不服そうな声で返した。

「わたくしめは、御前さまにすべてを捧げた身」

冥府が応えた。

「おまえは儂の刀よ。刀は主に意見をせぬ」

「出過ぎたまねを……畏《おそ》れ入りましてございまする」

あわてて冥府が庭に額を押しつけた。

「おまえは命じられたことだけをしておけばよいのだ。さすればおまえの一族は、代々血を重ねていくことができよう。よいか、きさまは人ではないのだ。この世において決して許されざる主殺しの大罪人ぞ。人としての名も捨てた身。儂の庇護《ひご》なくば、とうの昔に殺されている。分をわきまえよ」

「申しわけございませぬ」

壮年の男の怒りに、冥府は恐懼した。

平蜘蛛《ひらぐも》のように這《は》いつくばった冥府を睨《にら》みつけていた壮年の男の背後から甘やかな声がした。

「お屋形《やかた》さま、どうなされました」

呼ばれた壮年の男が、顔を天に向けた。

「静かな江戸も風流なものだと思うての」

「この師走《しわす》の夜に。夜風はお身体に障りまする。早うお床へお戻りを」

さきほどまでの情事の名残を身にまとったような側室が、壮年の男の袖を軽く引いた。女の背後にはきちっと着物をまとったままの女中が一人付いていた。

「そうじゃの。夜の庭よりも、そなたの身体のほうが美しいわ。どれ」

壮年の男が、廊下を奥へと進んだ。

「かたじけなきお言葉」

側室が、うれしそうに微笑《ほほえ》んだ。

廊下に残った女中が雨戸を閉めたとき、冥府の姿はすでになかった。

三

正月は、幕府の行事が目白押しとなる。三が日の間、将軍は休む暇もないほど忙しい。並み居る大名や旗本たちの年賀を受けなければならないからだ。

大晦日を大奥で過ごした家斉は、御台所《みだいどころ》と顔をあわせる前に中奥の御座の間へ戻った。そこで嫡子と御三卿《ごさんきょう》、田安《たやす》、一橋《ひとつばし》、清水《しみず》の当主たちと年始の挨拶《あいさつ》をかわす。そのあと白書院に出向いて、御三家尾張《おわり》、紀伊《きい》、水戸《みと》と越前松平《えちぜんまつだいら》家、彦根井伊《ひこねいい》家、加賀前田《かがまえだ》家など特別な家柄の大名たちの年賀を受けた。この白書院の年賀は、一人一人とするのが慣例であり、大名たちから名産品や銘刀など献上、応じて将軍からの下賜《かし》があり、終わるまでかなりのときが必要であった。

　このあと将軍は一休みする暇もなく、大広間に出座する。五位以下の大名や旗本の一部たちを謁見《えつけん》するためであった。さすがに数が多いので、大広間では将軍は立ったまま、畳を埋めつくした大名たちの拝謁を受けた。

「ようやく終えたか」

　すべてを終えて、中奥御座の間に帰った家斉は、大きく嘆息した。

「お疲れでございましょう」

　くたびれ果てて、脇息《きようそく》に身体を預けるようにしている家斉を、側役中根壱岐守《なかねいきのかみ》がねぎらった。

「まったく無駄なことをする。最後の大広間など、大名どもの後ろ頭を見ているだけではないか」

「将軍家の権威を知らしめるためでございまする」

　中根壱岐守が、年若の家斉をなぐさめた。

「そうであろうとはわかるが、大名どもも誰一人として顔をあげぬ。ひょっとすると、あやつらは畳の目しか覚えておらぬのではないか。廊下で出会っても余だとは気づかぬような気がしてならぬわ」

　馬鹿馬鹿しいことだとばかりに、家斉が苦笑した。

「そのようなことはございませぬ。たとえ、拝謁を願ったことのない者でございましようとも、上様の御尊厳にはおそれいるしかございませぬ」

家斉を中根壱岐守がはげました。

「上様、上様と奉《たてまつ》られてはおるが、そのじつはなにもすることができず、させてももらえぬ。余の仕事は大奥へかよい、ただ子をなすことだけよ」

すねたように家斉がつぶやいた。

安永二年（一七七三）生まれの家斉は、今年で二十五歳になる。八代将軍吉宗の四男宗尹《むねただ》を祖とする御三卿《ごさんきょう》一橋家から、天明元年（一七八一）に十代将軍家治の跡継ぎに選ばれた。そののち、家治の死を受けて、天明六年（一七八六）十四歳で十一代将軍となった。

生涯に三人の子供を作っておきながら、すべてに死なれた家治の二の舞を避けたかったのか、家斉は子作りに熱心であった。

将軍に就く前、家斉にはすでに側室があった。本丸大奥へ奉公に上がっていた御小《おこ》納戸《なんど》頭取《とうどり》平塚《ひらつか》伊賀守《いがのかみ》の娘満弐《まに》に手をつけたのだ。

元服前に側室を作るわけにもいかず、お内証《ないしょう》さまと称されていたお満弐は、家斉が将軍になるのを待っていたかのように子供を産んだ。

寛政《かんせい》元年（一七八九）二月、十七歳で家斉は父になった。

長女淑姫《としひめ》の誕生を皮切りに、お内証の方が、翌年次女を、続いて寛政四年（一七九二）に長男竹千代を産み、寛政五年（一七九三）には、小姓組押田藤次郎《こしょうぐみおしたとうじろう》の娘お楽の方が次男敏次郎《としじろう》を、さらにお梅《うめ》の方が寛政六年（一七九四）に姫を、翌七年（一七九五）にはお歌《うた》の方が若君をと続いた。

とくに去年寛政八年は、誕生が多かった。三月に御台所島津薩摩守《みだいどころしまづさつまのかみ》の娘茂姫《しげひめ》が四男敦之助《あつのすけ》を産んだのを始めに、四月お内証の方が四女綾姫《あやひめ》を、五月にはお志賀《しが》の方が五女総姫《ふさひめ》を出産した。

三日目に早世した次女、一歳でなくなった長男竹千代をのぞいて、家斉にはすでに三男四女の子供があった。

「神君家康さまから伝わる幕府にとって、なによりたいせつなものはお血筋でございまする。上様第一等のお仕事と、壱岐守僭越《せんえつ》ながら思案つかまつりまする」

家斉の愚痴《ぐち》を、中根壱岐守がいさめた。

「わかってはおるがの。ほかに何もするなでは、なんのために余が将軍に選ばれたのかわからぬではないか。余しかお血筋がなかったわけではあるまい。御三卿も御三家も人は出せた」

事実、家基を失い世継ぎのなかった家治の跡を誰に継がせるかは、天下のおおごとであった。家斉の他にも、尾張《おわり》徳川宗睦《むねちか》、紀伊《きい》徳川治宝《はるとみ》、水戸徳川治保《はるもり》と年齢血筋とも申しぶんのない候補がいたのだ。

そのなかでもっとも有力であるはずの、御三卿筆頭田安家の当主が候補に挙がらなかったのには理由があった。

安永三年（一七七四）、二十二歳の若さで死亡した田安家二代治察《はるあき》の跡継ぎとして、一橋治済《はるさだ》の五男斉匡《なりまさ》が養子になったのだ。これによって田安家は一橋家の控えあつかいとなり、将軍継承から引かざるを得なくなったのだ。

将軍からの血筋が近いほど、継承する順位は高い。田安家が一橋家の下に入った以上、御三家もその権利を失ったにひとしかった。

だが、ここに大きな謎があった。治察には、弟が二人いた。上の弟はすでに松平隠《お》岐守《きのかみ》の養子に出ていたが、下の弟定信《さだのぶ》は、治察が病に伏したときは、まだ田安家にいた。

跡継ぎのない家は絶えるが、幕府の祖法である。

常ならば残っていた弟を治察の養子にして、跡継ぎとするところを、まるで追い立てるかのように幕府は定信を奥州白河《おうしゅうしらかわ》松平家に出したのだ。当時、十七歳だった定信と田安治察の反対を押しきって、幕閣はこの養子縁組を成立させた。そして定信が白河へ移って半年後、治察は死に田安家は絶えた。

そのあとも、幕府の行動は異常であった。

田安家は格別の家柄と、家を潰すことなく明屋形《あけやかた》と称して、当主なきままの存続を許し、じつに治察の死後、十三年後の天明七年（一七八七）になって、斉匡を跡継ぎとしたのだ。

こうして、家治の跡、十一代将軍の座は、抵抗なく一橋豊千代《とよちよ》こと家斉に決まった。

「さて、今宵はもうよいのであろう。余は大奥へ戻る」

退屈そうなあくびを浮かべて、家斉が席を立った。

「明日も早朝より拝謁がございまする。できますれば、中奥御休息の間でご就寝を願えればと存じ奉りまする」

中根壱岐守が、家斉の大奥行きを止めた。

「いやじゃ。余は休息の間は好まぬ。女でも抱かねば、正月を迎えたとはいえ、寒さはますます厳しくなるばかりではないか。眠ることもできぬ」

家斉は、中根壱岐守の制止を振りきって、御座の間を出た。

さすがに三が日ともなると幕府役人も休みを取ったり、暇になったりするが、逆に多忙となる職務もあった。

その最たる者が拝謁をする大名たちを紹介し、その献上物を読みあげる奏者番である。奏者番はそれこそ、寝る間も惜しんで事項を覚え、手順をまちがえぬようにと必死になった。

次に忙しいのが、奥右筆《おくゆうひつ》であった。奥右筆は、奏者番が披露する音物《いんもつ》の子細を書き、さらに大名たちに下賜される品の目録を作成しなければならなかった。

書きものはいつもの数倍におよび、猫の手も借りたいほど忙しくなる。奥右筆のほとんどは、帰邸の間もなく、江戸城中に泊まりこむ。

併右衛門も奥右筆部屋に隣接した控えの間で元旦、二日を過ごした。

毎日の迎えをしなくてよいと報されていた衛悟は、元旦だけを実家で過ごすと、二日早くから道場へ出た。

剣術の道場は大晦日の午前中に稽古納めをし、六日の初稽古まで休みに入る。涼天覚清流でも同じであったが、道場の鍵は二日から開けられ、一人稽古に励む弟子の便宜《べんぎ》をはかっていた。

三軒長屋を改造した大久保道場は、屋内ではなく外にある共用の井戸を使わなければならなかった。道場に着いた衛悟は、ふんどし一つになると寒風のなか、井戸の水を頭から浴びて身を清めた。

涼天覚清流は、その根本を禅宗に置いている。柳生新陰流のように多彩な技を持つわけでもなく、小野派一刀流のように力を求めることもなかった。

代わりに精神をきびしく鍛錬させた。剣禅一如《けんぜんいちにょ》、剣と禅は、一つのものとした修行を課し、水垢離《みずごり》を取ることを稽古の初めとさせていた。

上州赤城山《あかぎやま》から吹きおろされる寒風が、水に濡《ぬ》れた衛悟の身体を刺す。凍りつく寸前の井戸水が、かえって暖かく感じるほど、江戸の冬風は冷たい。

濡れた身体のまま、道場にもどった衛悟は、用意していた手拭いで全身を拭《ふ》き、ふんどしを新しいものと交換した。

無双窓を開き、道場の空気を入れかえて、衛悟は座禅を組んだ。

禅宗の修行のように公案を出されることはないが、雑念を払うためにひたすらゆったりとした呼吸をくりかえす。

小半刻（約三〇分）ほどで、衛悟は座禅を解き、壁際《かべぎわ》に置かれている木剣を手に取った。

涼天覚清流は稽古で袋竹刀を使用した。真っ向から撃ちおろす一刀に己のすべてをこめさせる涼天覚清流の稽古に木刀は使えなかった。あたりどころのよしあしにかかわらず、命にかかわりかねないからである。

木剣は型を身につけるために備えられていた。

黙々と、衛悟は型をくりかえした。すべての武術につうじることであるが、頭で考えるよりも身体で反応したほうが疾《はや》い。おなじことを延々とくりかえすのは、身体に動きをしみこませ、とっさの対応ができるようにするためであった。

半刻（約一時間）ほど木剣を振った衛悟は、したたるような汗をかいた。

「なにをやっている」

素振りが数百をこえたところで、衛悟に声がかけられた。

「師」

顔を出したのは、大久保典膳であった。

「あけましておめでとうございまする」

正座して、衛悟が新年の挨拶を述べた。

「なにをしていると訊《き》いておる」

大久保典膳は、挨拶を無視して問うた。

「型を遣っておりました」

いつもらしからぬ大久保典膳の態度に首をかしげながら、衛悟は答えた。

「衛悟、そなたはここに来て何年になる」

さらに大久保典膳が尋ねた。

「六歳のときからでございますので、十八年になりまする」

「無駄であったな」

返事をした衛悟に、大久保典膳は冷たい声で言った。

「二十年近い年月はなに一つ、そなたの身につかなかった」

「……師」

衛悟は驚きで言葉も出なかった。

「師として、儂も未熟であった。もっと早くに引導を渡してやれば、そなたも別の道を探せたであろうに。かえすがえすも無念である」

大久保典膳が続ける。

「どういう意味なのでございましょう」

さすがに衛悟も気色ばんだ。

「馬鹿め。まだ気づかぬか。そなた、涼天覚清流の奥義を申してみよ」

あきれた顔で、大久保典膳が命じた。

「澄んだ青空のごとく、一点の曇りもなき心で、ただ一撃にすべてをこめる」

何千回と暗唱した奥義を、衛悟は口にした。

「空念仏《からねんぶつ》か、それは」

よどみもなく答えた衛悟へ与えられたのは、いっそうの叱責《しっせき》であった。

「そなた稽古と実戦は違うなどと寝言を吐《ぬ》かすつもりではあるまいな」

そこまで言われて、さきほどの素振りは、ただあの夜浴びせられた冥府の殺気から逃げるためのものだったと、ようやく衛悟は気づいた。

「恐怖から逃避するために、涼天覚清流の稽古はおこなわれるのではない。怖れを抱く己の弱さと戦うためにこそあるのだ」

「申しわけございませぬ」

衛悟は頭をさげるしかなかった。大久保典膳に才能がないと断じられたのも当然であった。衛悟は最初から負けていた。いや、負けたときの言いわけをするために稽古していた。

やるだけやったんだ。

己への免罪符として、衛悟は二日から一人で稽古に出てきた。大久保典膳は、そんな衛悟の逃げを見抜いて叱ったのだった。

「なにがあった」

愛弟子《まなでし》が、心を取りもどしたのを見て、大久保典膳が訊いた。

「言えぬなら問わぬ。差しさわりがない範囲でよいぞ」

やさしい声で尋ねられて、衛悟は冥府防人のことを語った。

「小柄な身体に、三尺をこえる長刀か」

聞いた大久保典膳が、腕を組んだ。

常識で考えれば、小柄な人物が太刀を抜くことは難しい。三尺をこえる長刀ともなると、衛悟ほど大柄な者でも、鞘走らせることは容易ではなかった。

「居合い抜きで遣うか」

考えこんだ大久保典膳がうなった。

「衛悟、居合い抜きは鞘内で勝負を決するという」

「はい。聞いたことがありまする」

衛悟も首肯した。

「ならば、すでにその冥府とやらの勝負は始まっておるのではないか。現に、そなたは冥府の持つ長刀の動きに心を囚《とら》われてしまっている。見たこともない技が襲い来るのではないかという怖れに心が縮んでいた」

「はい」

素直に衛悟はうなずいた。

「みずから不安を大きくしていた。そなたはな。己の弱さが敵を強くする。その落とし穴にはまっていた。これぞ見事なる技。よいか。剣の戦いはなにも真剣を抜いてから始まるのではない。顔をあわせたときから、いや、同じ剣を学ぶ者として生を受けたときから起こっているのだ」

大久保典膳の言葉が、衛悟に染みていった。

「なれど、心構えだけで腕の差を埋めることはできぬ。差を縮めることはなんとかなるが、覆《くつがえ》せぬ」

「いかがいたせば、よろしいでしょうか」

衛悟は問うた。

「逃げよ」

「はあ」

聞き間違えたかと衛悟は、おもわず奇妙な声をあげた。

「逃げよと言うておる。どうしても勝てぬ相手と戦わねばならぬならば、勝てるようになるまで逃げる。これが最善手ぞ」

　悪びれることもなく、大久保典膳が告げた。

「どうしても逃げられぬときは」

「そんなときはない。己の命以上にたいせつなものなど、この世にあるはずはない」

　きっぱりと大久保典膳が言った。

「人を護《まも》らねばならぬのでございます」

「衛悟。簡単なことだ。おまえでは勝てぬ相手から、どうやって人を護る。そなたが無理をしたところで、どうにもなるまい。いや、かえって結果は悪くなろう。逃げておけば、死ぬのは護るべき人物一人ですんだものを、そなたが要らぬ手出しをしたがために、被害が大きくなる。そう、まず護衛であるそなたが死ねば、どうやって護るべき人は助けられるのだ。けっきょくはそなたの後を追うことになるだけ。ならば、最初から逃げておくべきではないかの。そして、後日、勝ちを取ればいい」

「それでは、武士の矜持が……」

「矜持で命がけの戦いには勝てぬぞ」

「師……」

　衛悟は愕然《がくぜん》とした。誰よりも強い師大久保典膳ならば、衛悟が冥府防人に勝つ方法を伝授してくれるとの期待が壊れた。

大久保典膳の言うことが正しいと衛悟は理解できた。だけに辛《つら》かった。

勝負というのは一瞬の結果である。そして、決して取り返すことはできないのだ。

剣士はもとよりすべての武を学ぶ者は、勝利を手にするために身体を鍛錬し、心に修行を課すのだ。

「剣の死合《しあい》にやり直しはない。待ったはきかぬ。真剣を抜いての殺しあいとなれば、負けた者は、すべてを失うのが決まり。宮本武蔵《みやもとむさし》を知っているか」

「はい。名前ぐらいは」

衛悟は首肯した。

宮本武蔵は戦国末期の剣士である。備前《びぜん》あるいは播磨《はりま》の産とされ、幼いころから諸国を巡って剣の修行を積んだ。六尺（約一・八メートル）近い体軀《たいく》と衆に優れた膂力《りょりょく》を誇り、生涯負けたことがなかったという。関ヶ原《せきがはら》の合戦では西軍に属し、戦功とは縁がなかったが、のちに熊本細川《ほそかわ》藩に客分として招かれた。両刀を使いこなす二天一《にてんいち》流《りゅう》を創始し、剣士の心得をまとめた五輪書を残した。

「宮本武蔵は、生涯六十余度の死合に負けたことなしだという。それがどういうことかわかるか。武蔵が相手したなかには、京で隆盛を極めていた吉岡剣法《よしおかけんぽう》一族、物干し竿と異名を取る長刀を振るって燕返しの秘太刀を振るう巌流《がんりゅう》佐々木小次郎《ささきこじろう》など、世に知れた名人上手もいた」

「それは、弱い者を相手にしただけではないと」

「そうじゃ。宮本武蔵が強かったのは確かであろう。そのうえ、宮本武蔵は勝てるように死合の準備をした。吉岡剣法を相手にしたときは、相手が人数で来るとわかっていたゆえ、死合場所として指定されたところに前夜から潜《ひそ》み、現れた敵に奇襲をかけた。佐々木小次郎のときは、わざと遅れていくことで、敵を憤らせ、冷静さを奪った。さらに物干し竿に対抗するために、船の櫂《かい》を木刀のように削ったものを武器にした」

大久保典膳が、衛悟の顔を見た。

「場を作ったと」

衛悟の言葉に、大久保典膳が首肯した。

「宮本武蔵ほどの者でも、必勝にいたるにはそれほどの準備が必要だったのだ」

「お教えかたじけなく」

弟子の礼儀として、衛悟は頭をさげた。

「ふっ。ようやくいい目になったな」

そこで大久保典膳が微笑んだ。

「剣士が戒めねばならぬことは三つある。己を過信すること、怯懦《きょうだ》になること、そして人を頼ることだ」

「わたくしは、その二つをおかそうとしておりました」

それを悟らせてくれた師に、衛悟は感謝した。

「よいか。勝てぬ相手などない。必ず倒せる。そのための我慢はせよ」

「はい」

「どれ、稽古をつけてやろう」

大久保典膳が袋竹刀を手にした。あわてて衛悟も木刀を袋竹刀に替えた。

「始めようぞ」

声をかけられて衛悟は、袋竹刀を青眼ではなく、上段に構えた。大久保典膳は青眼につけた。

柄頭を臍《へそ》の高さに置き、切っ先を敵の喉《のど》に模《ぎ》する青眼は、守りの構えである。人体の急所である正中《せいちゅう》を太刀でかばうことができ、どのような撃ちこみにもすばやく対応できた。

ただ、青眼はそのまま攻撃に移れなかった。敵の頭を撃つにせよ、首根を狙うにせよ、突きを放つにも太刀をあげるか引くかの一挙動をしなければならなかった。

衛悟はその刹那《せつな》の遅れを嫌った。

「ほう」

涼天覚清流の型にそったまっすぐに天を指す上段の構え、大久保典膳が声をあげた。

「参れ」

誘われた衛悟は、足先で床を拭くようにゆっくりと間合いを詰めた。

上段からの一刀を基本とする涼天覚清流は、二間（約三・六メートル）を得意とし、それ以上短い間合いを一足一刀と呼んで、必至としていた。

当初三間（約五・四メートル）あった二人の間合いが二間になった。衛悟は足を止めた。

呼吸をゆっくりと抑えていく。人というのは息を吸い吐かなければ死んでしまう生きものである。誰にも必要な呼吸が、剣では大きな弱みになった。

胸郭を大きく広げることになる呼気のとき、人は身体の肉を緩めなければならないのだ。そしてゆるんだ身体では、一撃を放つことはもちろん、一刀を受けることも難しいのだ。

息を吸う瞬間、それはいかなる名人といえども消すことのできない隙であった。

衛悟は、大久保典膳の呼吸も測った。格下の者が格上と対峙《たいじ》するときの心得に、目の置きどころがあった。すさまじいまでの気迫を放つ眼光を避け、目を落として、相手の胸を注視するのだ。これは射竦《いすく》められることを防ぐと同時に、息を吸う機をうかがうこともできた。

「…………」

吸えば吐き、吐けば吸う。

稽古試合で、師と対峙するとき、弟子から仕掛けるのが礼儀である。

衛悟は、大久保典膳の胸が絞りきったのを確信して踏み出した。

「りゃああ」

衛悟は、大久保典膳の頭を目がけ、真っ向から振り落とした。

「…………」

渾身の一撃を、大久保典膳は半歩下がるだけでかわした。衛悟の袋竹刀は、大久保典膳に二寸（約六センチメートル）届かなかった。

手応えがないと気づいた衛悟は、両肩に力を入れて袋竹刀の勢いを袈裟懸《けさが》けに変えた。切っ先が膝の高さになったところで、袋竹刀の勢いは止まった。衛悟は躊躇《ちゅうちょ》することなく、袋竹刀を逆袈裟に斬りあげた。

「遅い」

大久保典膳の声が聞こえ、衛悟の両腕を強烈な衝撃が襲った。

「つっ」

かろうじて袋竹刀を落とす恥はかかなかったが、衛悟の動きは止められた。

「参った」

いつの間に間合いをつめたのか、衛悟の喉元へ大久保典膳の袋竹刀が突きつけられていた。

一歩下がって、衛悟は頭《こうべ》を垂れた。

大久保典膳は一閃《いっせん》目《め》をかわしてすぐに踏みこみ、続いて斬りあがってくる二の太刀を青眼の袋竹刀で叩《たた》き、その反動を使って、切っ先を衛悟の喉目がけて跳ねあげたのである。

「踏みこみがわずかに甘い。上段の構えから落とすとき、どうしても威圧を加えようとし、腰が伸びるきらいがある。それは一歩を短くする。さらに腰の伸びた一撃は軽くなり、致命たりえぬ。敵の間合いに身を置くことになる恐怖もあるが、身を捨ててこそ浮かぶ瀬もあれぞ」

「ありがとうございました」

大久保典膳からかけられた言葉を、衛悟は嚙《か》みしめた。

四

江戸城の慣習として、泊まりこむ役人の夜具、食事はともに自弁である。繁忙を終えた三日の朝、併右衛門は持ちこんでいた夜具一式を抱えて、下城した。

大手門前の供待ちで待っていた家士に夜具を渡した併右衛門は、疲れ果てたようすで年賀挨拶の使者が行きかう大名小路を重い足取りで進んだ。

「これは立花どの。新年あけましておめでとうございまする」

ていねいに小腰をかがめたのは、老中太田備中守の留守居役《るすいやく》田村一郎兵衛であった。

「田村どの。これは遅れました。新年の賀を謹《つつし》んで申しあげましょうぞ」

併右衛門は、疲れを押し隠して笑顔を浮かべた。

多忙を極める奥右筆にまさるとも劣らないのが、正月の留守居役であった。

諸藩とのつきあいいっさいを担当する留守居役は、格上の親戚筋で藩主自らが挨拶に行かなければならないところへの供、藩境を接する隣藩や遠縁筋の大名へ藩主の代理として使者に立つなどの外回りだけでなく、藩邸を訪れる客への対応、金を借りている商人との会談と、身体がいくつあってもたりないほど忙しい。

「今お下がりでございまするか。お役目お疲れさまに存じあげまする」

留守居役とは気働きができねば務まらない職務である。まして老中の留守居役ともなれば、藩のこと、金のことだけではなく幕政についても把握していなければならなかった。

「いや、拙者よりも貴殿のほうがたいへんでござろうに」

併右衛門が逆にねぎらった。

「いえいえ。わたくしなど、ただ口を動かしているだけでございますれば」

笑いながら、田村が否定した。

「明日はお休みでございますか」

連日勤務の後は、公休が与えられる。田村が併右衛門に問うた。

「いかにも。さようでござる」

「ずいぶんお疲れのごようす。なにかご懸念でもございまするか」

「いや、御用が続いただけでござるよ」

田村の問いに併右衛門は首を振った。去年からのことがずっと併右衛門にのしかかっていたが、言えることではなかった。

「では、いかがでござろうか。お気散じに、明日、新年のお祝いごとなど。上野の不忍池《しのばずのいけ》あたりの料理茶屋で一献参りませぬか。お昼にでも」

休みだと答えた併右衛門を田村が誘った。

幕臣は役目、あるいはとくに許可を得た場合を除いて、暮れ六つまでに屋敷に戻っていなければならないのが決まりである。留守居役が役人を接待するときは、昼食をともにするのが慣例であった。

「明日でござるか。申しわけないが、後日に願えぬだろうか。ちと都合が悪い」

併右衛門は、顔をゆがめて断った。先日併右衛門を待ち伏せしていた冥府防人と名のる男が、今夜迎えに来るのだ。その話次第では、明日どうなるか、わからなかった。

「それは残念。では、後日、あらためてということで。是非《ぜひ》、お願いいたしますぞ」

世慣れた留守居役らしく、田村はあっさりと退いた。

「こちらこそ、よしなに」

併右衛門も、すまなさそうに軽く頭を下げて、田村と別れた。

大名小路を抜け、外桜田門で併右衛門は衛悟と合流した。

「今夜は、屋敷に詰めていてくれるか」

「最初からそのつもりでおりました」

併右衛門の申し出を、衛悟は二つ返事で引き受けた。

「調べはどうだ」

冥府のことを頭から追いだしたいとばかりに、併右衛門が訊いた。

「道場からあちらこちらへと声をかけていただいたのでございますが、師走から正月にかかる時期も悪かったのか、いまだに見つかってはおりませぬ」

直心影流を遣う侍の調査が、うまく運んでいないことを衛悟は報せた。

「そうか。しかし、それだけ手がかりがないとなると、江戸者ではないようじゃな」

「国許から剣の遣い手を呼び出したと」

衛悟が重ねて確認した。

「ああ。天下のお膝元とはいえ、あまりに消息が聞こえてこぬ」

巨大な都市でありながら、江戸はよく管理されていた。

町人は町奉行に管轄《かんかつ》され、浪人もその範疇《はんちゆう》であった。また、町内ごとに人別は整備され、どこの長屋に誰が住んでいるかもすべて把握されていた。

「人が二人死んだのだ。身元のはっきりした町人や浪人者ならば、葬式の一つも出たであろうし、噂も飛ぶはずだ」

併右衛門の話したことは正しかった。

あの夜、衛悟は斬った敵の死体をそのまま放置して帰ったのだ。見つかれば大騒ぎになる。人殺しなど滅多《めった》にない江戸では、大きな噂となって、併右衛門はもちろん衛悟の耳にも聞こえてこなければならなかった。

「となると、どこぞの藩士。それも、死体を運びこむのに便利な、あの付近の屋敷」

断じるように衛悟が口にした。

「おそらくはな」

衛悟が思いもつかなかったことを、併右衛門はとうから気づいていた。衛悟は人生経験の差を思い知った。

「お帰りなさいませ」

歳をこえて初めての帰邸を、いつものように瑞紀は、玄関式台に手をついて父併右衛門を出迎えた。

「うむ。戻った。少しはやいが祝膳の用意を頼む。衛悟のぶんもな」

「はい。すでに屠蘇《とそ》の用意もいたしておりまする」

併右衛門の注文に、瑞紀はうなずいた。

言葉のとおり、併右衛門の居間を兼ねている書斎に膳の用意が三つなされていた。次の間となる八畳の和室と廊下にも簡素ながら酒のついた膳が並べられていた。

「よくぞ、わかったの」

手回しのよさに併右衛門が感心した。

武方ではなく文官こそが、泰平の世の幕府を支える旗本であると日ごろから公言してはばからない併右衛門は、剣術ばかりやっている衛悟のことをあまりこころよく思っていなかった。幼馴染《おさななじ》みで衛悟と会話を交わす瑞紀にも、嫌みをいくつか聞かせたほどである。まちがえても正月の祝膳に衛悟を招くことなどありえなかった。それを瑞紀は準備していた。

「昨年より、衛悟さまが父上さまのお役目を手助けなされておられまする。ならば、慰労もかねて新年の祝いにお呼びするのは当然と思案いたしました」

とくいそうに瑞紀が微笑んだ。

「上出来ぞ。女《おなご》に必要なのは、その気遣いである」

併右衛門は満足げに言うと、着替えることなく上座に腰をおろした。

奥右筆になってから、立花家の正月は三日の昼すぎにおこなわれた。帰宅した併右衛門は、裃《かみしも》姿のまま上座に、娘瑞紀が書院の間の下座へつき、身分に応じて次の間、廊下と席を決められた家臣や使用人と祝いの食事をするのである。

普段、主人である併右衛門は瑞紀とさえ食事をともにすることはなかったが、正月だけは別だった。これは戦国のころ、命を懸けて尽くしてくれた家臣たちへのねぎらいを兼ねた戦勝の宴を模したものであった。

「一同、席に着きましてございまする」

家臣を代表して代々家士を務める長坂藤兵衛《ながさかとうべえ》が、併右衛門に報告した。

「うむ。皆のおかげで昨年一年当家は無事に過ごすことができた。そして新しき一年を迎える。今年もよく仕えてくれるように。立花家の出世は、すなわちおまえたちの隆盛である。頼むぞ」

併右衛門の挨拶に、家臣一同が忠誠を誓って宴は始められた。

「お召しにならぬのでございますか」

立て続けに杯をあおる併右衛門に比して、酒に口をつけさえしない衛悟へ、瑞紀が声をかけた。

上座の併右衛門から畳一枚さがって、瑞紀と衛悟は向かいあうように座っていた。

正対する形になった瑞紀と衛悟は互いのようすをよく見られた。

武家は来客に対しても、女に給仕をさせることはなかった。まして、酒の酌など論外である。飲まないのかと訊きながらも、瑞紀が席を立つことはなかった。

「飲まぬのではない、飲めぬのだ」

衛悟に代わって併右衛門が答えた。

「このあと、仕事がある」

「お役目でございますか」

瑞紀が首をかしげた。役目となれば、父併右衛門も酒を控えねばならないが、まるでなにかから逃げるように飲んでいる。

「お役目ではないが……あるお方に招かれておる」

瑞紀に告げながらも、併右衛門は酒をあおる。

「お父上さま。少し、お過ぎでは」

飲みすぎだと瑞紀が止めた。人の招きに酔って行くのは、武家でなくとも礼儀に反していた。

「そうか」

言われて初めて気づいたかのように、併右衛門が杯を置いた。

「皆は、存分に楽しめ。儂は座を外す。瑞紀、あとをな」

「どちらへ」

一緒に腰をあげかけた瑞紀を、併右衛門は制した。

「しばし、酔いを覚ましてくるだけじゃ」

「なれど……」

「瑞紀どの」

ふだんと違う父のようすを気にする瑞紀を、衛悟が止めた。

「離れで休む」

不服そうに衛悟を睨む瑞紀を残して、併右衛門は母屋から離れへと移動した。

「衛悟さま。なにをお隠しになっておられまする」

瑞紀が、怖い顔で衛悟に問いかけた。

「隠しているわけではござらぬ。ただ、拙者の口から申すことはできませぬ」

「わたくしにお話しになれぬことがおありだと」

「今は申せぬだけで、いずれは……」

眉《まゆ》をつり上げた瑞紀に、おもわず衛悟は引いてしまった。

「どうにもならなくなる前に、お願いいたします」

ようやく、瑞紀は衛悟を解放した。

宴は一刻（約二時間）たらずで引くのが、立花家の慣例である。終わりが近づいても、併右衛門が戻ってくる気配はなかった。

「父上さまは……」

併右衛門のことが気になるが、当主の代わりとして座を任された以上、瑞紀が席を立つことはできない。心配そうな瑞紀を見て、衛悟は腰をあげた。

「拙者が見て参りましょう」

「お願いいたしまする。なにがあるのかは存じませぬが、父と立花の家をお守りくださいませ。衛悟さまにはおできになりましょう」

疑いもなく見つめる瑞紀の瞳を、衛悟は美しいと感じた。

「できるだけのことをいたしましょう」

頼まれた衛悟は、善処を約して書院を出た。

母屋と渡り廊下で続いている立花家の離れは、併右衛門の先代が隠居したときに建てたものだ。八畳と六畳の二間があり、先代夫婦が住んでいた。二十年前に隠居が、十五年ほど前にその妻が死んでからは、誰も住んではいなかった。

まだ二人が子供だったころ、よく衛悟と瑞紀は離れで先代の妻、瑞紀にとって祖母に当たる花江《はなえ》に遊んでもらった。遊び疲れて、瑞紀と二人一つの布団《ふとん》で寝たこともあった。だが、花江が死ぬと、離れは閉じられ、そして衛悟は立花の家に出入りすることが少なくなっていった。

衛悟は、立ち止まって離れを見あげた。

「懐かしそうだの」

冬の残照が入りこんだ離れから、併右衛門が顔を出した。

「はい」

脳裏をよぎった思い出に、衛悟は懐かしい花江の匂いを嗅《か》いだ気がした。

「入れ」

そんな衛悟の回想は、きびしい声の併右衛門にさえぎられた。

「やはり勝ち目はないか」

最初に併右衛門が確認してきた。

「はい」

衛悟は首肯した。

「そうか」

併右衛門が肩を落とした。

「お決めになられましたか」

冥府防人が言った閻魔大王の誘いにのるかどうかを、衛悟は問うた。

「のらぬ。いやのれぬ」

それだけはできないと、併右衛門がきっぱり否定した。

「この誘いが、儂の能を見てのものなら、のりもしよう。だが、違う。儂が気づいたことがまずいゆえの、口封じでしかない。つまり、儂が必要なわけではない」

苦い顔をしながら併右衛門が続けた。

「不要な者に過分なまでの報酬《ほうしゅう》を約す。これがどういうことかわかるか」

「空手形だと」

決して履行《りこう》する気のない約束だと、衛悟は理解した。

「空手形ならまだいいが、おそらくは……」

目を衛悟の右手に置かれた太刀に向けて、併右衛門が口ごもった。

「口封じ」

衛悟の一言に、併右衛門が首肯した。

「ではどうなされますか。今だけしたがう振りをなされますや」

対処のしかたを衛悟は尋ねた。

「それも一つの手ではあるが、末路はなにも変わるまい」

「たしかに」

うわべだけの隷属は、ばれたとき果断な報復を招く。

「では、断られまするか」

「……ああ」

決意にあふれた顔で併右衛門が認めた。

「ただ、これは今宵、儂が生きて帰れるかどうかの賭《かけ》になる」

「はい」

「あのふざけた名前を申していた男が、言うことを信じるしかないが。もし、生きて帰れたならば……」

そこで併右衛門が口ごもった。

「帰れたならば、どなたかに庇護《ひご》を願うしかあるまい」

併右衛門が、苦渋に満ちた表情で告げた。

幕政にかかわるすべてを見聞きすることができる奥右筆は不偏不党を貫いていた。一時の便宜をはかる謝礼を受けとっても、誰かに飼われることだけはしなかった。

「よろしいのでございまするか」

併右衛門の覚悟に敬意を払いながらも、衛悟は問わずにいられなかった。表立っての権限はないにひとしい奥右筆組頭ではあるが、その持つ力は並の大名をはるかにこえる。

奥右筆組頭が認めなければ、たとえ御三家といえど、御用部屋に新しい藩主を届けることも、婚姻《こんいん》の許しを取ることもできなかった。また、大きな普請や作事がいつどこでおこなわれるかを、奥右筆はいち早く目にすることができた。困窮《こんきゅう》し普請お手伝いを避けたい大名にとって、それは何にもまして知りたいことであった。他にも、奥右筆を手にすることで得られるものは大きい。

願えば、明日にでも老中や御三家の警護が併右衛門につけられることは間違いなかった。

「しかたあるまい。役目を引けばすむ話のように見えるが、これはそうではない。まだ、なにのことか形さえはっきりしていないにもかかわらず、これだけの手が伸びてくるのだ。隠居したとはいえ、見逃してくれはしまい。それですむなら、こうはならぬ」

さすがに多くの旗本が狙う奥右筆組頭の席を手にするだけ老練な併右衛門である。おびえながらも、よく現況を把握していた。

「悪いとは思うが、そなたもすでに巻きこまれておる。浮くも沈むも一蓮托生《いちれんたくしょう》じゃ。かと申して、向こうも表に顔を出せぬ。柊の家にはなにもして来ぬだろう。これも巡りあわせとあきらめて、おぬしの一身、預けてくれ」

併右衛門が頭をさげた。

「おなじことを瑞紀どのにも言われました」

「瑞紀がか。そうか」

父親らしい顔で、併右衛門が言った。

「簡単なことを頼むようにして、無理難題を押しつけてくれる。子供のころから、変わっておられませぬな」

衛悟は昔を思いだすかのように、微笑んだ。

「さっそくだが、上野寛永寺、十代将軍家治さまの御嫡男家基さまのお墓について調べてくれぬか。田沼家のことは、そこにかかわるようだ」

「わかりましてござる」

併右衛門の頼みに、衛悟は首肯した。

第三章　白刃の閃《きらめき》

一

暮れ六つ（午後六時ごろ）の鐘が鳴るのを待っていたかのように、立花家の門が叩《たた》かれた。

「殿。門前に約束をしていたと申す者が……」

門番を兼ねている中間《ちゅうげん》が、離れに報せに来た。

「名のったか」

「いえ。名のりもせぬうろんな者を取り次ぐわけにはいかぬと申したのでございますが、殿が承知のうえだと言い張りまして……」

強情な訪問者にへきえきしたと中間が言外に告げた。

「ご苦労であった。わかった。しばし用意のためお待ちあれと伝えよ」

中間を帰して、併右衛門が衛悟を見た。

「行くか」

「…………」

無言で衛悟は、太刀の目釘《めくぎ》を確認した。

「お気をつけて。お早いお戻りを」

瑞紀に見送られて、併右衛門と衛悟は屋敷を出た。

「お待たせした」

門の外で立っていた冥府防人に、併右衛門が詫《わ》びた。

「いや。気にするな」

ちらと衛悟に目をやって、冥府防人が言った。

「やはりついてきたか。柊衛悟」

衛悟のことも調べあげてあるぞと冥府が告げた。

「まあいい」

冥府が、提灯《ちょうちん》に灯《ひ》を入れ、後ろを見ることもなく歩きだした。

「……先夜と違う」

衛悟は冥府が大太刀ではなく、普通の太刀を帯びていることに気づいた。

麻布《あざぶ》箪笥《たんす》町《まち》から冥府は、南へと歩き続けた。増上寺《ぞうじょうじ》の広大な寺域を過ぎて、やがて正面に黒々とした高輪《たかなわ》の海が見えてきた。

「まだか」

さすがに併右衛門が不安な顔をした。

「もう少しだ」

先夜と違い、冥府は必要なことしか口にしなかった。

さらに小半刻《こはんとき》（約三〇分）近くかかって、ようやく目的地に着いた。海沿いの町屋のなかの一軒、その門扉《もんぴ》を冥府は無言で開けた。

「入れ」

そう言い残して、冥府が門扉を潜《くぐ》った。

「わたくしが先に」

併右衛門を手で制して、衛悟が門を通った。念のため、いつでも抜き撃てるように右手を柄に添える。

門のなかに冥府の姿はなかった。五坪ほどの前庭が、冥府の残していった提灯の明かりにかすかに浮かびあがっていた。

「よろしかろうと存じまする」

衛悟の呼び声を受けて、併右衛門が入ってきた。

「ここは」

「商人の寮のようでございますな」

よく手入れのされた庭、値の張りそうな庭石から、衛悟はそう見た。

立ち止まって周囲を見まわしている衛悟と併右衛門に声がかけられた。

「どうぞ、こちらへ」

見れば、寮の玄関から、手燭《てしょく》を持った女中が姿を現していた。

「お待ちかねでございまする」

夜目にもわかるほど美しい女中が、急かした。

「失礼だが、お女中。こちらはどなたの持ち家でござるか」

「回船問屋伊丹屋《いたみや》の寮でございまする」

併右衛門の問いに、女中が隠さず答えた。

「伊丹屋といえば、下りものを一手にあつかう、大店《おおだな》だな」

聞いた併右衛門が、驚いた。

下りものとは、上方《かみがた》から江戸へ運ばれる酒や醬油《しょうゆ》などのことだ。もちろん、米相場の立つ大坂から江戸へ送られる米も入る。江戸の胃袋を支える大店だけに、出入り先の大名や旗本も多い。

「儂《わし》を呼んだのは、伊丹屋か」

「いえ。伊丹屋は場所を提供しただけ、あなたさまのお名前も知りませぬ」

伊丹屋からの詮索《せんさく》は無意味だと女中が言った。

「さあ、玄関先でのお話は、作法に反しまする」

女中が、会話を打ちきった。

玄関を入ったところで、併右衛門が衛悟に振り向いた。

「ここで待っていてくれ」

これ以上衛悟を深みにはめないための心遣《こころづか》いであった。だが、それはあっさりと女中によって崩された。

「柊さまにもお目通りを許すとの思し召しでございまする」

女中は、そのまま手燭を持って廊下を進み始めた。

「参りましょう」

衛悟は、併右衛門をうながした。

寮の建物は、衛悟の目でもわかるほど豪勢であったが、それほど大きくはなかった。廊下を二間《ふたま》ぶんほど歩いたところで、女中が止まり、襖《ふすま》の前で両手をついた。いちおう、併右衛門と衛悟も正座する。

「案内の者からどのようにお聞きになっておられるかは存じませぬが、なかでお待ちのお方さまは、高貴なご身分にあらせられまする。お呼びするときは御前《ごぜん》と」

口の利き方に注意しろと女中が忠告した。

「御前、立花併右衛門さまと柊衛悟どのを案内いたしました」

衛悟と併右衛門の諾を待たずして、襖の内側へ女中が告げた。

「開けよ」

意外と若い声で、なかから応答があった。女中が作法通りに両方の手を使って襖を開いた。

行灯《あんどん》の光だけの薄暗い部屋にいたのは、顔を頭巾《ずきん》で覆《おお》った男だった。

「よくぞ参ったぞ。併右衛門」

男が尊大《そんだい》な口調で言った。

「お招きをいただき、かたじけなく存じまする」

併右衛門がていねいに頭をさげた。衛悟もしたがった。用をすませた女中が音もなく去っていった。

「なれど、お名前もお顔も隠されたままでは、お話もしにくうございまする。無礼を承知でおうかがい申しまする。お名のりいただけませぬか」

女中の背中が廊下の暗闇に溶けるのを確認して、併右衛門が口を開いた。

「余の名を知る必要はない。そなたは、命じられたことだけをしていればよいのだ」

併右衛門の願いを男はきっぱりと拒否した。

「冥府から話は聞いたであろう」

無駄なときを使う気はないと、男がさっそくに話を始めた。

「併右衛門、余に忠誠を誓え」

「できかねまする。立花家は三河《みかわ》以来の旗本でございまする。その忠義はただ上様にのみ」

きっぱりと併右衛門は断った。

「ならば気にすることはない。余に忠義を尽くすことは、上様に仕えるに同じ」

男が言いきった。

「不遜《ふそん》なことを。上様はこの日の本にただお一人のお方。たとえ御三家でも、執政衆でござろうとも比べることさえ許されぬ」

声を震わせながら、併右衛門が怒った。

「ふん。将軍など飾りものではないか。何一つ己《おのれ》で決めることさえできぬ。御用部屋の者どもが申してくることを追認するだけ。下々の者にまでわかっているではないか。先代家治がなんと呼ばれていたか、知っておろう。そうせい候ぞ」

嘲笑《ちようしよう》を男が浮かべた。

田沼主殿頭《とのものかみ》にすべてを任せていた家治は、なにを奏上されても、そうせいとしか応えなかったと世情では噂《うわさ》されていた。

「ならば、あなたはなにさまなのだ。将軍家を傀儡《かいらい》呼ばわりするとは」

やりとりにはかかわらないつもりだった衛悟が、思わず口を出した。

「人がましい口をきくものよな、番犬の分際で」

返ってきたのは侮蔑《ぶべつ》の一言であった。

「剣術を少し遣えるだけで、婿《むこ》養子の口を餌《えさ》に飼われている。しかし、我が手の者にはおよびもつかぬ。ただの役立たずの分際で、無礼千万」

「ぐっ……」

事実であるだけに、衛悟は反論できなかった。

「併右衛門」

黙った衛悟から、男が併右衛門へと目を移した。

「二度はないぞ。儂にしたがえ」

「お断り申しあげまする」

きっぱりと併右衛門は拒絶した。

「そうか」

怒鳴《どな》り散らすかと思われた男は、冷静な声で首肯《しゆこう》すると手を叩《たた》いた。

「御前、お呼びでございますか」

先ほどの女中が、廊下を滑るようにして現れた。

「終わった。去らせよ」

男は、併右衛門と衛悟に目をやることなく、女中に命じた。

「はい」

見事に三つ指をついて、主《あるじ》の言葉を受けた女中が併右衛門に告げた。

「お見送りをさせていただきまする」

追いたてられるまでもなく、併右衛門と衛悟は立ちあがった。する必要もないと思ったが、そこは礼儀だと割りきって、衛悟はとうとう頭巾さえ脱がなかった男に頭をさげた。

「御免《ごめん》」

玄関について、雪駄《せった》を履《は》いた衛悟に、女中が声をかけた。

「柊さま」

併右衛門に続いて、玄関から出ようとしていた衛悟は足を止めた。

「養子先をお探しとか。わたくしと二百石ではいかがでございましょう」

女中が誘った。

「な、なにを」

不意のことで衛悟は驚いた。

「わたくしが御前に取りなしてさしあげまする」

衛悟にまで手が伸びるとは思っていなかった併右衛門も、唖然《あぜん》としていた。

「ただ、一度御前のご機嫌をそこねておりますゆえ、手柄を一つたてていただかねばなりませぬ」

「手柄とは」

女中の言いたいことがわからず、衛悟は訊《き》いた。

「口封じに、そこな立花併右衛門を斬っていただきまする」

淡々と女中が告げた。

「馬鹿な……」

「なにを」

衛悟と併右衛門は、驚愕《きょうがく》の声をあげるしかなかった。

「不思議なことではありませぬ。戦国の時代、武士は争って敵の首を求めました。それが手柄となって家禄を増やしたのでございまする。もともと武士とはそうしたもの。柊さま。あなたも家を望むならば、首を一つお取りなされませ」

嫣然《えんぜん》と女中が笑った。手燭の明かりに下から照らされた女の顔は、整っているだけに鬼気迫るものがあった。衛悟の背筋を冷たい汗が伝わった。

「御免こうむろう」

女中から目をそらして衛悟は断った。

「武士が人を斬ることで出世してきたことを否定する気はないが、隣人として子供のころから世話になった立花どのを殺すなどできようはずもない。拙者は武士であるまえに、人でありたい。鬼になるつもりはない」

「鬼にならねば、人もうらやむ出世はできませぬ。豊臣秀吉《とよとみひでよし》さままでさかのぼらずとも、柳沢美濃守《やなぎさわみののかみ》さま、間部越前守《まなべえちぜんのかみ》さま、田沼主殿頭さまをご覧になってもわかりましょう。人の犠牲の上に立つだけの気概なくて、なんの男《おのこ》でございましょうや」

さげすむように女中が衛悟を見た。

「なにを言うか、人というものは……」

「では、お気をつけてお帰りくださいませ」

言い返そうとした衛悟をさえぎって、女中がていねいに礼をした。

「うっ」

「よさぬか」

鼻白んだ衛悟だったが、併右衛門に諭《さと》されて、それ以上言い争うことなく背中を向けた。

「お送りする」

門を出た衛悟と併右衛門を、冥府防人が待っていた。

行きと同じように、冥府が提灯を手に先に立った。

夜の闇にふさわしい沈黙が、麻布箪笥町まで続いた。

「ご苦労だった」

併右衛門が冥府に別れを告げた。

「ああ。貴殿は屋敷に入られるがいい。無事に帰すと言ったからな」

併右衛門にそう言った冥府が、衛悟に顔を向けた。

「だが、きさまに、そう約した覚えはない」

冥府防人が衛悟に殺気を放った。

「…………」

衛悟は驚かなかった。併右衛門が話を断ると告げたときから、こうなるだろうと予想していた。

「立花どのは、お屋敷へ」

冥府防人から目を離さず、衛悟はうながした。

「なれど……」

見捨てては行けぬとばかりに、併右衛門がためらった。

「気になり申すゆえ」

暗に足手まといだと、衛悟は言った。

「ううむ」

それでもためらう併右衛門に、衛悟が述べた。

「剣士の勝負でござる。余人は無用」

「……わかった」

苦汁を飲んだ顔で、併右衛門が屋敷へと消えた。

「では、始めようか」

冥府防人が、太刀を抜いた。

真剣は漆黒《しっこく》の闇でないかぎり、少しの光でも吸うようにして光る。白刃の持つ冷ややかな輝きに衛悟の身が締まった。

「…………」

衛悟は無言で太刀を鞘走《さやばし》らせた。

互いの間合いは五間（約九メートル）、太刀を青眼にした冥府に対し、衛悟は最初から涼天覚清流の極意一天《いちてん》に構えた。

師大久保典膳に教えられてから、衛悟はずっとどうすればいいのか考えてきた。その結果がただ無心で敵を両断する一天の秘太刀だった。

「それが涼天覚清流の構えか」

やや切っ先をさげた青眼の冥府が口を開いた。

「聞かぬ流派だと思ったが、示現流《じげんりゅう》の亜種か」

示現流とは、薩摩《さつま》島津《しまづ》藩のお留め剣術である。とんぼと呼ばれる切っ先でまっすぐ天を指す構えから、烈火のごとき斬撃をくりだす。武者を鎧《よろい》ごと両断する威力を持ち、関ヶ原の合戦で東軍の心胆を冷やしめた。

「己の知識の範疇《はんちゅう》にすべてがあると思うのは傲慢《ごうまん》ぞ」

冥府の言葉を衛悟は否定した。

「ならば、技で語れ」

一気に冥府が間合いを詰めてきた。

「疾《はや》い」

一足で一間（約一・八メートル）を削る体術に、衛悟は感心しながらも、おびえなかった。

またたきすることなく、ただ敵が間合いに入るのを待った。

二間（約三・六メートル）になったとき、冥府の太刀が青眼から脇構えに変わった。そのまま右足を踏み出し、袈裟懸《けさが》けに来た。

衛悟はまっすぐに、渾身《こんしん》の力をこめて、刀を落とした。

甲高《かんだか》い音をたて、火花を散らして二人の太刀が絡んで止まった。

「単純なだけに重いな。ただ一刀に任せたか。潔いが……」

鍔迫《つばぜ》り合《あ》いになった冥府が、感嘆したあと、笑った。

「だが、正直すぎる。真っ向からの太刀は止められてしまえば、そこまでよ。やはりおまえ相手に大太刀は必要なかったな」

上段からの一撃は、一度勢いを失うと、ふたたび振りあげなければ、次が撃てない。それに比して、袈裟懸けの一刀は、斜めに力を加えているだけに、少しひねるだけで、狙《ねら》いを変えられた。

刀身をこじり、衛悟の刃《やいば》を滑るように冥府が反撃を放った。

「くっ」

身体《からだ》をひねって、衛悟は一刀をかわした。

「まだまだっ」

衛悟の顔から一寸（約三センチメートル）のところを、白刃が過《よぎ》った。

鍔迫り合いから、間合いなしの戦いになった。

最初の一撃以降、なにもできずに、ただ防戦一方となった衛悟は、かろうじて致命傷を避けてはいたが、いつまでもつかわからなかった。

敗北が死につながる。真剣での経験が浅い衛悟は、湧《わ》きあがる焦《あせ》りを抑えきれなかった。

勢いがないのを承知で、衛悟は刀を振りあげず、そのまま斬りおろした。苦肉の策はあっさりと下から跳ね上がってきた冥府の太刀に防がれた。

「馬鹿が」

無理な動きが隙《すき》を作った。衛悟の両腕は上に弾《はじ》かれ、胴が丸空きになった。衛悟の甘い一手に冥府が笑った。

冥府の太刀が、衛悟の右脇腹へとひるがえった。

「衛悟さま」

悲鳴のような声が、冥府の太刀を止めた。立花家の潜《くぐ》り門《もん》から、瑞紀が駆けてきた。父併右衛門から、衛悟が真剣で戦っていると聞かされたのか、瑞紀の顔色は蒼白であった。

「瑞紀どの」

予期していない登場に、衛悟も呆然《ぼうぜん》となった。

「ちっ、興が削《そ》がれた」

舌打ちをして、冥府が後ろへと跳んだ。

「次は、女の裾《すそ》の届かぬところでな。救われたの、柊」

そう言い残して、冥府が闇へと溶けた。

「衛悟さま」

怪我《けが》はないかと触れてくる瑞紀を好きにさせながらも、衛悟は冥府の消えた闇から目を離せなかった。

「まだ、生きている」

衛悟は、大きく息を吸った。

二

十一代将軍家斉は、年賀行事から解放されても疲れていた。

「お離れたまわりませ」

いつものように大奥で一夜を明かした家斉は、中﨟《ちゅうろう》の一言で眠りを覚まされた。

「もう朝か。寝た気がせぬな」

揺らされさえしないが、意地でも起こしてみせるとばかりの中﨟の甲高《かんだか》い声に家斉は、顔をしかめた。昨夜伽《とぎ》を命じた側室の姿はすでになかった。

側室はあくまでも使用人である。主と同じ臥所《ふしど》で夜明かしをすることは許されなかった。家斉の寵愛《ちょうあい》を一度受けたあと、家斉と己の後始末をおこない、再度の思《おぼ》し召《め》しがなければ与えられた部屋へ下がるのがしきたりであった。

面倒くさそうに布団から出た家斉は、そのままの姿で大奥から中奥へと戻った。

将軍家の日常の世話をするのは、中奥に勤務する御小納戸組《おこなんどぐみ》の仕事であった。

中奥御休息の間に入った家斉を御小納戸たちが待ちかまえていた。

髪を結う者、歯磨きの手伝いをする者、着替えをさせる者、家斉はただ人形のようにされるがままであった。

「お脈を」

宿直《とのい》の典医が、家斉の左手首に絹の糸をゆるく巻きつけ、すばやく下の間へと退き、襖の陰に隠れた。

糸脈であった。高貴なお身体《からだ》に直接触れるはおそれおおいと、手首に巻きつけた糸で家斉の脈を測るのだ。

「おかわりなく、恐悦至極《きょうえつしごく》とぞんじあげまする」

膝行《しっこう》してきた典医が糸を外しながら、部屋の隅で控えていた中根壱岐守《いきのかみ》に告げた。

「膳を持て」

典医の言葉次第では、朝餉《あさげ》の内容を変更することになる。中根壱岐守は、ほっとした顔で廊下に控えていた小姓番《こしょうばん》に命じた。

将軍家とその一族の食事を担う御広敷《おひろしき》台所で用意された朝食は、御休息の間近くの御囲炉裏《おいろり》の間へ運びこまれ、毒味も終わっている。ここで変更があれば、一日の手順がすべて狂うことになる。

「お召しあがりくださいませ」

千年一日のごとく、将軍の朝食の膳に載るものは決まっていた。一の膳に汁ものと酢のもの、もしくは刺身などの一品と煮もの、漬けもの、二の膳に吸ものと焼きものであった。たわいもない語呂《ごろ》合わせでしかないのだが、焼きものは魚偏《へん》に喜ぶと書く鱚《きす》と決まっていた。

さしてうまそうな顔もせず、家斉は全部たいらげた。少しでも残せば、すぐに典医が飛んで来ることになるし、下手をすれば調理した台所役人に咎《とが》めが行くからである。

食べ終わった家斉に、中根壱岐守が声をかけた。

「上様、越中守《えっちゅうのかみ》さまが、のちほどお目にかかりたいと」

「越中がか」

苦そうな顔を、家斉が見せた。

越中守とは、奥州白河《おうしゅうしらかわ》十一万石の藩主松平越中守定信《さだのぶ》のことだ。天明《てんめい》七年（一七八七）から寛政《かんせい》五年（一七九三）の足かけ七年間、老中の座にあった。執政をはずれた今は、将軍に近しい血筋の者で構成され、家斉の諮問《しもん》に答える溜間詰《たまりのまづめ》の衆となっていた。

「お勤めのあと、しばしのときをちょうだいいたしたいと申されておりまする」

朝食を終えた将軍は、一度大奥へ戻って、御台所《みだいどころ》と朝の挨拶《あいさつ》を交わし、ふたたび中奥へ帰り、仏間で先祖への祈りをささげるのが日課であった。

「小言かの」

「それは……」

嫌そうに訊く家斉へ、中根壱岐守はわからないと首をかしげた。

「しかたあるまい。越中の話となれば聞かずばならぬか」

あきらめたように家斉が首肯した。

「承知いたしましてございまする」

中根壱岐守が受けた。

それから一刻（約二時間）ほどのち、松平定信が御休息の間に顔を出した。

「上様にはご機嫌うるわしゅう」

「うるわしくはないわ。朝からなんじゃ」

しぶい顔で家斉は、松平定信を迎えた。

「少しお話しいたしたいことが。昨今の世の風潮を……」

「小言か。越中。ならば待て」

家斉が話し始めた松平定信を止めた。

「壱岐守」

御休息の間に続く次の間で控えていた中根壱岐守に声をかけた。いつものように人払いをせよとの合図であった。

「はっ。一同の者、遠慮いたせ」

中根壱岐守の声に、御休息の間、次の間、廊下に控えていた小姓番、御小納戸が一礼をしてさがっていった。

「では、御用が終わりますれば、お呼びくださいませ」

最後に中根壱岐守が去った。

「越中、近う」

少しようすをうかがった家斉が、松平定信を招いた。

無言で松平定信が、家斉の近くまで進んだ。

「なにかあったか」

家斉が問うた。

松平定信が四十歳と年長であるが、身分の差はそれを凌駕《りょうが》する。家斉の態度は主が家臣に対するものであった。

「上様、お屋形さまが、動かれたとのことでございまする」

「父上がか。今度はなにを欲しがられたのだ」

家斉がうんざりとした。独立した大名のように領地や家臣を持たない御三卿《ごさんきょう》は、すべての経費、役人まで幕府もちである。いわば将軍の扶養家族であった。そのことから、御三卿の当主のことを、幕府はお屋形《やかた》と称していた。

「かの一件に疑念をいだいたとおぼしき奥右筆組頭《おくゆうひつくみがしら》に誘いをかけられたようでございまする」

「奥右筆ごときを欲しがるとは」

老中若年寄にとって片手にひとしい奥右筆であるが、身分は低く歴史も浅い。家斉の反応はあたりまえであった。

「ことが表沙汰《おもてざた》になるまえに、手を打たれたかったのでございましょう」

「父らしいな。己の聡《さと》さを見せつけようとなされすぎる。傷を吹いて重くするということをごぞんじない」

大きく家斉が嘆息した。

「しかし、奥右筆組頭を配下にされたは、大きいな。これで幕政のすべてを知ることになる。今でもうるさく口出しされてくると言うに」

疲れた口ぶりで、家斉が首を振った。

「それが、どうやら断られたようでございまする」

松平定信が首を振った。

「断った……ほう、それは」

気怠《けだる》そうな家斉の目が、光った。

「父上のことだ、思いきった褒賞《ほうしょう》をしめしたであろうに。誘いにのらなかったというか、その奥右筆組頭は」

「お屋形さまが奥右筆組頭に目通りを許された夜、お屋形さまの手の者と、奥右筆組頭が雇《やと》った者が争闘したよし」

「あのふざけた名前の者とか」

「はい」

家斉も冥府防人の名を知っていた。

「名前はみょうだが、腕は柳生《やぎゅう》や小野《おの》でもかなうまい」

すでに家斉のなかで、奥右筆組頭とその護衛は死んだことになっていた。大名か高禄の旗本ならば、その死は家斉の耳に入れられるが、奥右筆組頭ていどでは、報されることもなかった。

「死んではおりませぬ」

「ほう」

家斉の目が輝いた。

「おもしろいな」

「遊びではございませぬぞ」

身をのりだしてきた若き将軍を、長く執政の座にあった大名がいさめた。

「わかっておる。わかっておるが、あのうるさい父上を黙らせることができるやも知れぬではないか」

興奮ぎみに家斉が言った。

家斉は、傀儡《かいらい》でしかない将軍の地位にへきえきしていた。初代徳川家康《いえやす》が江戸の幕府を開いた慶長《けいちょう》八年（一六〇三）から、十一代百九十余年の月日が経《た》った。もとは武をまとめるためのものだった幕府も、行政をになう文に基本を変え、将軍も君臨する絶対者から、象徴になった。

「実務を老中たちがするのはかまわぬ。世慣れておらぬ余より、よほどましだからな。それに越中のような才もいる」

家斉の褒《ほ》め言葉に、松平定信が苦笑した。

「だがな、なにかにつけて、こうせよ、ああせよと口出しされるのはたまらぬ。余は将軍ぞ。父とはいえ、家臣ではないか」

一橋治済《はるさだ》は、ことあるごとに家斉へ政《まつりごと》の助言をしてくる。いや、助言とは名ばかりの命令であった。

「越中のことでもそうじゃ」

不満は終わらなかった。家斉は松平定信を見た。

「余は、越中を老中首座より大老へと進ませるつもりであった。また、そうすべきであると考えていた。八代将軍吉宗公がなんとか建てなおされた幕府は越中、そなたがいなければ潰れる。余はそう信じていた。いや、今でも思っておる」

松平定信と家斉の仲はよかった。家斉は松平定信の才を信じ、幕政すべてを委ねた。また、松平定信もその期待によく応え、疲弊《ひへい》しきっていた財政を救い、停滞していた幕政を刷新させた。

田沼主殿頭によって崩された幕府の権威を取りもどし、破綻《はたん》した経済をもちなおさせるには、尋常の手段ではまにあわない。思いきった改革が必要であった。

大きな改革は成果をあげたが、古き体制に浸《ひた》りきっていた者たちにとっては、鉄槌《てっつい》となる。松平定信のやることなすことに、抵抗する勢力は大きく、あちこちで齟齬《そご》が生じていた。

いつの世でも、変革には大きな痛みが伴う。伝統墨守と言えば聞こえはいいが、因循姑息《いんじゅんこそく》な慣例にしたがうことで過ごしてきた役人たちへ、松平定信はきびしく対処した。

それは反発を呼び、それこそ松平定信が老中でいたころ、家斉の耳に讒言《ざんげん》が聞こえない日はなかった。だが、家斉は松平定信を信じ、いっさいの妨害を排除してきた。

しかし、寛政五年（一七九三）、家斉はついに松平定信へ老中退任を命じる羽目になった。一橋治済が敵にまわったのだ。

ことのおこりは、尊号宣下《そんごうせんげ》であった。

寛政元年（一七八九）、ときの光格《こうかく》天皇が、実父閑院宮《かんいんのみや》典仁親王《すけひとしんのう》に太上《だじょう》天皇の称号を下賜《かし》しようとした。

光格天皇は、高御座《たかみくら》の座にのぼれなかった父への孝心から、称号だけでも皇の位につかせてやろうとしただけであり、朝議に参加する公家たちも反対はしなかった。

それに松平定信が待ったをかけたのである。朱子学こそ世の規範と考えていた松平定信は、天皇となった者以外が、尊号を賜《たまわ》るのは僭越《せんえつ》だと反対した。

天皇の口から出た言葉である。幕府から与えられる禄《ろく》で生きている公家たちとはいえ、引っこめることはできなかった。

形だけとはいえ、幕府は朝廷の推戴《すいたい》を受けて政をおこなうのである。いわば、朝廷が主であり、将軍は代官でしかない。その代官が、主人の希望を阻害するなど許されてよいことではないと、珍しく公家たちが強く反発した。

その結末が寛政五年に出た。そこまでときが必要だったのは、公家たちの抵抗もあったが、なにより松平定信が多忙で、かかりきりになれなかったからだった。

結果は、幕府の勝利であった。松平定信は、幕府と朝廷の連絡係ともいうべき、武《ぶ》家《け》伝奏《てんそう》正親町《おおぎまち》公明《きんあき》と中山愛親《なかやまなるちか》の二人を江戸に呼びつけて、罰した。

正親町公明が五十日、中山愛親は百日の逼塞《ひっそく》とかなりきびしいものであった。ほかにも、広橋《ひろはし》、勧修寺《かしゅうじ》ら朝議に参加した多数の公家たちにも処罰が与えられた。

一見幕府の勝利に見えた尊号宣下事件が、松平定信の首を絞めることになった。

じつは、同じころ、幕府のなかで朝廷に奏上しようとしていたことがあった。家斉の父一橋治済に大御所《おおごしょ》の称号を認めてもらおうと根回ししていたのだ。

大御所とは、将軍を譲った前将軍に対し、朝廷がその労をねぎらう意味で与える名誉号であり、徳川幕府でも、初代家康、二代秀忠《ひでただ》、八代吉宗の三人にしか許されていない特別な重みを持つものである。

己が将軍の座につけなかった一橋治済は、大御所の名前を熱望していた。その意を受けた京都所司代たちが動いている最中に、松平定信が尊号宣下を拒否したのだ。天皇の願いを潰《つぶ》しておいて、こちらの要望だけはきけとはさすがに言えず、一橋治済への大御所号下賜は夢と消えたのである。

これが松平定信の致命傷となった。

改革による締めつけで大奥ににらまれていた松平定信である。配下と、女、そして父からも罷免《ひめん》を要求されては、さすがに家斉もかばいきれなかった。

無理をすればなんとでもなったが、あえて我を押しとおさなかったのは、松平定信の身をおもんぱかったのである。これ以上御用部屋においては、罪をなすりつけられて家ごと潰されかねないと判断した家斉は、己の無力を嘆きながら、松平定信に退任を命じた。本来白河藩松平家では許されない溜 間詰《たまりのまづめ》にするのが、家斉精一杯の抵抗であった。

「一度お灸《きゅう》をすえねばならぬな」

家斉が、つぶやいた。

一橋治済は宝暦《ほうれき》元年（一七五一）に生まれ、今年で四十七歳と男盛りである。とてもこのまま大人《おとな》しく隠居生活にはいるとは思えなかった。

「あまりにもお屋形さまは、八代さまに似ておられますゆえ」

家斉の提案を松平定信は否定しなかった。

「幕府の金蔵の床が、ようやく見えなくなったときに、よけいな政は不要」

八代将軍吉宗の手腕で、百万両をこえる予備金を持つことのできた幕府であったが、それも九代家重、十代家治の治で底をついていた。

家斉が将軍となったとき、幕府の金蔵は床板を見せていた。それを松平定信は八年ほどでじつに数百万両という金で埋めつくしたのだ。

「金がなければ、政は動かぬ。田沼主殿頭のやり方はまちがっていたが、申しておることは真実であった」

「ご明察」

「なればこそ、余はなにもせぬのだ。毎日女を抱くだけでな」

家斉は暗愚ではなかった。いや聡明すぎた。泰平の世で、将軍がなすべきは、なにもしないことだと理解していた。

「八代さまを祖父にもった不幸は、己のなかだけで抑えてもらわねばならぬ。それを世のために遣《つか》おうなどと思いあがられては困る」

「奥右筆に庇護《ひご》をお与えになりましょうや」

一橋治済の邪魔をするために、奥右筆組頭を助けてやるのかと松平定信が質問した。

「いや、助けてはやらぬ。要らぬ手出しをしたのだからな。まいた種は己で刈るのが当然であろう」

冷たく家斉が言い捨てた。

「では、傍観なされますか」

「当座はの。最後は手を出してやるかも知れぬが。状況しだいだの。しかし、余が表に出るわけにもいくまい。そのときは越中、頼むぞ」

首肯して、家斉が命じた。

政争に負けて将軍家の相談相手という名ばかりの閑職、溜間詰にされた松平定信は、不満をもっていると世間は思っている。その隠《かく》れ蓑《みの》を利用したいと家斉は考えたのであった。

「承知いたしましてございまする。では、そろそろ壱岐守を呼びかえしましょう」

するすると松平定信が、下座へと退いた。

「……壱岐、壱岐」

黙ってうなずいた家斉が、中根壱岐守を呼んだ。

「はっ」

すぐに中根壱岐守が、廊下に現れた。

「余は気がのらぬ。あとのことは、そちに任せる」

不満そうに告げて、家斉が横を向いた。

「上様、それは……」

松平定信が、背筋を伸ばして意見を述べようとした。

「わかった。わかっておる。気分がすぐれぬ。さがれ」

不機嫌を声にのせて、家斉が松平定信に帰れと手で合図した。

「壱岐守どの。上様にしかと御用をご覧いただくのだぞ」

峻厳なまなざしを家斉の側近に向けて、松平定信が言った。

「はっ、はあ」

寵愛《ちょうあい》の家臣として、多くの幕臣から羨望《せんぼう》されている中根壱岐守が、情けない顔をした。

「お側に仕える者が、しっかりと上様をお守りせねばなんとするか」

最後まで叱《しか》りながら、松平定信が御休息の間を出ていった。

「まだ若いというに、口うるさいやつじゃ」

「ひとえにご忠義なのでございまする」

家斉の文句を、中根壱岐守が流した。

三

あけて正月四日、久しぶりの休日を、併右衛門はゆううつな気分で迎えた。

「おはようございまする」

いつもより半刻（約一時間）遅く、瑞紀が書院の併右衛門を起こしに来た。

幕府の役人の登城時刻は、おおむね明け五つ（午前八時ごろ）と決まっていた。屋敷から江戸城までの距離を考えて、それぞれの家では起床する時刻が決まっていた。江戸城に近い立花家では、起床が明け六つ（午前六時ごろ）、出立《しゅったつ》を明け六つ半（午前七時ごろ）としていた。それを半刻とはいえ、ずらせたのは昨夜が遅かったからである。

「なにがどうなっておるのでございますか」

冥府防人から衛悟を取りもどした瑞紀は、血相を変えて併右衛門に詰め寄った。

「御用ではなかったのでございますか」

「女子供の口出しすることではない」

併右衛門は回答を拒否したが、それで瑞紀はおさまらなかった。

「ただちにお目付《めつけ》に申し出て、お調べを願いましょう」

正論であった。幕府の役人でなくとも、深夜旗本が得体の知れぬ男に襲われたのだ。目付あるいは町奉行所に届け出るのが筋であった。

「それはならぬ」

御前と呼ばれる敵は、まちがいなく身分のある大名かあるいは高禄の旗本、下手すれば幕府の中枢の者かもしれないのだ。表沙汰にすることが、正しいとはいえ、最良の手とは思えなかった。

「なれど……」

食いさがる瑞紀を収めたのは、衛悟であった。

「瑞紀どの、すでに夜も更《ふ》けた。委細は明日ということにいたしませぬか。立花どのもお疲れのようであるし、なにより拙者もくたびれた」

たしかに衛悟は脱力していた。冥府防人におよばなかったことが、ときが経つとともに心を締めつけてきた。

「申しわけないが、今宵《こよい》は休ませてもらいたいのだ」

「衛悟さま」

瑞紀が気遣わしげな表情で首肯した。大きなものはなかったが、衛悟の身体にはいくつかの傷ができていた。その手当てをしたのは瑞紀である。瑞紀も旗本の娘、命のやりとりがどれほど辛いものかは理解していた。

こうしてなんとか一晩の猶予《ゆうよ》ができた。

「お着替えをなされませ」

そう言って書院に入ってきた娘瑞紀に、併右衛門は目を見張った。いつもはほとんど化粧をしない瑞紀が、ていねいに髪を結いあげ、濃く紅まで入れていた。

「うむ」

言葉少なに首肯して、併右衛門は寝間着から常着へと着替えた。

朝餉《あさげ》を終えたあと、瑞紀が背筋を伸ばした。

「衛悟さまをお呼びしてよろしゅうございますか」

「ああ」

併右衛門はうなずいた。

立花家と違って、衛悟はいつものように明け六つに起こされた。評定所与力《ひょうじょうしょよりき》の兄賢悟の出立を見送らなければならないからであった。

武家では、当主が何よりも偉かった。同じ親から生まれた兄弟でも、他家に養子にでも出ないかぎり、弟は家臣と同じあつかいであった。また、父も隠居すれば、やはり当主に対して礼をつくさなければならなかった。

「ご出立つう」

柊家の家士が、大声で登城を報せた。

辰《たつ》の口《くち》の評定所へ出かけていく賢悟へ、玄関式台に並んだ一族郎党が頭をさげた。

それから、衛悟や賢悟の妻たちが朝食を摂《と》る。最初に隠居である父正悟《しょうご》のもとへ、膳が届けられる。そのあとようやく台所脇の板の間で、衛悟は飯と汁と漬けものだけの食事を許されるのだ。

衛悟が食事を終えるのを待っていたかのように、瑞紀が呼びに来た。

「今参る。着替えるゆえ、先にお帰りあれ」

袴《はかま》に皺《しわ》が寄るのを嫌って、小袖《こそで》だけでいた衛悟は、瑞紀にそう告げた。

「いえ。ご一緒いたしますので」

瑞紀は衛悟の部屋に入りこそしなかったが、縁側に立って待った。

急いで身支度《みじたく》をととのえた衛悟は、太刀を右手にして、部屋を出た。

「参りましょう」

急《せ》かされるようにして、衛悟は立花家へ連れていかれた。

「おはようございまする」

「うむ。早くからご苦労だな」

ともに疲れた顔で、衛悟と併右衛門は朝の挨拶を簡単にすました。

「どうぞ」

無言で顔を見あわせている二人の前に、瑞紀が白湯を供した。

冬でも武家は部屋に火を入れないのが矜持《きょうじ》であった。白い湯気が揺らぎ、一瞬寒い朝の部屋を暖かくした。

「では、お聞かせ願いまする」

一人白湯さえ手にしていない瑞紀が、背筋を伸ばした。

「瑞紀。昨日のことは御用にからんだものである」

口を開いた併右衛門は、瑞紀にかかわることではないと述べた。

「…………」

「よってそなたが気にすることではない」

「…………」

瑞紀は答えず、じっと併右衛門を見つめ続けた。

退く気はないなと衛悟はさとった。ほとんど生まれたときからの馴染《なじ》みである。見た目清楚な瑞紀が、かなり強情なことを衛悟はよく知っていた。そして、瑞紀が無口になったときは、なにがあっても折れないとも理解していた。

もちろん衛悟以上に併右衛門は瑞紀のことをわかっている。併右衛門は、瑞紀から衛悟へとまなざしを移した。衛悟は、黙って首を振った。

併右衛門が大きなため息をついた。

「御用の中身は、いかにおまえでも教えるわけにはいかぬ」

あきらめて併右衛門が、昨夜あったことを語った。

「承りました」

併右衛門に頭をさげた瑞紀は、膝《ひざ》を衛悟に向けた。

「衛悟さま。昨夜の者と戦われたのは初めてでございますか」

「いかにも」

矛先が衛悟に変わった。併右衛門が湯呑《ゆの》みを包みこんで、両手を温めるようにしているのを横目に、衛悟は首肯した。

「どうなのでございますか」

勝てるのかと瑞紀が問うた。

「勝負はやってみなければわかりませぬ」

「それは、剣の稽古は無意味だとおっしゃっておられるにひとしくはございませぬか」

痛いところを瑞紀は突いてきた。

剣の修行を心の修養という気は衛悟になかった。どのように美辞麗句で飾ったところで、剣術は人を殺す術であり、太刀は命を奪う道具なのだ。

「……正直に申して、よほどの偶然でもないかぎり、勝てるとは思えぬ。昨夜も瑞紀どのが現れてくれなければ、負けていた」

衛悟は己が冥府に遠くおよばないことを、すなおに認めた。

「では、どうなさるおつもりでございますか」

苦い顔をした衛悟に、瑞紀はさらに詰め寄った。

「次までに稽古を重ね、我が腕をあげておくしかござらぬ」

「間にあいましょうか」

さらに瑞紀がたたみかけてきた。

「うっ……」

衛悟は詰まった。再戦がいつかはわかっていないのだ。一年先かも知れなかったが、今夜でもおかしくはないのである。

「お逃げあそばせ。江戸を離れられれば、そこまでは追いかけては参りませぬでしょう」

いつの間にか、瑞紀が泣きそうな顔になっていた。

「お役にかかわる揉《も》めごとならば、奥右筆組頭である立花の問題。衛悟さまはかかわりございませぬ」

長く見たことのない娘の泣き顔に併右衛門が驚いた。

「そうじゃ。そうよな。これは立花家の問題ぞ。衛悟に命を賭《か》けてもらうわけにはいかぬ」

併右衛門も娘瑞紀の言葉に続いた。

「しばらくの間、そうよな、一年ほど武者修行として上方にでも行ってくれぬか。心配するな、金は儂《わし》がもつ」

よい案だと併右衛門が言いだした。

「そうなさいませ。衛悟さま」

瑞紀も勧めた。

衛悟は、じっと併右衛門と瑞紀を睨《にら》みつけた。

「そうやって、生涯拙者に後悔を背負わせるおつもりか」

静かながら、怒りをこめて衛悟は言った。

「昨日今日のつきあいならば、それも一つの方法でございましょう。なれど、生まれたときから世話になった隣家を見捨てて逃げることができましょうか。もし、その道を選んだならば、拙者は生涯己を許せませぬ。そして剣士として心を折った拙者は、二度と剣を持って立つことはかなわぬでしょう。立花どの、瑞紀どのは、拙者を生ける屍《しかばね》となされたいのか」

「そういうわけではない……」

「違いまする」

衛悟の剣幕に、併右衛門と瑞紀が口ごもった。

「それに拙者は今、立花家に月二分で雇われた身。家臣でござる。主を見捨てて逃げだすことなどできませぬ」

「すまぬ、衛悟」

併右衛門が詫《わ》びた。

「あまりにも考えなく、おぬしを巻きこんでしまった」

「立花どのが頭を下げられる必要はございませぬ。お役目をなすは旗本の任。立花どのがなさろうとしておられることが、大樹公《たいじゅこう》の意にそうものならば、助《す》けるのは、旗本の家に生まれた者の仕事。お気になさらず」

力強く、衛悟は告げた。

「よいのか」

念を押すように併右衛門が訊いた。

「ご懸念あるな。あと、この件が片づくまで、養子先をお探しいただくのはお待ちいただきたい」

「それはなぜでございまする。衛悟さまは、父から養子先を紹介していただくのを条件に、協力なさっておられるのでございましょう」

不思議そうに、瑞紀が尋《たず》ねた。

「ありていに申せば、そのとおりなのでござる」

先ほどの格好のいい言葉と反する。そのことに衛悟は苦い顔をした。

「養子先のない次男坊ほど、意味のない者はございませぬ。家臣でもなく、家族でもない。ただの無駄飯食い。その境遇から逃れたいのがなによりの思いであることは否定いたしませせぬが」

一度衛悟は言葉をきった。

「養子先が決まってしまえば、家にしたがうのが侍の本分。立花どのの手助けができなくなるやも知れませぬ。この一件の片をつけずして離れることになるのは……」

「そこまで言ってくれるか。わかった。ことのおわった暁《あかつき》には、きっと誇れるだけの家を養子先として探し出してくれる。任せておけ」

かならずと請け負う併右衛門を、瑞紀が睨んだ。

「それよりも、ご庇護を願うとのこと、どなたに声をかけられるので」

瑞紀のようすにまったく気がつかず、衛悟が質問した。

「それよな」

併右衛門も難しい顔になった。

「御前と呼ばれていた、あの男は将軍家にかなり近いところにいるようじゃ。御三家あるいは、御三卿、もしくは御老中やもしれぬ」

口調も重く、併右衛門が言った。

「うかつに庇護を願い出たら、それが御前だったということになりかねぬと」

「ああ」

「かと申して、このままでは、遠からず立花どのはお役替え、悪くすれば小普請《こぶしん》入り」

「そのあとで殺されるだろうな」

併右衛門がつぶやいた。

奥右筆組頭が、変死すれば目付の検死を受けることになる。役目が役目だけにかなりきびしい探索もおこなわれる。しかし、小普請組となると形だけの検死ですむ。幕府にとって小普請組の者は、無駄に禄を喰《くら》うだけの役立たずなのだ。それこそ、一家でも潰れてくれれば、けっこうなのである。

「よく調べるしかないの」

深いため息を、併右衛門がついた。

「調べるで思いついたが、衛悟。昼間は手が空くと申したの」

「はい」

衛悟も先夜の会話を覚えていた。

「ここから先は、御用の話ぞ。瑞紀、遠慮せい」

威厳を見せつけて併右衛門が、娘を追いだした。

翌日、衛悟は頼まれた用件をすませるために寛永寺へと足を向けた。

上野の寛永寺は、江戸城をはさんで麻布《あざぶ》箪笥町《たんすまち》とほぼ反対側にあった。

繁華な上野広小路《ひろこうじ》を抜けて衛悟は黒門を潜《くぐ》った。

寛永寺は将軍家の菩提寺《ぼだいじ》として、ながく庶民の参詣を禁止していたが、元禄元年（一六八八）に開放された。上野不忍池《しのばずのいけ》を北に緑を多く残す寛永寺は、すぐに庶民の憩いの場となり、周囲は一気に繁華街になった。とくに上野広小路は、食いもの屋、芸人が多く出て、遊客であふれかえらんばかりであった。

門前の喧噪《けんそう》は、山門を潜ったところで消えた。

八町（約八八〇メートル）ほど参道を歩いて、ようやく衛悟は寛永寺の本堂に着いた。

「大きい」

あらためて見る本堂の迫力に衛悟は感嘆した。

円頓院《えんとんいん》と称する寛永寺本堂は、林を二つ背後に配し、総坪数三万坪におよぶ。

衛悟はていねいに手を合わせ、低頭した後本堂裏手にある将軍家墓所へと向かった。

本堂に沿って右へと進んだ衛悟は、林のなかに開かれた小道を見つけた。うっそうとしたまるで山のなかを思わせる林に踏みいれる形で階段があり、すぐに石畳《いしだたみ》の敷かれた道があった。衛悟はすこし上り坂になっている道を行った。一町（約一一〇メートル）ほど先、道は門によって閉ざされていた。

「やはりなかへは入れぬか」

門の隙間《すきま》から覗《のぞ》きながら衛悟は嘆息した。

寛永寺には四代家綱、五代綱吉、八代吉宗、十代家治と将軍だけでも四人が埋葬されているのである。いかに寺域を開放したとはいえ、さすがにそこまで踏み入らせることはなかった。

「調べてこいと言われたが、これではどうにもならぬな。ひととおり見たところ異常はなさそうだ」

部屋住みとはいえ、旗本である。門を乗りこえて侵入する気にはならなかった。

あきらめて墓所を離れた衛悟は、本堂前にもどったところで意外な人物から声をかけられた。

「お控えどの」

「その呼び方は止めてくだされとお願いしたはず」

振り向いた衛悟は、そこに馴染《なじ》みの禿頭《とくとう》を見て嘆息した。

「御信心でござるかな。重畳《ちょうじょう》、重畳。菩提を願うことは悟りへの第一歩でござる。あとは、浄財を少しお布施くだされば、極楽往生まちがいなし」

覚蟬が右手を出した。

「わたくしにお金がないことはご存じでしょうが」

団子一個で町を一つ歩こうかという貧乏旗本の次男だと、覚蟬は知っているはずと衛悟は首を振った。

「いやいや。最近五百俵のお家柄に婿《むこ》養子されたと噂で聞きましたぞ」

「それならば、御坊に一両でも差しあげますが、あいかわらず行き場はございませぬ」

毎日立花家に出入りしているのだ。こういう噂がたってもおかしくないことに、ようやく衛悟は思いあたった。

「それよりも覚蟬どのこそ、めずらしいところで」

衛悟が問うた。寛永寺を破門された覚蟬が寺内にいることは奇妙であった。

「呼びだされたのでござるよ。ここのうるさい坊主に。おまえのような者は目障《めざわ》りゆえ、江戸を出ていけと。お節介なことで。坊主の仕事は死人の世話。生きている拙僧の面倒まで見てくれずともけっこうと、尻をまくってまいったところで」

覚蟬が鼻で笑った。

「ちょうどよい。覚蟬どのは、山内にお詳《くわ》しいな」

衛悟は覚蟬に問うことにした。

「そりゃあもう。なにせここで三十年は腐っておりましたからな。どこの便所が一番臭《くさ》いかまで知っておりますぞ」

覚蟬がおどけた。

「将軍家の御霊屋《ごれいおく》をご覧になったことは」

「あるどころではございませんな。なんどもお参りいたしました。さすがは将軍の御霊屋、関白近衛《このえ》家のものなど足下におよばぬほど立派でございますぞ」

覚蟬が言った。

「そう言えば、覚蟬どのは比叡山《ひえいざん》で修行もされていたとか」

「比叡山で得度《とくど》いたしました。それがなにか」

「いや、それはよいのでござるが、御霊屋のことを教えてくださらぬか。そうだ。その茶店で団子でも」

衛悟が誘った。

「団子もよろしいが、この寒空でござる。汁粉《しるこ》のほうがありがたい」

覚蟬が汁粉を飲みたいと言った。

汁粉は琉球《りゅうきゅう》からの砂糖が江戸に出回るようになったここ最近はやりだしてきたものだ。店売りが二十文から三十文、かつぎの屋台なら十六文と団子にくらべれば割高だったが、甘みの強さが庶民に受け、人気となっていた。

「汁粉でござるか」

団子なら二人で八文だが、汁粉となれば四十文になる。衛悟は懐《ふところ》にある一分金を潰すことになるのが嫌だったが、しかたないと覚蟬を誘って茶店に腰掛けた。

「御霊屋についてなんでもいいので話を聞かせてもらえませぬか」

注文した汁粉が来る前に、衛悟は問うた。

「はいはい。お布施をいただきましたでな。書くものをお持ちか」

にこやかに覚蟬が訊いた。衛悟が懐紙と矢立《やたて》を渡すと、覚蟬はすらすらと絵を描いた。

「ご覧のように御霊屋は二つに分かれておりましてな。門を中央に向かって右を一の御霊屋、左を二の御霊屋といい、一に四代家綱公、十代家治公のお二人が、二に五代綱吉公、八代吉宗公の墓所がござる」

絵でしめしながら覚蟬が教えた。

「これは……」

二の御霊屋には三つの墓所が書かれていた。

「ああ。これは十代将軍家治さまのご子息家基どのがお墓でござる」

二の御霊屋を入って最初、もっとも門側に家基の墓はあった。

「家治さまのお隣ではないのか」

衛悟は奇妙な気がした。一人生き残った家基を失って家治は一気に老けこんだという。それほど可愛がっていた息子の近くで埋葬されたいと思うのが普通ではないかと思った。

「場所もないわけではございませぬな」

家治の向かって右隣にはゆうにもう一つ御霊屋を建てるだけの土地が空いていた。なにも吉宗と綱吉の御霊屋の前に、押しこむように造る必要があるとは思えなかった。

「ほんにそうでござるな」

出された汁粉にいそいそと手を出しながら、覚蟬が首肯した。

「家基どのが墓は、まるで吉宗さまと綱吉さまの前に立ち塞《ふさ》がるような」

椀《わん》に残った汁粉を名残惜しそうにすすりながら、覚蟬も首をかしげた。

「いや、馳走《ちそう》でござった」

覚蟬がご馳走さまと手を合わせた。

「かたじけのうござった」

己の汁粉を急いでかたづけて、衛悟は礼を言った。

「いえいえ」

「では」

金を置いて衛悟は茶店を出た。

「寺社奉行をつつかせてみたら、意外なところに火が飛んだようじゃ。お控えどのには悪いことをしたかの」

衛悟の背中を見送りながら、覚蟬がつぶやいた。

立花家に戻った衛悟は寛永寺の報告を併右衛門にした。覚蟬から貰《もら》った絵図を見た併右衛門は、考えこんだ。

「五代将軍綱吉公と八代将軍吉宗公の前に立ち塞がるようにある御霊屋。御霊屋の場所を決めたのは誰だ」

沈思に入った併右衛門の邪魔にならないよう衛悟はそっと立った。

四

翌日、登城する併右衛門を見送った衛悟は、大久保道場へと向かった。道場開きの前日、正月の二日とは違い、何人かの弟子が一人稽古に顔を出していた。

「新年初だな。おめでとう」

師範代を務める上田聖《ちから》が、衛悟に声をかけてきた。

「そういえばそうだな。今年もよしなに頼む」

衛悟も挨拶を返した。

上田聖は、九州黒田《くろだ》五十二万石の藩士である。家禄は百石、黒田藩で小荷駄支配《こにだしはい》役を務めていた。小荷駄支配は戦時に兵粮や弓矢などを運ぶ小者たちを支配する。泰平の今は、参勤交代や藩主の移動にともなう荷物の差配を役目とした。

剣友とは特別な間柄である。身分や年齢の枠をこえたつきあいができた。衛悟と聖もそうであった。年齢こそ、二つ違いでしかなかったが、身分には差があった。

衛悟は次男とはいえ旗本であるが、聖は陪臣《ばいしん》なのだ。

大きなくくりとして士と庶民の身分がある。その士のなかにも細かい区切りはあった。

なにより大きいのが、直臣か陪臣かであった。

直臣は将軍に直接仕えている大名、旗本や御家人をいい、陪臣はその直臣の家臣たちのことである。将軍が絶対の力を持つ幕府において、直臣と陪臣の差は大きく、口のき方はもちろん、場合によっては同席することもできないほどの区別が設けられていた。

しかし、剣友は、そのような本人ではどうしようもない差ではなく、剣の実力という目に見えるもので互いの関係をはかることができた。

衛悟と聖は、実力の伯仲した者として、認めあい、親友となっていた。

「なにかあったな」

衛悟の雰囲気が、かつてと違っていると、すぐに聖が気づいた。

「うむ。じつはな、真剣勝負をした」

背景や人物のことを隠して、衛悟は語った。

「真剣勝負か……うううむ」

聖が腕を組んだ。

「柊、一手願えるか」

成長した衛悟との試合を聖が望んだ。

「おう」

衛悟はこころよく首肯した。

「師範代と、柊どのが試合《しあ》われるぞ」

稽古していた弟子たちが、壁際《かべぎわ》へとさがって、道場の中央を開けた。

「すまぬ」

後輩たちに礼を言いながら、衛悟は袋竹刀《ふくろしない》を手に道場の中央に立った。三間（約五・四メートル）の間合いで、聖と正対する。

衛悟と聖の腕に大きな差はなかった。入門年次は聖が二年早いが、衛悟が師範代に推されない理由は別のところにあった。

衛悟は拙速なのだ。

敵を見定めるよりも、衛悟の剣は早くに奔《はし》ってしまう。先手必勝が、衛悟の信条である。どちらかといえば、後の先を得意とする涼天覚清流において、一人先の先なのだ。

じっくりと敵を観、出方をはかり、その動きに対処して、一撃必殺の剣を振るう。涼天覚清流の極意に、衛悟はそわないのである。

無名に近い涼天覚清流の弟子は少ない。師範代とそれにつぐ衛悟の試合で審判を務めるだけの技量を持つ者は、いなかった。

「始めるぞ」

開始の合図は、席次が上の聖が出した。

「おう」

「…………」

衛悟の気合いを、聖が無言で受けた。

つま先を床に滑らせるようにして、衛悟は少しずつ間合いを詰めた。聖も同様に動く。間合いが二間（約三・六メートル）になったとき、衛悟は青眼の袋竹刀を上段に変えた。涼天覚清流独特のまっすぐ天を指す形である。

いっぽうの聖は、青眼のまま足を止めた。

青眼は相手の出方をうかがうに便利な構えであった。構えを変えることなく、衛悟は腰を落とした。

衛悟は袋竹刀を天高く伸ばしながら、呼吸を読んでいた。

道場の雰囲気が、緊迫していく。衛悟と聖、二人が放つ殺気に、見物している弟子たちの顔色がなくなっていった。

煙草《たばこ》をゆっくり三服ほど吸いつける間が過ぎた。二人の構えは揺るぐことなく、固まったかのようであった。

最初に動いたのは、聖であった。聖は青眼から袋竹刀をあげていった。小野派一刀流威の位ほどの圧迫はないが、聖ほどの遣い手が必殺一天にいたる過程は、息を呑《の》むほどの力強さにあふれていた。

普段の衛悟なら、聖に必殺の形を取らせまいと、ここでかかっていった。しかし、衛悟は微動だにしなかった。静かに静かに、己の呼吸を治め、気が充実するのを待った。

「…………」

聖が一天の構えに入った。

衛悟と聖、二人は鏡に映したように、ともに涼天覚清流の奥義、一天の太刀に構えた。

一天の太刀は、ただまっすぐに己のすべてを切っ先にこめて叩き落とし、敵を真っ向幹竹割《からたけわり》にすることを目的とする。だけに、その踏みこみは切っ先がさがることを嫌って、他流に比して浅く、身体をあまりかたむけない。しかし、二人が踏みだせば、十分に切っ先が相手に届く二間（約三・六メートル）の間合いは、一刀一足、必至であった。

はじめて聖の気迫が袋竹刀に満ちていくのを、衛悟は感じていた。紅い気が、聖の手から袋竹刀へと伸びていくように、衛悟には見えていた。

「おうりゃあ」

聖の袋竹刀が、紅く染まる寸前、衛悟は踏みこんだ。

「おうよ」

刹那《せつな》遅れて、聖も出た。

形どおり、衛悟の額を目した聖は、身体を伸びあがらせるようにして、天の太刀を地へと落とした。

逆に衛悟は、いつもよりも半歩前に踏みだした。そのぶん、衛悟の身体は前傾し、袋竹刀も低くなった。

大柄な衛悟より、さらに聖は二寸（約六センチメートル）ほど背が高い。いつもなら聖よりも上に伸びなければならない衛悟が、沈んだ。

「ひっ」

初年の弟子が、衛悟と聖の袋竹刀がたてる音に悲鳴をあげた。

「参った」

「見事」

衛悟と聖が、声をあげた。

聖の袋竹刀が衛悟の額にあたり、衛悟の一撃は聖の右肩へ食いこんでいた。

頭に喰《く》らった衛悟が、よろめいて膝をついた。

「大事ないか」

聖が右肩を押さえながら、問うた。

「ああ」

衛悟は見栄《みえ》を張らず、道場の床に腰を落とした。聖の一撃をまともに受けたのだ、脳が揺れてめまいを起こしていた。

「誰か、手拭いを濡らして来てやれ」

いつの間にか大久保典膳が、道場の入り口に立っていた。

命じられた弟子が、走っていった。

「師。申しわけございませぬ。道場開きもまだでございますに、試合などいたしました」

衛悟の背中に手を添えながら、聖が詫びた。

「申しわけありませぬ」

吐きそうな悪心《おしん》を我慢して、衛悟も頭をさげた。

道場開きの前に試合をするなどはもってのほかであった。一人稽古《げいこ》でさえ、正式には黙認でしかないのである。そこで師範代と席次二位が規則を破っての試合をした。他の弟子への体面もあった。大久保典膳は苦い顔で命じた。

「上田、柊。二人は十日間、道場の床拭きをしろ。あと、袋竹刀を十振りずつ作れ」

「はっ」

「承りましてございまする」

聖と衛悟が、首肯した。

「先生」

そこへ、濡れた手拭いが届いた。

「衛悟、頭を冷やせ。道場の隅で横になるがいい」

受けとって、衛悟は言われたとおりに寝た。

「上田、話がある。他の者たちは帰れ。明日朝から道場開きである。遅れぬようにな」

大久保典膳に言われて、弟子たちがうなずいた。まだ、衛悟と聖の試合を見た興奮のおさまらない弟子たちが、声高にしゃべりながら去っていった。

すぐに道場は静かになった。

「上田、いや、師範代。柊をどう見る」

横になっている衛悟に目をやりながら、大久保典膳が問うた。

「こえたかと感じました」

言葉少なに、聖が答えた。

「ふむ。儂もそう見た。だが……」

「涼天覚清流の筋からははずれかけておりまする」

大久保典膳に代わって、聖が言った。

さきほど衛悟が遣った技は、一天の構えであったが、その動きは違っていた。

「なれど邪《じゃ》ではない」

「はい」

聖がほっとした顔をした。

流派の型を外れることは、御法度《ごはっと》であった。

剣術が始祖慈音《じおん》禅師によって編みだされてから、六百年近い年月が経った。多くの達人が世に出、数知れぬほどの流派が生まれた。現在の剣術は、気の遠くなるほどの年月と、名人上手によって研鑽《けんさん》されたものなのだ。この間にいくつもの流派が消え、無数の技が絶えた。剣だけではないが、理にあわぬものは消え去る。涼天覚清流に伝わる技も、そうやって生きのびてきたものばかりであった。だからこそ、型に外れたものは、きびしく咎められるのだ。たった一つのずれが、何年か経ったとき、流派の正統におおきなゆがみを残しかねない。剣術の道場では、型にあわない技を邪と呼んで、排除した。

「戦国の世ならば、己にあわせて太刀を替えることが許された。なれど、いまは御上の触れで、太刀の大きさは決められておる」

大久保典膳は、必要な変化まで咎めることはないと告げていた。

「わたくしもそのように考えまする」

聖も同意した。でなければ、涼天覚清流は背の高い者以外は学べなくなる。

「一天の極意は、ただ一心に臆《おく》することなく、すべての力を切っ先にこめて、まっすぐ敵を断つことにある。額ではなく肩を撃った衛悟の一刀。認めよう」

「かたじけなき」

まだ起きあがれない衛悟に代わって、聖が頭をさげた。

「衛悟よ」

大久保典膳が、衛悟の枕元へ座った。

「師、申しわけございませぬ。はずしましてございまする」

聖の肩に袋竹刀が当たったのは、偶然ではないと衛悟は語った。

「ふん。それぐらい、見ればわかる」

鼻先で大久保典膳が笑った。

「起きられるか、衛悟」

手を差しだしながら、聖が問うた。

「ああ。すまぬ」

衛悟は、息を詰めてめまいを抑えこむと、道場の床に正座した。

「悪かったな。手加減できる状態ではなかった」

聖が、衛悟に謝った。

「いや、己が未熟なだけだ」

気にするなと、衛悟は顔を振った。

「衛悟よ。よく聞くがよい」

話しかけた大久保典膳が、一度止めた。

「涼天覚清流の奥義の一つを許す」

「えっ」

叱《しか》られるものだとばかり思っていた衛悟は、驚愕《きょうがく》した。

「馬鹿め。型にはめるだけが教えではないわ。少し儂を卑小に見ておらぬか」

大久保典膳が、あきれた。

「申しわけございませぬ」

あわてて衛悟が、平伏した。

「うむ。涼天覚清流二の奥義。霹靂《へきれき》」

「霹靂……」

衛悟がくりかえした。

「柊、よく見ろ」

袋竹刀を手に立ちあがった聖を、大久保典膳が止めた。

「儂がやる。上田、その肩では遣えまいが」

「……はっ」

聖が、さがった。先ほどの衛悟の一撃は、聖の骨を折りはしなかったが、肉が腫《は》れるほどの打撃を与えていた。

大久保典膳は、聖から袋竹刀を受けとると、道場の中央に立った。

「一度しか遣わぬ」

そう宣して、大久保典膳は袋竹刀を天に構えた。そのまま竹刀を右へとずらした。

袋竹刀の切っ先は、変わることなくまっすぐ上を突いていた。

構えを決めた大久保典膳の気が、道場に満ちていく。衛悟も聖も息を呑んでそのときを待った。

つま先目がけて振った。

貯めた気迫を袋竹刀にのせて、大久保典膳が右足を踏みだし、袋竹刀を斜めに、左つま先目がけて振った。

「……むん」


「うっ……」

食い入るように見つめていた衛悟は、そこで目を見張った。

渾身《こんしん》の力をこめた一撃を放った後は残心の構えに移るのが通常であった。しかし、大久保典膳は、ほとんど道場の床に接しかけた切っ先を、跳ねるようにして斬りあげたのだ。ふたたび天を指した袋竹刀は、まだ止まらなかった。頭上で小さくひねられた袋竹刀が、また今度は右つま先へと落ちた。

ようやく残心に入った大久保典膳が、衛悟に顔を向けた。

「見えたか」

「は、拝見つかまつりました」

身体の震えを衛悟は抑えられなかった。

兜《かぶと》ごと敵を両断する一天の太刀、まさに渾身の力どころか、己のすべてをこめなければ繰りだせない必殺の一刀を、大久保典膳は三度連続させたのだ。

「まさに、青天の霹靂」

青天の霹靂とは、青く澄んだ空にいきなり響く雷鳴のことである。一天の一撃をかわしたと思ったところに、下から襲い来る一刀は、まさに必殺であった。

「今の斬撃を、師は五度まで重ねられる。俺は三度が精一杯だがな」

衝撃の余韻《よいん》に浸《ひた》っている衛悟に、聖が話しかけた。

「三度もか」

衛悟は、聖の言ったことに驚いた。さして差がないはずだった聖との間に、じつは大きな壁があったことに気づかされた。

「師範代になったときに、教えていただいた。あれから二年、必死で修行をかさねて、ようやく三度までなら出せるようになった。柊、おまえならすぐに追いつく」

聖が、衛悟の素質を保証した。

「この二日に観たそなたと、今の衛悟では人が違う。確実に一枚壁を貫いた。剣の腕があがるには多くの壁を一つ一つ破っていくしかない。一枚の壁をやぶるに生涯かかることさえあるのが、この道だ。だが、そなたはたった三日で、厚かった壁を、衛悟の成長をさまたげていたそれを見事にこえた」

「畏《おそ》れ入りまする」

「今までの、相討ち狙いから、無のなかで剣を遣うことを覚えたのだ」

「…………」

師の言葉を、衛悟は頭《こうべ》を垂れて聞いた。

「師範代になるか」

大久保典膳が、誘った。

「いえ。ご辞退申しあげまする」

躊躇《ちゅうちょ》なく、衛悟は断った。いつ死ぬかわからないのだ、責任をもつことはできなかった。

「おい」

師の好意への無礼を、聖が咎めた。

「よいのだ。衛悟、そなた、戦う気だな」

「……はい」

一瞬の間をおいて、衛悟は首肯した。

「ならば、師範代のことはなかったことにする。負けるでないぞ」

「はっ」

衛悟は、深く平伏した。

第四章　禍福の縄

一

一日の休みを終えて登城した立花併右衛門は、庇護者《ひごしゃ》のことで悩む間もないほど、仕事に忙殺された。

「大坂からの回米指示を勘定《かんじょう》奉行から大坂城代へ出す書付《かきつけ》は、誰がやっておる」

「町奉行から、石抱き拷問《ごうもん》の願いが出されたが、牢《ろう》医師の添え書きはどこにある」

静謐《せいひつ》を旨《むね》とし、声を出すのさえはばかる城中で、奥右筆《おくゆうひつ》部屋は別格であった。

「弁当を遣《つか》って参る」

ようやく一段落つけた併右衛門は、持参した昼食を摂《と》るために、下部屋《しもべや》へと向かった。

下部屋とは、役職ごとに与えられる控え室のことであった。ここで、役人たちは着替えをしたり、食事をしたり、休憩をとったりする。

老中、若年寄などは一人に一部屋与えられるが、他は役職ごとにまとめられていた。奥右筆の下部屋は、玄関をあがってまっすぐ進んだつきあたり、十一並んだ下部屋のほぼ中央にあった。

四方を襖《ふすま》に囲まれた下部屋に入った併右衛門は、持参した弁当を開いた。

「組頭《くみがしら》さま、どうぞ」

下部屋の担当をする表御殿《おもてごてん》坊主が、茶を淹《い》れてくれた。

「かたじけない。馳走《ちそう》になる」

湯呑《ゆの》みを受けとって、併右衛門は礼を述べた。

表御殿坊主は身分の軽い者だが、城中の雑用いっさいを受け持つ。嫌われると城中で茶の一杯を飲むこともできなくなるだけに、仕事以外のとき、併右衛門はていねいな対応をした。

弁当を遣いながらも、併右衛門は今後どうしたらいいのかを頭のなかで考え続けていた。

新番組《しんばんぐみ》や書院番《しょいんばん》では、塗りの重箱に名のある料亭でつくらせたおかずを詰めて持ってくるのがはやっていたが、忙しい奥右筆にゆっくりと食事を楽しむ余裕はない。握り飯に煮染《にし》め、佃煮《つくだに》、漬けものの質素な昼食は、あっという間に終わった。

思案しながらの食事がうまいはずもなく、気づかぬうちに弁当箱は空になっていた。

「はああ」

大きなため息をついた併右衛門に、給仕のため控えていた表御殿坊主が声をかけた。

「いかがなされました。ご体調でも」

「いや。そう言うわけではないが……」

残った白湯を喫しながら、併右衛門は首を振った。

「そうじゃ。ご坊主どの」

「なにか」

表御殿坊主が、併右衛門の質問を待った。

「御前と聞いて、御坊ならどなたさまを思い浮かべられる」

併右衛門は、ふと訊《き》いてみたくなった。

「さようでございますなあ。御前と申しあげるならば、お公家衆、御三家、御三卿《ごさんきょう》のご隠居方、あとは、御大老、御老中のみなさま方でございましょうか」

みょうなことをと怪訝《けげん》な顔をしながらも、表御殿坊主は答えた。

「やはりそうか。いやな、書付の尊称で、上様といたせば、将軍家、大御所さまとならば、先代の上様と決まっておろう。ところが御前となれば、どなたさまとはなっておらぬ。それで、ちと悩んでおったのよ。いや、助けになりました」

併右衛門は、いかにもの理由を述べて、下部屋を後にした。

御三家紀州徳川家から本家に入って八代将軍となった吉宗は、幕政に大きな変化をもたらした。身分による役職の限定を取り払うための足高《たしだか》の制度や、犯罪者の家族まで処罰する連座制の廃止などが有名であるが、なかでもお庭番《にわばん》の創設は特筆すべきものであった。

吉宗は、紀州家の当主だったころから仕えてくれていた信頼できる家臣たちを江戸に呼びよせ、お庭番として側《そば》近くに置いた。

将軍が普段生活する中奥の庭を掃除するのが表向きの役目であるが、お庭番の本職は違った。将軍家直属の隠密、それがお庭番の正体であった。

幕府には開闢《かいびゃく》以来の隠密である伊賀組がいた。しかし、将軍が自在に伊賀組を使えたのは、初代家康のときまでであり、以降は老中たち執政の管轄《かんかつ》になっていた。江戸城からほとんど出ることのない将軍は、いわば目と耳を塞《ふさ》がれたようなものである。執政たちが言上《ごんじょう》してくることを信頼し、任せるしかなかった。

それが、老中たち側近の権力を増大し、幕威を失墜させた原因であると考えた吉宗は、己《おのれ》の耳目となるべき隠密を新たに作りあげた。

それがお庭番であった。

「任せる。そのようにせよ」

御用部屋の案件を報告に来た老中太田備中守資愛《びっちゅうのかみすけよし》へ、手を振ると家斉は腰をあげた。

「どちらへ」

あわてて小姓が問うた。

「庭じゃ、庭。このようなところにいては、息が詰まる」

疲れはてたという顔で、家斉がわめいた。

「上様、御用中でございますぞ」

太田備中守が家斉をたしなめた。

遠州掛川藩主《えんしゅうかけがわ》太田備中守は、元文《げんぶん》四年（一七三九）の生まれで、還暦近い老練な大名である。若年寄、京都所司代を経て、寛政《かんせい》五年（一七九三）に老中になった。若い将軍を軽く見ているところが、家斉の気に入らなかった。

「きさまらはなんのためにおるのだ。執政衆は、飾りではあるまい。政《まつりごと》のことは、そちらでよいと思うようにいたせ」

家斉の機嫌は一気に悪化した。

「上様……」

「ついてくるでないわ」

供しようとした小姓を、家斉は叱《しか》りつけた。

「なれど……」

「ふん。この江戸城内で、余の身にどのような危険があるというのだ。なにかあれば、それこそ、老中全員が腹切ったところでおいつくまい。のう、備中」

「この日の本に、上様へ叛《そむ》きたてまつる者などおりませぬ。ご威光は津々浦々まで行きとどいておりますれば」

そう言われれば、こう応えるしかない。太田備中守が苦い顔をした。

「備中の保証もある。半刻（約一時間）だけじゃ。庭ぐらいきままに散策させよ」

もう一度ついてくるなと命じ、家斉はそのまま庭へと降りた。

「御老中どの。これでは、われらの役目がはたせませぬ」

小姓番頭が、苦情を申したてた。

「上様の思し召《おぼめ》しである。さからうことなどできまいが」

己が言えぬから、代わりに意見してくれと暗に要求した小姓番頭を、太田備中守は冷たくつきはなした。

「では、儂《わし》は御用部屋に戻る」

さっさと太田備中守は、御休息の間を出た。

一人になった家斉は、江戸城の庭を足早に奥へと進んだ。中庭の北西には泉水がある。家斉はその泉水近くにもうけられた東屋《あずまや》に腰をおろした。

「おるか」

池に向かって家斉が、つぶやいた。

「控えおりまする」

いつの間にか、東屋の入り口付近に、箒《ほうき》を手にし、灰色のお仕着せを身につけたお庭番がつくばっていた。

「源内《げんない》か」

家斉が名前を呼んだ。

控えていたのは、お庭番の一つ村垣《むらがき》家の当主源内であった。小柄で風采《ふうさい》のあがらない容貌《ようぼう》は一見源内をただのお庭掃除の者に見せているが、そのじつは熊野《くまの》修験道《しゆげんどう》に発する根来流《ねごろりゆう》忍術の遣い手であった。

「奥右筆組頭の立花併右衛門を調べよ」

「はっ」

事情を問うことなく、源内は首肯《しゆこう》した。

なんでも己の手のなかにいれなければ気がすまなかった吉宗は、信頼している家臣にさえ、いっさいの判断を許さなかった。的確な報告をすることがお庭番の役目であり、それをもとにどうするかを決めるのは将軍の任であると、吉宗は考えていたのだ。そして吉宗から三代、今もお庭番の役目は変わっていなかった。

「頼むぞ」

家斉がそう告げると、煙のように源内の姿が消えた。

「あいかわらず気味の悪い連中よ」

小さく身震いして、家斉はつぶやいた。

家斉とお庭番の出会いは、家治の死にまでさかのぼる。

死期を悟った家治は、世継ぎとなった家斉を枕元へ招き、お庭番について教えた。

「知りたいことがあるとき、中奥御座の間の庭奥、泉水脇の東屋にて呼べ。現れたる者こそお庭番。将軍の命《めい》だけにしたがう、ただ一組の忠臣たち。八代吉宗さまが遺品」

荒い息の下で、家治が告げた。

「遣う、遣わないは、己で決めよ」

「家治さま……」

その口調に含まれた後悔に気づいた家斉が、心配した。

「余は、余は、真実など知りたくはなかった」

家治が、ののしるように言った。おだやかで怒ることなどなかった家治の、激情の吐露に、家斉はとまどった。

「家斉どのよ」

感情を抑えるためか、家治が目を閉じた。

「将軍家傍流一橋の当主として、不足なく過ごせる日々を奪うことを詫《わ》びるぞ。なにもできず、ただ無為に生きていくだけの将軍を押しつける余を許せ。武家の頭領とは、かほどに力のないものだ」

「上様」

あえて家斉は家治を鼓舞すべく、敬称で呼んだ。

「ようやく、その名から解放される」

安心した家治の額から、深く刻まれた皺《しわ》が消えていった。

「家斉どの、いや、あたらしき上様よ。天下とともに地獄を譲る」

家治最後の言葉であった。

それから、十一年、家斉は初めてお庭番を使った。


併右衛門の悩みは、数日でどうなるものではなかった。奥右筆組頭の持つ権は大きいとはいえ、老中や御三家などへ、いきなり話しかけることができるわけでもなく、冥府の再来におびえながら、一日一日を過ごしていた。

衛悟の毎日も同じようであった。一つ違ったのは、立花の家に泊まりこむようになったことだ。いかに隣とはいえ、深夜の襲撃には気づかぬ場合もあるし、間にあわぬかもしれないのだ。あの夜の恐怖を忘れられない併右衛門の願いで、衛悟は立花家に一室を与えられ、そこで起居するようになった。

「馳走になり申す」

衛悟にとって、立花家での生活は絶えず瑞紀の目があって、緊張しなければならなかったが、食事にかんしては満足していた。

柊家では当主である賢悟にさえ滅多《めった》に出されることのないものが、毎日のように膳にのるのだ。ただ、瑞紀の給仕だけが難点であった。

「好き嫌いはよろしくございませぬ」

「おかわりをなされませ」

箸《はし》の上げ下ろしにまで口出ししてくるのだ。

「食べた気がせぬ」

併右衛門から受けとった金を懐《ふところ》に、稽古《けいこ》帰りの衛悟は聖を誘《さそ》って浅草《あさくさ》に来ていた。

「贅沢《ぜいたく》を言うな。食べられるだけましではないか」

聖が、衛悟をたしなめた。

百石六人泣き暮らしと言う。百石取りの武士だといばっても、家族が五人いれば、かつかつの生活じゃないかと庶民が諷《ふう》した言葉である。そして、聖はそのとおり父母と聖夫婦、そして子供二人の六人暮らしであった。これが国元ならば、まだものの値段が安いのでやりくりもできるのだが、諸色の高い江戸ではきびしい。それこそ、月に二度、夕餉《ゆうげ》に魚が出ればよいほうで、衣服など何年も購入していなかった。

「それはそうなのだが」

衛悟はおごりだと言って、二人前の団子代を支払った。

「珍しいな。衛悟が金を持っているなど」

軽く驚きながら、聖は遠慮なく団子を口にした。

戦国が終わって二百年、武士は世のなかの主役ではなくなっていた。泰平の世で力を持つのは、金である。金は武士ではなく商人の支配にあった。

「一ヵ月二分もらえるからな」

二分は銭にすれば二千文になる。一ヵ月二分を一年にすると六両、これは、およそ十石取りの武士にひとしい収入であった。

「そのうえ、飯までついている。衛悟、いいご身分じゃないか」

「ああ」

団子のお代わりを茶屋の女に命じながら、衛悟が首肯《しゅこう》した。

「あとは、娘がついてくれれば言うことなしだの」

聖が笑った。衛悟と二十年近いつきあいになる聖は、立花家に一人娘がいることを知っていた。

「数年前にちらと見かけただけだが、立花さまの娘御は美形だったの」

「そこまで望むは贅沢よ」

衛悟は首を振った。

「さて、拙者はもう一度道場に戻る」

最後の串をたいらげて、衛悟は席を立った。

「熱心だな」

あわてて聖も団子を飲みこんだ。

「霹靂《へきれき》の二度から三度へが、もう少しなのだ」

わずかな間に衛悟は、霹靂を二度まで繰りだせるようになっていた。だが、斬りあげた太刀をふたたび落とすとき、刹那《せつな》に遅れるのだ。まばたきするほどの微妙な隙《すき》だが、衛悟の敵はそれを見逃してくれるほど甘くはなかった。

「団子の礼だ」

手をあげて背を向けた聖が告げた。

「切っ先の返しを考えてみるんだな。これぐらいしかしてやれぬ」

教えられたからといって一朝一夕に身につくものではない。衛悟は併右衛門の迎えに行く刻限までくりかえし練習したが、思うようには行ってくれなかった。

併右衛門も衛悟も心のなかに焦《あせ》りを抱えていた。

藪入《やぶい》りも過ぎ、ようやく江戸から正月気分が消えた一月の十七日、道場へ出た衛悟を、弟子の一人が待っていた。

「柊さま。昨年、直心影流についてお探しではございませなんだか」

衛悟の顔を見るなり、弟弟子が言った。

「見つかったのか」

思わず衛悟は身を乗りだした。

少しでも現状を打開したいと願っていた衛悟にとって、直心影流のことは渡りに船であった。

「武蔵金沢《むさしかなざわ》藩、米倉《よねくら》家の藩士で国元から出てきていた者二人の葬儀が、昨年続いたそうでございまする。小石川《こいしかわ》の直心影流大崎《おおさき》道場にかよう知人から聞きました」

弟弟子が教えてくれた。

「米倉家か。助かったぞ。その大崎道場の知人にかたじけないと伝えておいてくれ」

礼を言った衛悟は、その事実をすぐに併右衛門に報せた。

役目を終えて帰宅した併右衛門は、夕餉もそこそこに衛悟の話を聞いた。

「武蔵金沢の米倉どのか」

幕政のすべてを把握する奥右筆組頭の併右衛門は、各大名の履歴もあるていど把握していた。

「先代の丹後守《たんごのかみ》どのは、若年寄に進まれたが、天明《てんめい》五年（一七八五）に亡くなられている。ご当代長門守《ながとのかみ》どのは、先年まで大番頭《おおばんがしら》をお勤めであったが、ご病気を理由に退かれたはず。その米倉どのがなぜ、儂の命を狙う」

ますます混乱してくる事情に、併右衛門も頭を抱えた。

「御前と名のる身分ありげな侍と、米倉藩の藩士。米倉長門守どのを、御前だと考えれば、一つのつじつまはあうが、金沢藩は一万二千石の小藩、そのうえ当主は病弱とくると、ちと似合わぬ」

「立花どの、もとの始まりは田沼どのが大坂で急死された一件でございましょう」

衛悟が原点に返るべきではないかと告げた。

「大坂城代助番の田沼淡路守意明どのが、昨年の九月大坂で客死された。そのあとを養子意壱《おきかず》どのが継がれるとの書付が、奥右筆部屋にあがってきた、その後に儂が襲われた」

記憶をおうように、併右衛門が言った。

「田沼と米倉、そして御前のかかわりを見つければ……」

「待て。そういえば……」

衛悟を制して、併右衛門が考えこんだ。

「米倉家先代丹後守どのと、田沼山城守意知どのは、天明のころともに若年寄に就いておられたぞ」

併右衛門が思いだした。

「たしか、かの天明四年（一七八四）の殿中刃傷《でんちゅうにんじょう》の場に丹後守どのはおられたはず。そうじゃ、そうじゃ。そのとき、丹後守どのは、殿中で抜刀した佐野善左衛門を取り押さえることなく逃げた咎《とが》で、拝謁《はいえつ》停止を申しつけられていた」

拝謁停止とは、閉門や蟄居《ちっきょ》と言ったはっきりした罪ではなく、将軍家が気に入らないと告げたにひとしいものだ。おおむね十日ほどで許された。

「田沼と米倉のかかわりはわかりましたが」

衛悟にとって大名や若年寄などの話は、雲の上のことであまり実感がわかなかった。

「なぜ、米倉どのが田沼どのの継承に口をはさんで参るのでしょうや。親戚筋なのでございましょうや」

「わからぬ。明日にでも奥右筆部屋の書庫を調べてみる」

併右衛門は、首を振った。

同じころ、御前は屋敷の奥で先夜衛悟たちを出迎えた女中と身体を重ねていた。

「ご、御前」

感極まった女中の甲高《かんだか》い一声を合図に、御前の動きも止まった。

「ご無礼をつかまつりまする」

さきほどまでの狂態を忘れたかのように、女中が淡々と後始末を始めた。

仰向けになって女中に任せながら、御前が口を開いた。

「どうだ」

「奥右筆組頭は、いまだどなたさまともつながってはおりませぬ」

御前の後始末を終えた女中が、背中を向けて乱れた寝間着を整えながら告げた。

「みょうよな。儂にさからったのだ。幕閣の誰かに助けを求めるのが普通ではないか」

「誰を頼りにすればよいのか、わからぬのではございませぬか」

御前の疑問に、女中が推測を口にした。

「そうかも知れぬが、そのような悠長なことをしている余裕はあるまい。余の正体がわからぬゆえの躊躇《ちゅうちょ》であろうが、深すぎる池にはまろうとも、家が焼け落ちる前に飛びこまねば、死ぬことになるぞ。そのぐらいのこともわからぬほどのたわけ者なら、手出しせず放置してもよいがな」

女中が吸いつけた煙草《たばこ》を受けとりながら、御前が笑った。

「では、このまま見逃されますか」

「いや。禍根《かこん》は早く摘《つ》むにかぎる。それが祖父の教えよ」

きっぱりと御前が断じた。

「もう一度、米倉につつかせてみるか」

「藪《やぶ》をつついて蛇を出したのは、あの者たちでございますが」

命じられてもいないのに併右衛門を襲い、衛悟の手痛い反撃を受けたのは米倉家であった。

田村一郎兵衛がせっかく与えた警告を潰《つぶ》す形となった行動に女中はあきれていた。

「対応の早さを見せつけ、有能だと見せたかったのであろ。今の長門守には、丹後守の恨《うら》みがくすぶっておるようじゃからの。己の器を知らぬ者は度しがたいが、あれはあれで使い道がある」

あからさまな侮蔑《ぶべつ》を御前が見せた。

「それより、そなたあの奥右筆組頭の護衛についてきていた若侍に興味を持ったようだの。あのようなのが好みか」

御前の表情が一転して、楽しそうになった。

「われらに好いた好かれたはございませぬ。必要とあらば親の仇《かたき》に身を任せることもいとわぬのが、甲賀に生まれた者のさだめ」

「ほう。ならば、なぜあのような誘いをかけた」

御前は、女中が衛悟にかけた誘惑を知っていた。

「肚《はら》を観たかったのでございまする。あの護衛の者は、奥右筆組頭立花併右衛門の隣家、評定所与力柊賢悟が弟。あの歳になっても養子先もなく、実家で厄介者《やっかいもの》あつかいされておりまする。まさに喉《のど》から手が出るほど継ぐべき家が欲しいはず」

「それはそうであろうな。侍は家を持って初めて一人前。厄介者は武士ではない」

御前が、嘲笑《ちょうしょう》した。

「あの場でわたくしの誘いにのるようでございましたら、さしたる者ではないとわかりまする。それこそ、釣ったあとで始末してしまえばすみまする」

女中は簡単なことだと話した。

「で、柊と申したか、あやつは。絹《きぬ》、そなたの目にかのうたのか」

「はい。一言のもとに断ってくれましてございまする」

うれしそうに絹が微笑《ほほえ》んだ。

「敵ができたことを喜ぶか。忍《しのび》はなにを考えておるか、わからぬわ」

「少しは骨のあるところを見せてくれるとよろしいのでございますが」

御前の言葉に、絹はそう応えた。

「まあよいわ。余に手間さえかけさせねば、そなたや冥府がなにをしようとも気にはせぬ」

「兄の思うがままにさせていただいてよろしいので」

「かまわぬ。余が求めるのは、結果のみ。意に沿った報せ以外は耳にする気はない」

「お任せくださいませ。甲賀は御前に忠誠をささげておりまする。かならずや、ご満足いただけましょうほどに」

「頼もしいぞ。絹、参れ」

御前はもう一度絹に手を伸ばした。

「……御前」

襟《えり》をはだけられ、豊かな胸乳を握られて、絹が熱い吐息を漏《も》らした。

二

「御用部屋から奥右筆の方々へ、ご諮問《しもん》でございまする」

昼前に御殿坊主が奥右筆部屋へ来た。

「なにかの」

併右衛門が御殿坊主に訊いた。

「家基さまご法要のおり、代参にたてる者を推薦いたせとのことでございまする」

御殿坊主が、老中の意向を告げた。

幕府のことだけでなく、日の本すみずみにいたるまでを担う老中は多忙をきわめる。なにもかもを決めるだけの暇はなかった。政《まつりごと》としてみたばあい重要ではないが、下役に任せてしまうにはむつかしい事柄を手慣れた奥右筆に投げかけてくることは多々あった。

「代参でございますか」

言われた併右衛門は、深く思案した。

これが先代家治の法事とかならば、簡単であった。老中の誰かを推薦すればすんだ。だが、家基となると話は違った。

　家基は将軍になる前に死んだだけに、格上である家斉が出向くことはありえず、かといって使い番あたりに行かせるほど軽くもできなかった。こういった微妙な人選は、過去の例をよく知り、また人々の経歴などを熟知した奥右筆組頭の得意とするところであった。

「お側御用人さまではいかがでしょうやとお伝えくだされ」

　併右衛門は、誰と名指しせず、役職だけを口にした。

「承りましてございまする」

　御殿坊主が、部屋を出ていった。

　併右衛門が名前を出さなかったのは、そこに御用部屋の思惑が入る余地を残したからである。幕府の人事には、どのような場合でも情実がからんでくる。人物まで指定することは、併右衛門に波風が当たることになりかねなかった。

「読経の声を聞くだけのお役目でも、就きたい方がおられますからな」

　机を並べている同じ加藤仁左衛門が、嘆息した。

　代参のすることは何もなかった。

　法要にかかわる費用は、後日勘定方《かんじょうがた》から直接寛永寺に支払われる。代参は、寛永寺に出向いて法要に出席し、住職らとしばしの歓談をするだけであった。

「役料が貰《もら》えるわけでもございませぬのにな」

将軍から命じられる代参であったが、一石の役料も発生しなかった。せいぜい、役目をはたした後、ねぎらいの言葉と時服を下賜《かし》されるのが精一杯であった。逆に代参と決まれば、役目のうえで恥をかかぬようにと、高家へ指導を願う挨拶の品を手配したり、寛永寺へ香料を包まなければならなくなる。

「後々《のちのち》のためでございましょう」

併右衛門も小声で答えた。

骨折り損のくたびれもうけになりかねない代参を志願する者が多いのには、実績となるからであった。

お側役《そばやく》、あるいはお側御用人と呼ばれる役職は、将軍近くに侍《はべ》るだけにそれなりの権威があるが、政に加わることはできなかった。

「執政衆にあがられるには、多少の損は覚悟のうえでございまするか」

加藤仁左衛門が小さく首を振った。

「お大名だというだけで、我らにはうらやましいのでございますが、お歴々はご満足なさらぬようでございますな」

「さよう、さよう」

併右衛門の言いぶんに、加藤仁左衛門が首肯した。

「領国に帰れば、誰にも頭をさげる必要がないにもかかわらず、江戸に出てくれば、将軍家を始め執政衆と、辞を低くしなければならぬ相手がたくさんおられる。上様には仕方がないにしても、他の方々へは我慢ならぬのでしょうなあ」

加藤仁左衛門が、続けた。

大名、とくに老中若年寄や執政になることのできる譜代大名には、忸怩《じくじ》たる思いが幕府開闢《かいびゃく》以来くすぶっていた。

外様大名の存在が気に入らないのだ。戦国の世、多くの大名たちが己の力で近隣をきりしたがえ、京へのぼって天下に号令することを夢見た。

そしてまず織田信長《おだのぶなが》、続いて豊臣秀吉がそれをなした。しかし、最後に天下の主になったのは、徳川家康であった。駿河《するが》の太守今川義元《いまがわよしもと》の人質だったころから仕えてきた家臣、三河以来の譜代たちが、まさに血であがなった結果である。

家康が関ヶ原を制し、江戸に幕府を開いたとき、譜代の家臣たちは栄達《えいたつ》を信じた。だが、結果は愕然《がくぜん》たるものだった。

死ぬ思いをしてついてきた譜代の家臣たちとは比べものにならない領地を持つ外様

大名たちが大量に残っていた。

徳川だけの力では、豊臣の天下を奪うことができなかったのだ。石高百万石を凌駕《りようが》する加賀《かが》の前田《まえだ》家、七十万石以上の薩摩《さつま》島津、仙台伊達《だて》、そして五十万石をこえる福岡の黒田、熊本の細川、姫路《ひめじ》の池田《いけだ》と、譜代最高の石高を誇る彦根《ひこね》の井伊《いい》でさえ、はるかにおよばない外様衆が我がもの顔で江戸城中を闊歩《かつぽ》していた。

外様大名には、もとは家康と同列だったとの思いがあった。

この不満は三河以来の旗本と外様大名の軋轢《あつれき》としてすぐに現れた。家康は、譜代の家臣たちをなだめる意味もあってか、幕府の役人には三河以来の者しか登用しないと決めた。

やがて大坂の豊臣家が滅び、戦《いくさ》がなくなると侍の出世は手柄ではなく、役人としての手腕によることとなった。少しでも禄を増やし、子孫たちによい思いをさせてやりたければ、役につくしかないのだ。とくに幕政を担う老中ともなれば、その権の大きさもさることながら、加増や家格の引きあげ、実なりのよい領地への転封と得るものもかなりあった。

また、老中には、将軍の一族である御三家、御三卿以外は、たとえ百万石の太守であろうとも呼び捨てにすることができた。いや、道で出会えば、向こうが礼をつくさなければならないのだ。

譜代大名たちが目の色を変えて猟官するのも当然であった。

「それに家基さまは、別格でござるからな。代参といえども箔《はく》がつきましょう」

加藤仁左衛門が、なにげなく口にしたことに、併右衛門は引っかかった。

「大樹公になられなかったとは言え、将軍家の世継ぎ、西の丸さまにはなられておられましたからな。あつかいだけとはいえ、将軍格でございますでな」

十一代の座に就いた家斉も、家基には格別の思いがあるようであった。家基があと五年、いや二年生きていたら、家斉の登場は、おそらくなかった。

「どうかなされたか」

黙りこんでしまった併右衛門に、加藤仁左衛門が怪訝《けげん》な顔をした。

「いや。なんでもござらぬ。どれ、拙者は書庫で調べものを」

話を打ちきって、併右衛門は立ちあがった。

奥右筆部屋に付随する書庫には、過去右筆たちが作成した書付の写しが、すべて保管されていた。その膨大《ぼうだい》な紙の山は、細分された項目に応じて仕分けされ、すぐに目的のものを探しだすことができるようになっていた。

「これか」

併右衛門が手にしたのは、米倉家の家譜であった。

「武田《たけだ》の遺臣だったか」

米倉家の先祖は、甲州の雄武田家に仕えていた。家譜で初代とされている宗継《むねつぐ》は、長篠《ながしの》合戦で戦死し、跡を継いだ忠継《ただつぐ》のときに、武田家が滅び、米倉家は浪人となった。

武田家が滅びた後、織田信長が出した武田家遺臣扶助禁止の令を家康はひそかに破り、忠継に隠《かく》し扶持《ぶち》を与え、遠江《とおとうみ》国にひそませた。

やがて本能寺《ほんのうじ》に織田信長が倒れ、家康は忠継ら武田家遺臣を表だって家臣とした。だが、米倉本家に当たる忠継の系譜は、継嗣《けいし》なく三代で絶えた。現在の米倉長門守は、忠継の孫が分家したものであった。目付や代官を歴任した旗本米倉家に幸運が舞い降りたのは、三代目の昌尹《まさただ》のときであった。昌尹が、五代将軍綱吉《つなよし》に寵愛《ちょうあい》されたのだ。

分家筋から本家を継いだ綱吉は、好き嫌いの激しい将軍だった。嫌えばあっさりと潰したが、気に入れば、異常なほど可愛がった。当初書院番として仕えていた昌尹は、綱吉の信頼を得て、もっともお気に入りの妾《めかけ》お伝《でん》の方の御用を担当するようになった。期待に応えて、忠義をつくした昌尹は加増を重ね、ついに大名に列し、都賀《つが》郡皆川《みながわ》に陣屋を置いた。

その三代目の子が、現当主昌賢《まさかた》の父で、若年寄を務めた米倉丹後守昌晴《まさはる》であった。

「代々の当主の正室を見ても、田沼家とのかかわりはない」

綱吉をつうじて関係ができたのか、米倉家は不思議と柳沢家と縁組みをしていたが、田沼とは一度もなかった。

「やはり、ことは天明の刃傷に行きつくしかないか」

家譜をもとの位置に戻しながら、併右衛門はつぶやいた。


併右衛門と衛悟は、書院で食事をともにしていた。

奥右筆組頭としての職務を屋敷でもしなければならない併右衛門は、衛悟と語り合う暇がなかった。そこで夕餉をとりながら、話をすることにしたのだ。

「甲州武田家の遺臣でございますか」

米倉家の来歴を聞いた衛悟が、箸を止めた。

譜代の家臣にもいくつかの区別があった。大きく分けて三河以来、関ヶ原以前、関ヶ原以降、そして願い譜代である。

三河以来は徳川家がまだ一大名に過ぎなかったころから仕えていた者をいい、もっとも名門とされていた。続いて徳川家康が天下人となる前に家臣となった者、その後の順であった。願い譜代は、特殊な例であった。外様の家柄の者が、家格を譜代にかえてもらうことをいい、よほど将軍や執政たちに気に入られていないと認められなかった。脇坂《わきさか》淡《あわ》路守《じのかみ》安董《やすただ》が、外様から譜代になり、寺社奉行となっていたが、これは希有《けう》な事例であった。

武田家の遺臣は、このなかで関ヶ原以前にふくまれたが、徳川家と戦って主家を失った者として、一段低くあつかわれていた。

「田沼は、八代将軍吉宗さまについて紀州から来たが、その前身は武蔵の国の郷士」

併右衛門は田沼家の家譜も調べていた。

旗本としての歴史は浅い田沼家ではあるが、徳川とのかかわりは深かった。田沼家の先祖は俵藤太《たわらのとうた》と異名をとる藤原秀郷《ふじわらのひでさと》八代の後胤《こういん》佐野《さの》庄司成俊《しょうじなりとし》とされている。鎌倉幕府に仕えていた佐野成俊は、勅命を受けて新田義貞《にったよしさだ》に属した。この新田義貞が徳川家の遠祖である。

このあと田沼は、鎌倉管領北条《ほうじょう》家、古河《こが》公方、上杉《うえすぎ》、武田と主を変え、武田勝頼《かつより》滅亡の後、浪人を経て紀州徳川頼宣《よりのぶ》に仕えた。

「田沼も武田家遺臣と申せませぬか」

衛悟はそこに米倉家とのつながりを見いだそうとした。

「それが、田沼家のあつかいは関ヶ原以降なのだ」

併右衛門が首を振った。

田沼のあつかいが、そうなっているには理由があった。紀州家に仕えた田沼家は三代義房《よしふさ》のとき、病気を理由に一度浪人していた。その義房の子供が、吉宗に召しだされた意行である。

「先代の米倉丹後守どのが、若年寄になられたのはいつでござる」

「安永《あんえい》六年（一七七七）に若年寄になられたのち、天明四年（一七八四）に西の丸若年寄に転じられた」

西の丸若年寄は、将軍世継ぎにつけられる。西の丸老中とともに次の将軍たる世継ぎに政のことを教えるのが仕事である。世継ぎが将軍となったときには、本丸へ移るのが慣例であり、将来の執政衆を約束されたにひとしい存在であったが、逆は珍しかった。

もっともないわけではなかった。三代家光の寵臣《ちょうしん》阿部《あべ》豊後守忠秋《ぶんごのかみただあき》も、本丸老中から西の丸老中になっている。これは幼かった将軍世継ぎ家綱を傅育《ふいく》するために家光が命じたことであったが、おかげで阿部豊後守は幕政において、ずっと松平伊豆守信綱《まつだいらいずのかみのぶつな》の後塵《こうじん》を拝し続けることになった。

「ときの西の丸さまは……」

「御当代家斉さまだ」

衛悟の問いに、併右衛門が答えた。

天明元年に家斉は西の丸に入っていた。

「他に西の丸付きとなられたのは」

「若年寄なら、太田備中守どの、井伊兵部少輔《いいひょうぶしょうゆう》どのだ」

井伊兵部少輔は譜代最高の三十万石を誇る彦根藩の分家である。

「お二人とも、今は御老中だ」

執政衆の人事にうとい衛悟に、併右衛門が告げた。

「つまり、米倉丹後守どのも、翌天明五年（一七八五）に亡くなられなければ、御老中に」

「おそらくの」

それはさしたる功績もなく、大名とはいえ一万石をかろうじてこえた小藩にとって夢の叶《かな》う瞬間であったはずだった。家禄が増えるなどの利点もあるが、なによりも一度執政の地位にのぼった家は、代がかわっても役に就きやすくなるのだ。

つまり、一代だけで終わることなく、子も孫も出世の機会に恵まれるのである。

「つかみかけた運を失った米倉家が、どれほど落胆したか」

重い声の併右衛門に衛悟は無言でうなずくしかなかった。規模は違うが、衛悟も同じような境遇なのだ。己の血を引く子々孫々まで影響するとなれば、必死になって当然であった。

「父上さま」

二人の食事の給仕をしていた瑞紀が、口を出した。

「なんじゃ」

一人娘に甘い併右衛門は、咎《とが》めることなく瑞紀の顔を見た。

「米倉さまは、田沼さまのお味方なのでしょうか。それとも……」

瑞紀の言葉を、一瞬、衛悟は理解できなかった。味方でなくば、手出しなどしてこぬだろうと言いかけた衛悟だったが、ふと引っかかるものを覚えた。

「それよ、瑞紀」

満足そうな表情で併右衛門がうなずいた。

「田沼どのの味方として動いたのか、田沼どのの敵となる者の手としてなのか。そこがわかれば、御前と呼ばれた男の正体も知れるのだが」

「田沼どのの敵……立花どの、そのように言われたが、かつての主殿頭さまのときならいざ知らず、今の田沼家にどれほどの力があると」

衛悟は問うた。

「表だってはな。だが、世にはなんにでも裏がある。でなくば、田沼家にあのような変遷が起ころうはずはない」

答えになっていない返事を、併右衛門はよこした。

「まだわからぬことが多すぎる。これでは、誰に救いを求めてよいか」

併右衛門が首を振った。


大奥において将軍家は主《あるじ》ではなかった。大奥の主人は、御台所《みだいどころ》であり、将軍家はそのもとにかよう客人としてあつかわれた。これは、三代将軍家光のころ、大奥を牛耳っていた春日局《かすがのつぼね》によって作りあげられた伝統であった。

乳母に過ぎなかった春日局は、家光を過保護なまでにかばい、掌中のものとし、その権威を利用して、大奥を表の介入できない場所として隔離した。

こうして大奥は女のものとなり、将軍といえどもそのしきたりにしたがわねばならなくなった。

最近気に入りの側室お歌《うた》の方と同衾《どうきん》していた家斉が立ちあがった。

「厠《かわや》へ参る」

「お待ちくださりませ。お末の者、上様のお身体《からだ》を」

将軍の手がつかないことから清《きよ》の中臈《ちゅうろう》とも呼ばれる添い寝の中臈が、声をあげた。

将軍の身の回りの世話をする添い寝の中臈は、側室と将軍の睦みあいにも同席した。

これは側室が将軍に身内の出世などをねだらないように、見張るためであった。

「…………」

すぐに襖《ふすま》が開いて、数名の奥女中が無言で入ってきた。

「お着替えを願いまする」

添い寝の中臈が、家斉にそう言うと、二人の奥女中が家斉の身につけていた絹の寝間着に手をかけた。

将軍は誰と身体を重ねるときでも素裸になることはなかった。また、同衾する側室も同じである。閨《ねや》とはいえ、乱れることは、武家のたしなみのないふしだらな者として嫌われた。

家斉はされるがままに裸にされた。

雑用を担うお末の女中たちは、目見え以下である。将軍の前で口を開くことは許されていなかった。

「上様、お身を拭《ぬぐ》わせていただきまする」

添い寝の中藹が、一言断ってから、お末の女中に目で命じた。

お末の女中たちが、口をつぐんだまま、家斉の股間に用意してきた白絹の布を押し当てた。一度押し当てた白絹は二度と使うことなく、何枚も交換して、家斉の身体を清潔にする。

「どうぞ」

裸のうえに新しい寝間着を着せられて、ようやく家斉は寝所を出ることができた。

「しぃい、しぃい」

手燭《てしよく》を持った奥女中が、警蹕《けいひつ》の声を発しながら、家斉を厠《かわや》へと先導する。

大奥の厠は四畳ほどの畳敷《たたみじ》きになっていた。そのほぼ中央に枡形《ますがた》が切られており、その下に砂を入れた箱が置かれていた。

なかには厠番の奥女中がいた。厠番の奥女中は、小用がしやすいように家斉の寝間着の裾《すそ》を広げ、捧げ持つのが仕事である。また大便のおりには、事後の清拭を担当した。

「上様」

目見え以下の厠番が、家斉に声をかけた。ばれれば謹慎、あるいは放逐《ほうちく》ものの行動であった。

「なんだ」

家斉は気にせず、小便を続けた。

「お初にお目どおりいたしまする。村垣が妹、香枝《かえ》にございまする」

「お庭番か」

「上様に、人知れずご報告申しあげるにつごうがよいかと、このような場をえらびましてございまする。ご無礼の段は平に」

香枝が詫びた。

「よい。将軍というのは不便な者だ。気に入った女と睦みあうことさえ、満足にできぬ。用便だけが別だと思うほうが甘い」

笑いながら、家斉が小便を終えた。

「さっそくでございますが、奥右筆組頭は……」

厠の外で待っている奥女中に不審をもたれるわけにはいかないと、香枝が無駄口を排した。

「やはり断っていたか。旗本もまだ捨てたものではないな」

満足そうにうなずいて、家斉は振り向いた。

家斉の裾から手を離して、香枝が厠の片隅に平伏した。

「ほう、なかなかに美形じゃの」

意外そうな声で、家斉が香枝を評した。

「お手出しはご無用に願いまする。臥所《ふしど》では、ご報告申しあげることなどかないませぬゆえ」

側室にはならないと香枝が断った。

「隣で聞き耳をたてておる中﨟がいては、話もできぬか。しかたあるまい」

残念だと家斉が告げた。

「家治さまが、わざわざお庭番のことを知らせられるはずよ。どのようなところにも入りこんでおる。おそろしい者たちじゃ」

苦笑した家斉の表情が変わった。家治の言葉を思いだしたのだ。

「天下とともに地獄を譲る」

家治は最後にそう告げた。家斉はそのことをずっと将軍でありながら傀儡《かいらい》でいなければならぬことだと思っていた。

「一度だけ使われたと言われたな」

「なにか」

家斉の独り言に、香枝が反応した。

「香枝よ。そなたの兄に伝えよ。孝恭院、いや家基どのの死を調べよとな」

「ご命のままに」

香枝が、受けた。

「ご苦労であった」

差しだされた手水で指先を清め、家斉は厠を出た。

三

他流試合は厳禁としている流派が多いなか、涼天覚清流大久保道場は申し入れを受けていた。それでも荒事を野暮と忌避する風潮が主の江戸では、道場破りが来ることは滅多になかった。

「諸国武者修行中の者でござる。大久保どのの剣名を聞き、一手お教え願いたく参上つかまつった」

久しぶりの胴間声《どうまごえ》が、道場入り口からひびいてきた。

道場破りにもしきたりはあった。まず、道場の主に己の経歴を述べなければならなかった。

「拙者、氷室鉄ノ進《ひむろてつしん》と申しまする。直心影流を学び、免許をちょうだいいたしておりまする。道場と師匠の名はご勘弁願いたい」

道場破りが名のった。負けたときの悪評を気にして、道場と師匠の名前を告げないことは暗黙の内に了解されていた。

「直心影流をおやりか」

応対した大久保典膳の目が光った。

大久保典膳も衛悟から直心影流の名前といきさつを聞いている。この合致を偶然と考えるほどお人好しではなかった。ならば流派を偽ればよいと考えるかも知れないが、剣術には独特の構えや癖があり、嘘はすぐに見抜かれてしまい、その裏にあるものをよりさらすことになる。

みじんも変わることなく、同じ口調で大久保典膳が尋ねた。

「得物にお望みはござるかの」

「木剣でお願いしたい」

せいぜい打ち身を作るぐらいですむ袋竹刀ではなく、当たれば骨を折り、場所によっては死にいたることもある木剣でやりたいと氷室が言った。

大久保典膳の質問に、希望を伝えたところで、氷室の目的が道場破りではなく、じつは刺客であることがあらわになった。

「承知した」

あっさりと大久保典膳が首肯した。

「上田、柊を残して、皆は帰れ」

せっかくの他流試合が見られぬと不満そうな顔をする弟子たちを、大久保典膳は強い口調で帰した。

「そなたたちは、まだ木剣試合を観るには早い」

弟子たちが去るのを待って、大久保典膳が氷室に話しかけた。

「当道場のしきたりでござる。拙者がお相手つかまつる前に、弟子がお教え願うことになりますが、よろしいか」

「けっこうでござる」

氷室が首肯した。

「衛悟、お相手を願いなさい」

最初から大久保典膳は、衛悟を指名した。

「はっ」

承服した衛悟は、道場に備えつけられている木刀二振りを持って、道場の中央に向かった。

「いや、手慣れているこちらを使わせていただく」

氷室が、用意してきた木剣を手にした。

ちらと氷室を観た聖が、大久保典膳に顔を向けた。気づいた大久保典膳は、黙って首を小さく振った。

「聖、審判をしなさい」

指名を受けた聖が、立った。

二人の間に割りこむようにして、諸注意を与えた。

「審判を務める拙者の合図にはしたがっていただく。審判が止めと告げたとき、相手が参ったと言ったあとの追撃は厳禁する。また、得物を取り落としたときは、負けとなる。なお、この試合は剣の道を学ぶものが互いの研鑽《けんさん》を積むためのものであり、どのような結果になろうとも事後に遺恨を残さぬこと」

二人が首肯して、間合いを開けるために背を向けた。

聖の話を聞いている間も、衛悟は氷室の木剣から目を離していなかった。不意打ちを警戒したのもあったが、なにかみょうな感じがしたからであった。

そして衛悟は、氷室の持つ木剣の切っ先が真下を指していることに気づいた。

剣の修行は毎日の繰り返しである。そこには袋竹刀や木剣を手に提げる行為も含まれる。少なくとも剣の持ち方を学んだ者ならば、切っ先を垂直にすることはなかった。跳ねあげる一撃の繰り出しに遅れるからだ。常在戦場を旨《むね》とする武術家にとって、それは致命傷となる。

いつも使い慣れている木剣と同じ感覚で仕込みをぶら下げている氷室は、重さの差をそこに出してしまっていた。

「柊、気をつけろ。あの木刀は仕込みだ」

近づいてきた聖がささやいた。

仕込みとはなかに鉄心や薄刃の刃物を隠した暗器のことである。

「やはり」

衛悟も疑っていた。

「後のことは心配せずともよいとの仰せだ」

大久保典膳の意を衛悟へ伝えて、聖が離れた。あとの心配をしなくていいとは、殺してしまっても構わないとの意味であった。

「直心影流、氷室鉄ノ進」

「涼天覚清流、柊衛悟」

三間（約五・四メートル）で対峙《たいじ》した二人が、名のりをあげた。

「始め」

開始の声をかけた聖が、邪魔にならぬよう、二間（約三・六メートル）ほどさがった。

氷室が木剣を青眼に軽く右足を前に出した。堂に入った姿勢に衛悟は氷室の腕がそうとうなものだと観た。

衛悟は最初から木剣を天に構えた。

袋竹刀のように撃ちあうことが目的の得物ではなく、一閃《いっせん》で勝負が決まる木剣では、動きながら相手のようすをうかがうとか、形を崩すとかができなかった。衛悟はゆっくりと呼吸を抑えながら、己の気を昂《たか》めていった。

かなりのときが流れた。

「疲れてきたのではござらぬか。天を指す構えは腕に負担がかかる」

氷室が話しかけてきた。涼天覚清流の型を鼻先で笑うような口調であった。

「拙者よりも、貴殿のほうがお辛かろう。重そうでござるな、その木剣は」

知っているぞと衛悟は、皮肉を返した。

「…………」

不意に氷室の雰囲気が変わった。氷室の周囲だけが、闇に包まれたように殺気で染まった。

「ばれていたか」

「最初からな」

応えたのは、大久保典膳であった。

「直心影を名のる男が、仕込みで挑んできた。我が道場は何年も他流と揉《も》めごとを起こしておらぬし、なにより儂の剣名など町内を出たところで消えるていどのものでしかない」

大久保典膳が、笑った。

「そして、この柊衛悟は、直心影を使う刺客を倒したことがある」

衛悟に目を向けて、大久保典膳が続けた。

「なら、誰を狙いに来たかなど、自明の理であろう」

「……とならば、このようなもの、必要ない」

一間（約一・八メートル）ほど後ろに跳んだ氷室が、木刀の柄をひねって振った。乾いた音を立てて、木剣の先が抜けた。なかから現れたのは、常寸より少しだけ短い太刀であった。

「ほう。木剣の形をした鞘《さや》か」

おもしろいと大久保典膳が、目を見張った。

「柊、修練を見せてみよ」

「おう」

衛悟は、大久保典膳の言葉が、霹靂《へきれき》を出せとのことだと理解した。剣の腕と技を競う試合ではなく、命を賭けた死合《しあい》となった。

死合の機とは、ふいに満ちる。

衛悟は奔《はし》った。

四間（約七・二メートル）に開いた間合いが、三歩で二間（約三・六メートル）をきった。

「こいつ」

見抜かれていたことで、動揺した氷室は少し遅れた。一刀一足、必死の間合いに入られることを嫌って、太刀を袈裟《けさ》懸《が》けに振った。牽制《けんせい》であった。

「…………」

見せ太刀にひるまず、衛悟はさらに半歩踏みこんだ。間合いは一間半（約二・七メートル）を割った。

「かかった」

地を指した氷室の切っ先が、跳ねた。

直心影流には、竜尾《りゅうび》と名付けられた秘剣があった。振りおろした太刀が、下段の構えに変わることなく、ひるがえるのだ。最初の一撃を見切ったと踏みこんだ敵は、斬りあがってくる太刀に自ら飛びこむことになる。

竜尾の太刀のことを衛悟は知らなかったが、左下に過ぎたはずの太刀からすさまじい殺気を感じた。衛悟は避けなかった。身体の重心をすでに前に倒していたのだ。止められないと一瞬で悟った衛悟は、天を指していた木剣を落とした。

見事に跳ねた竜尾の太刀であったが、落としたときの勢いを殺しただけ、速さに欠けた。そして、真っ向から斬る疾《はや》さで、涼天覚清流一天の太刀は、どの流派のものよりまさった。

金属が触れあうような音がして、衛悟の木剣と氷室の太刀がぶつかった。

「くっ」

十分な速度に達する前に止められた氷室の太刀が、弾かれた。

「おおおう」

手応えを感じた衛悟は、そこから木剣を返した。竜尾の太刀と似ながら、斬りあげる一刀ではなく、ひるがえして落とす三撃目に本来の意味を持たせる霹靂をくりだした。

「馬鹿め」

まったく同じ型のものを返されたと思った氷室が、半歩引いて、衛悟の反撃をかわした。

続いてしびれた腕を無理に動かし、もう一度下段からの一刀を放とうとした氷室は、頭上に迫る殺気に顔をあげた。

「げっ」

稲妻のように落下する木剣が氷室の最後に見たものとなった。

右袈裟懸けの形になった衛悟の木刀が、氷室の左首根を砕いた。糸の切れた傀儡《くぐつ》人形のように、氷室が道場の床へと倒れた。

「それまで」

冷静に聖が、終了を宣した。

「まだまだだな。手首の返しが、甘い」

床に横たわっている氷室を気にもせず、大久保典膳が近づいてきた。

「申しわけございませぬ」

衛悟は道場に面倒を持ちこむ結果となったことを詫びた。

「たわけ。武を生涯のものとして生きていくと決めたときから、このようなこと覚悟しておるわ。それに儂も修行時代はなんども経験したことだからの」

恐縮する衛悟を、大久保典膳が励ました。

「上田、悪いが頼めるか」

「はい」

師に頼まれた上田が、出ていった。

「柊」

聖がいなくなるのを待っていた大久保典膳が、重い声で衛悟を呼んだ。

「武の戦いは遺恨を残す。理由は簡単だ。負けた者は、いままで己が積み重ねてきた修行をすべて否定されたことになるからな」

「…………」

衛悟は大久保典膳の話を黙って聞いた。

「そして、それを生涯背負っていくのが剣術遣いの定め」

そこで大久保典膳は、一度言葉をきった。

「だが、柊。そなたが巻きこまれたこの度《たび》のことは、形が違う。こいつは、剣士を装ってきた。だからまだ対応できた」

「はい」

衛悟は師の話に耳を傾けた。

「こやつを送り出した者どもは、結果を聞くまでもなく帰ってこぬことで、失敗を知る。それは、あらたな手段を講じさせることになる。よいか、剣の遺恨は剣で返してこそ晴らされる。なればこそ、まだよい。だが、闇にかかわる争いは、手段を選んではくれぬ。闇夜に鉄砲を持ち出すかも知れぬ。それだけではない。矛先《ほこさき》がそなただけに向くとは限らぬのだ」

「……わたくし以外に」

「そのときになって、慌《あわ》てるな。剣術遣いであり続けよ。どのような形になろうとも戦いは、気を奪われた者の負け。先手を取られたとしても、落ち着いて、よく敵の動きを観れば、失地回復はできる」

大久保典膳が、衛悟に注意と覚悟をうながした。

「かたじけのうございまする」

師の教えに、衛悟は礼を述べた。

「お待たせいたしました」

そこへ数名の供を連れて、聖が戻ってきた。

「わたくし一人では手が足りませぬゆえ、配下の者どもも連れて参りました」

聖が、供を紹介した。聖が連れてきたのは、黒田藩小荷駄組《こにだぐみ》の足軽たちであった。

「お手数をかけもうす」

大久保典膳が、頭を下げた。

「これは、おそれいりまする」

長《おさ》らしい年配の足軽が恐縮した。

「この者でございまするか」

年嵩《としかさ》の足軽が、氷室を指さした。

「うむ。悪いがこれを始末してくれ」

聖が頼んだ。

どこの藩でも、藩士から剣の名人が出ることを名誉としている。

聖は、涼天覚清流の師範代となったことで、藩から特別なあつかいを受け、大久保典膳も黒田家から扶持米《ふちまい》をもらっていた。いわば黒田藩の剣術指南役格であった。

それだけに黒田藩としても、道場破りなどに敗退し、剣名を失墜されては武名に傷がつく。ゆえに、この手の後始末をひそかに引き受けるのだ。

「では、さっそく」

足軽たちは手慣れたようすで、氷室の身ぐるみを剝《は》ぎ、用意してきた空き樽のなかへと押しこんだ。

「駄目だったか」

足軽たちが空き樽を大八車に乗せて運んでいくのを、一人の侍が町屋の角から見ていた。


道場を出た衛悟は、その足で立花家へと戻った。まだ、併右衛門をむかえに行くには一刻（約二時間）ほどの間があった。なにより、大久保典膳に聞かされた己以外に累《るい》がおよぶとの話が心に澱《おり》のように沈んでいた。

「お帰りなさいませ。お珍しいこと」

門脇の潜《くぐ》りを抜けた衛悟を、瑞紀が迎えた。

普段の衛悟は、朝道場に出かけた後、夕方併右衛門とともに帰邸するまで、立花家に戻ることはなかった。あまり世話になるのも気詰まりなので、昼食も外ですますようにしていた。その衛悟が、夕方前に帰ってきたのだ、瑞紀が驚くのも当然であった。

「瑞紀どの、お話がござる」

衛悟は真剣な顔で言った。

「家人《けにん》が見ておりまする。このようなところでは、お話を承ることもできませぬ。どうぞ、こちらへ」

瑞紀は衛悟を庭へと案内した。

立花家の庭は、柊家よりも広くよく手入れをされていた。さすがに泉水を持つほどではなかったが、松や南天などが植えられ、季節に応じた花もあった。

瑞紀は、もっとも大きな木、枇杷《びわ》のもとへと衛悟を連れていった。

「覚えておられまするか」

枇杷を背に瑞紀が問うた。

「ここでよく遊びましたな。もう十五年は前になりましょうか」

衛悟も懐かしげに、木を見あげた。

「……お話をお聞かせくださいませ」

みょうにしおらしく、伏し目がちになって瑞紀が催促《さいそく》した。

「しばらくの間、お出歩きになられるのをお控え願いたい」

用件を衛悟は告げた。

「それは、どういう意味でございましょう」

「瑞紀どのの身が心配なのでござる」

「わたくしの」

衛悟からくらべると頭一つ低い瑞紀が、じっと衛悟を見あげた。

「衛悟さま。おっしゃってくださいませな」

瑞紀が、衛悟に一歩近づいた。

「じつは……」

もともと隠しごとなどできない衛悟である。道場であったことを含めて、話をした。もっとも衛悟が敵を撃ち殺したことは伏せていた。

「そういうことでございましたか」

聞き終わった瑞紀から、いっきにはにかみが消えた。

「承知いたしました。そのようなこと言われなくとも、用なく出歩きなどいたしませぬ」

不機嫌にそう言うと、瑞紀はさっさと歩きだした。

「なんなのだ」

急に変化した瑞紀のようすに、首をかしげながら衛悟は、併右衛門の出迎えに屋敷を出た。

四

家斉の執務はいつもよりも早く、昼八つ（午後二時ごろ）すぎには終わった。

「本日の御案件は、以上でございまする」

お側御用人が、老中から回されてきた用件の終了を告げた。

「うむ」

手にしていた筆を置いて、家斉は首肯した。

将軍の仕事は、御用部屋から出された要求に諾の花押《かおう》を入れるだけであった。一応、書かれている内容について、お側御用人が読みあげてはくれる。また、疑義ある場合は担当の老中若年寄を御座の間まで呼びつけて説明を求めることもできたが、九代将軍家重以来、ほとんどおこなわれることはなかった。

「いかがなされましょうか。夕餉《ゆうげ》までの間、お将棋でもなされまするか」

中根壱岐守が家斉に問うた。

将軍の勤めは政務の他に、学業、武芸があった。学業として、四書五経を講義させることもできたが、昌平坂学問所を預かる林大学頭《だいがくのかみ》は多忙であり、不意の求めをすることは避けるべきであった。同様に柳生や小野の将軍家剣術指南役も呼びだすことはできなかった。

弓や鉄砲を射場で練習することはできたが、家斉は武芸全般を嫌っていた。となれば残るは、小姓を相手に将棋を指すか、囲碁を置くぐらいである。

「そうよな。久しぶりに一局するか」

武芸は苦手な家斉だが、将棋や囲碁は好きだった。

「では、さっそくに」

中根壱岐守が、御小納戸の者に用意せよと命じているところに、お側御用取次が急ぎ足でやってきた。

「越中守さまが、上様にお目通りをとお見えでございまする」

「またか」

家斉が苦い顔をした。

松平越中守定信が座している溜間《たまりのま》は、将軍家の相談役というあつかいである。したがって、一日の用が終われば、お側御用取次が本日のご諮問《しもん》の議は終了しましたと告げに来る。

こうして、松平定信は家斉に暇ができたことを知るのだ。

「多忙だと伝えよ」

嫌そうな顔で家斉が、命じた。

「それは……」

お側御用取次が、困った顔をした。松平定信は徳川家中興の祖と讃《たた》えられている八代将軍吉宗の孫であり、先年まで老中首座を務めていたのだ。簡単にあしらえる相手ではなかった。

「武術の鍛錬だと申せ」

「偽りはよろしくございませぬぞ」

家斉をたしなめながら、松平定信が御座の間に入ってきた。

「越中守どの、いかにご一門とはいえ、お許しもなく御座の間に参られるは僭越《せんえつ》でござろう」

中根壱岐守が、気色ばんだ。

「よい。来てしまったのだ。もう」

あきらめた家斉が中根壱岐守を制した。

「ほう、将棋でございますか」

御小納戸が重い将棋盤を持ったまま、どうしたらいいのかととまどっているのを松平定信が見つけた。

「これはちょうどよい。上様、わたくしに一手お教え願いましょう」

松平定信が、御小納戸に駒を並べるようにと告げた。

「越中とか。勝負にならぬではないか」

家斉が不満を口にした。松平定信と家斉では、将棋の腕にかなりの差があった。

「大駒を二枚、遠慮いたしますゆえ」

「そこまで言われて、逃げるわけにはいかぬな」

飛車角落ちでどうだと言われて、家斉が受けた。

「用意をいたせ」

家斉の許しを得て、ようやく御小納戸は将棋盤を御座の間の床に置くことができた。

将棋を指すとなれば、家斉と松平定信の座は近くになる。御座の間上段に、松平定信が伺候《しこう》した。

「敷物を出してやれ」

御用で訪れる老中にさえ供されない薄縁《うすべり》を、家斉は松平定信へ許した。聞いた御小納戸が動き、中根壱岐守の顔に稲妻が走った。

「かたじけなきお言葉なれど、あまりに冥加《みょうが》。遠慮いたしまする」

家斉の好意を松平定信が断った。

「そうか。ならば、始めよう。気が散る。皆はさがれ」

最初の駒を動かしながら、家斉が命じた。

「そう来られましたか、ならば、わたくしは、これを」

応じて松平定信が駒を動かしている間に、一同が御座の間から出ていった。

「奥右筆組頭のこと、お庭番に探索させたが、まだ、誰の庇護も受けておらぬな」

家斉と松平定信の間を隔てるものは将棋盤だけであった。家斉の小声は十分に届いた。

「迷っておるのでございましょう。うかつに庇護を求めるは、火中に身を投げるにひとしゅうございますから」

駒を盤に置く音が、響く。

「父には、あいかわらず甲賀《こうが》がついているようだな」

「はい。甲賀はなにを求めておりますのやら。伊賀《いが》が同心にくらべて甲賀は与力、石高も格も天と地ほどの差がありますのに」

松平定信が、嘆息した。

戦国の世、はなばなしい武功を立てて名をあげていく将たちの陰で、勝利に貢献しながら闇に埋もれた存在が忍《しのび》であった。

乱破《らっぱ》、透破《すっぱ》、細作《さいさく》など呼び名はいろいろあるが、その功は表に出なかった。闇にひそむ者にとって名を売るとは存在を知られることであり、命を失うのと同じであった。

織田信長の運を開いた桶狭間《おけはざま》の合戦、豊臣秀吉を天下人に押しあげた中国大返しの裏にも忍の活躍があった。しかし、それに値するほどの評価は手にできなかった。名を売った者だけに名誉と富は訪れる。戦国が終わったとき、天下の情勢を大きく変えた忍たちに与えられたのは、生きていくにもきびしい薄禄《はくろく》と化生《けしょう》の者との蔑視だけだった。

そのなかで甲賀者は例外にひとしい厚遇を得た。伊賀者や甲州忍《しのび》の末である黒鍬《くろくわ》者《もの》、根来忍《ねごろしのび》が同心とされたに比して、甲賀者だけは与力であった。

与力と同心では、その待遇に大きな差があった。まず与力は二百石内外の石高であるに対し、同心は三十俵あるかなしかの禄しか与えられなかった。三十俵は米に直して十石ていどである。じつに二十倍の開きがあった。さらに身分が違った。ともに将軍家に目見えのできない御家人の身分であったが、同心にすぎない伊賀者は極寒の冬でも袴《はかま》の股立《ももだち》を取り、足袋《たび》もはけなかった。

「伊賀者が不満を言いたてるならば、わかるのでございますが」

松平定信が、言った。

じじつ幕府創立直後、あつかいの悪さに伊賀者が暴動、寺にたて籠《こ》もり幕軍相手に一戦交えたことがあった。多勢に無勢、いかに闇を跳梁跋扈《ちょうりょうばっこ》できる忍といえども、十重二十重に取り囲まれてはいかんともしがたく、叛乱《はんらん》は鎮圧され、事後さらに伊賀者のあつかいは悪くなった。

「なればこそ、伊賀者たちは御用部屋のしもべとなったのであろう」

家斉が冷たい声で言った。

権力にさからう愚を知った伊賀者は、逆にすり寄ることで生き残りを図った。伊賀者たちが選んだのは、将軍ではなく御用部屋の主である老中であった。禄をもらっている将軍ではなく、老中へ忠誠を誓う伊賀者を家斉が皮肉り、松平定信は老中首座であったころを思いだして苦笑するしかなかった。

「伊賀者は、まあよろしいとしまして、甲賀のことはすっかり念頭から消えておりましたな」

松平定信が、首を振った。

叛乱の後、伊賀組は解体され伊賀者は三つに分散させられた。御広敷伊賀者と山里伊賀者、そして明き屋敷伊賀者である。二度と団結してさからうことのないようにと、分割しただけでなく、それぞれの禄にも幕府は差をつけた。

いっぽうの甲賀者は、幕初から変わることなく続いていた。甲賀者は与力として大手門の警衛を担ってきた。江戸城の顔である大手門脇の百人番所に交代で詰めながら、登城してくる大名や役人たちを見張るのが役目であった。

「日が当たらないのは、伊賀と同じでございまするが、食べていけぬというほどではございませぬし」

甲賀が一橋治済に与《くみ》した理由が二人にはわからなかった。

「ところで、上様」

家斉が突いてきた香車《きょうしゃ》の頭に歩を打ちながら、松平定信が話を変えた。

「なんじゃ」

悔しそうに盤をにらみながら、家斉が訊いた。

「そろそろお手を出されまするか」

思案に入った家斉を見守るように微笑《ほほえ》みながら、松平定信が問うた。

「届きはせぬと思うが、思わぬことがあるか。ふむ。奥右筆組頭と旗本の次男。二人が死んだところで、どうということはない。その方が世情で言う後腐れがない」

家斉が施政者らしい酷薄な口調で言った。

「仰せのとおりではございまするが、ちと惜しい気がいたしませぬか」

「惜しいか。ふむ」

いい手を思いついたとばかりに、家斉が桂馬《けいま》を跳ねた。

「いけませぬな。桂馬はあまり初手から動かされては。ほれ、このように餌食《えじき》となるだけでございますぞ」

松平定信が、銀を使って桂馬の動きを制した。

「上様のお手には、お庭番がございまするが、老中を退いたわたくしには手足となる者がおりませぬ」

「白河に人はおらぬか」

家臣のなかに使える者はいないのかと、家斉が尋《たず》ねた。

「幕府の顔色をうかがえと命じたならば、安心して任せられるのでございますが」

肚《はら》の据《す》わった家臣がいないのだと、松平定信が嘆息した。

「それに江戸で動くとなれば、白河の者はあまりに目だちすぎまする」

京ほどではなかったが、江戸もかなり偏見が強かった。言葉に訛《なま》りが見えただけで、田舎者とさげすむのだ。それに江戸の庶民は将軍のお膝元を自慢にしている。大名の家臣など屁とも思っていない。

「欲しいか」

「ありていに申しあげれば、ちょうだいいたしとう存じまする」

家斉の質問に、松平定信が頭をさげた。

「ならば、この勝負譲れ」

「それはできませぬ。勝負は勝負でございますれば」

松平定信が拒絶した。

「余が将軍になったときから、変わらぬの。越中守。よかろう。ただし、この度の一件に生き残ったならば、そなたの配下にするがいい。父の、あるいは田沼や米倉の手にかかるようならば、それまでだったということだ」

家斉が、きびしく命じた。

「承知いたしました」

止《とど》めの金を家斉の王の頭に打ちこんで、松平定信が平身低頭した。

安永九年（一七八〇）生まれの田沼意壱《おきかず》は、十八歳の青年藩主らしい野望を胸にしていた。祖父が得た幕臣最高の地位、老中の席と相良の領地をふたたび手にしたいと願っていた。

「余が藩主となったかぎり、かならずや昔日の姿に戻して見せようぞ」

どこぞの旗本に養子に行くか家臣になるかしかなかった意壱に、藩主の座が転がりこんできたのである。

その先を求めるのは、若さゆえのものかもしれなかったが、零落《れいらく》した藩士たちの希望でもあった。

田沼家はあまりに急激な変化にさらされた。

始まりは三百俵だった。吉宗の江戸入りに応じて三百石になったとはいえ、旗本としては下級であった。それが六百石になり、意次に代が変わって二千石、五千石、一万石と累進を重ね、ついには五万七千石にまでのぼった。それが天明四年、意壱の父意知の刃傷《にんじょう》から一気に転落を始め、天明六年（一七八六）老中を辞したとたんに二万石を削られ、翌年にはさらに二万七千石を収公された。それにともなう領地の移動も経験したが、石高だけでもこれだけの変遷にあった。

　そして、この変動は田沼一族を直撃したが、それ以上に仕えてくれている者たちを翻弄《ほんろう》した。田沼が相良城主五万七千石であったとき、家臣はおよそ六百名になった。千石をこえる高禄の藩士も何名かいた。それが、今では家臣の総数百名弱、千石をこえる者は皆無というありさまであった。

「その意気でございますぞ」

　意壱を鼓舞したのは、江戸家老の森民部《もりみんぶ》であった。森民部は、意壱につけられていた傅役《もりやく》であったが、藩主の交代に伴って江戸家老へと出世した初老の人物である。

「すでに老中井伊兵部少輔さまには、誼《よしみ》をつうじてございまする」

　得意そうに森民部が告げた。

　老中井伊兵部少輔と田沼家とは縁続きである。意壱の叔母《おば》が井伊兵部少輔のもとへ輿入《こしい》れしていた。

「兄のように金だけ取られて、咎めを受けるでは困るぞ」

　意壱が、苦い顔をした。老中に誼を通じるというのは、金を遣ったと同義であった。

「お任せくださいませ」

森民部が胸を叩《たた》いて請けおった。

意壱の兄意明が金を取られたというのは、天明八年のことである。

十五歳で藩を継いだ意明は、祖父意次が専横の責任を問われ、出仕《しゅつし》停止を喰《く》らった。二ヵ月後に許されたが、城中での格を譜代大名としては最下位に近い菊の間広縁に落とされた。さらにそのあと、幕府はわずか一万石になった田沼家へ、河川補修の金として六万両の提出を命じたのだ。

表高は一万石だったが、物なりの悪い奥州の地である。実質は六千石ていどだった。年貢を五公五民とし、一石を一両と換算して、田沼家の年収はおよそ三千両となる。ここから家臣たちの俸禄を取り、大名としての体面を保つ生活をし、江戸へ参勤するのである。あまるどころか、毎年数千両の赤字が発生していた。そこに六万両、じつに田沼家二十年の総収入を差しだせとの命令は、まさに死活問題であった。だが、出さぬとはいえず、田沼家は意次のころに貯めた金すべてと家宝の多くを手放してようやく工面したのだ。

しかし、幕府の田沼家憎しはまだ終わっていなかった。意明の登城行列の態度が気に喰わぬという難癖《なんくせ》にも近い理由で、二度目の拝謁《はいえつ》停止を幕府は命じた。

田沼家は傷だらけになった。

「出だし何役であるかが、のちのちに大きく影響する」

兄意明のことを思いだして、意壱が口にした。

意明は意次の始末を押しつけられた形になったことが災いし、初役が大坂城代副番《そえばん》だった。次の老中と言われる大坂城代ならばまだしも、副番は名前だけで何もすることもなく、役料もなかった。それこそ、大坂へ出向くだけの費用持ち出しだった。そして、意明は馴《な》れぬ土地での生活のためか、大坂で短い生涯を閉じることになった。

「なんとか、詰衆《つめしゅう》になれるよう、井伊兵部少輔さまに願え」

詰衆は五万石以下の譜代大名から選ばれる。江戸城に詰め、将軍の警護と話し相手などをする。無役あつかいであったが、将軍の近くにいることから目に留まりやすく、ここから側衆《そばしゅう》や奏者番《そうしゃばん》を経て、若年寄、老中へとのぼっていくのが一つの道筋であった。なかには、いきなりお側御用人や寺社奉行に抜擢《ばってき》される者もいた。

「お任せくださいませ。兵部少輔さまからも色よい返答をいただいておりますれば」

「分家にも声をかけておけ」

念を押すように意壱が命じた。

「すでに」

抜かりはないと森民部が首肯した。

分家とは旗本寄合席の田沼意英《おきふさ》のことである。一橋家初代宗尹の傅育《ふいく》をと吉宗が意次の弟意誠《おきのぶ》を召しだしたことに端を発していた。その由縁《ゆえん》からか、意誠の息子意致《おきむね》も長く一橋家の家老を勤めた。家斉が将軍世継ぎとなったとき、その功績を認められて一千二百石の加増を受けている。

「一橋さまにもすでにお話をしておりまする」

「そうか」

満足そうにうなずく意壱を見て、森民部が小さく笑った。

第五章　権への妄執

一

後詰めとして出ていた侍が報せに戻ったことで、剣士に仕立てた刺客が失敗したことが、その日のうちに米倉家に知れた。

米倉家の上屋敷では、家老が腹心を集めて鳩首《きゅうしゅ》していた。

「氷室もやられたようだな。家中一の遣《つか》い手《て》だと聞いたが」

家老が苦い顔をした。

「すでに、先夜を含めて三名の藩士を失った」

家臣全部で百名そこそこの小藩で、剣の遣い手三名の損失は大きかった。

「ですが、このまま見すごすことはできませぬ」

弱気になった家老を、鼓舞したのは最初に併右衛門を襲った一団を指揮していた男であった。

「奥右筆組頭《おくゆうひつくみがしら》に疑念を持たれたのでござる。幕府すべてのことに精通するのが奥右筆だとか。いつ真相に届くやも知れませぬ」

さらに言いつのる。

「ではどうするというのだ。あまり派手なことをくりかえすわけにはいかぬぞ。藩の名前が出ては元も子もないのだ。わかっておろう、時蔵《ときくら》」

焦《あせ》る時蔵を家老がいさめた。

「なればこそ、続けねばなりませぬ。もし、あのことが表沙汰《おもてざた》になれば、米倉家はお取《と》り潰《つぶ》しになりまする。いえ、表沙汰にならずとも、誰かに知られたというだけで、御前は当家をお許しにはなりますまい」

「一蓮托生《いちれんたくしょう》であろう。御前は我が家をお見捨てにはならぬ」

家老の反駁《はんばく》を時蔵はあっさりと切った。

「それほど甘いお方ではございませぬぞ。それにあのお方は、なんと申してもやんごとなき……」

わざと語尾を濁した時蔵に、家老はおびえた。

「そうだの。口封じされかねぬ。見捨てられぬように地の底までしたがうしかないということか」

大きく嘆息して、家老が時蔵を見た。

「では、なにかよい手はないのか」

「金がかかりまするがよろしいか」

時蔵の発案に、家老は首肯《しゅこう》した。

「やむをえぬ。任せてよいか。金は必要なだけ用意させる」

米倉家も多分に漏《も》れず、逼迫《ひっぱく》していたが、背に腹は替えられなかった。

「お任せを」

時蔵が引き受けた。


江戸の大きな繁華街は、日本橋《にほんばし》、両国《りょうごく》、浅草《あさくさ》に代表された。日本橋は有名な商店が建ち並び、昼間の繁華は、目を見張るものがあった。ただ、日本橋は日が暮れると一気に人の姿を失うのに比して、ほかの二ヵ所は夜には夜の顔があった。

とくに門前町である浅草には町奉行の手が入らなかった。だけに営業を禁止されている遊女屋も、博打場《ばくちば》も堂々と明かりをつけていた。

武家の門限をこえた五つ（午後八時ごろ）、時蔵は浅草にいた。

「甘く見すぎていたか。涼天覚清流、名もなき流派と侮《あなど》っていたが」

提灯《ちょうちん》も持たずに歩きながら、時蔵は独りごちた。

「しかし、なんとしても仕留めねばならぬ。失策を取りもどさねば、先がない」

時蔵は焦《あせ》っていた。

かつて時蔵は小姓組頭《こしょうぐみがしら》をつとめ、百五十石をはんでいた。一万石少しの大名家で百五十石ともなれば上士である。それが八十石の足軽組頭に落とされた。

先代の米倉丹後守《たんごのかみ》に寵愛《ちょうあい》を受けていたことが仇《あだ》となったのだ。戦場に女を連れて行けなかった武将たちの名残か、大名には男色に興を持つ者が多かった。米倉丹後守もそうであった。まだ前髪を残していたころ時蔵は米倉家一の美男子とうたわれていた。そして時蔵は米倉丹後守の閨《ねや》にはべった。

おかげで時蔵の家は五十石からとんとん拍子に出世したが、それも米倉丹後守がいてこそである。米倉丹後守が死去するなり、時蔵は一気に疎外された。

親戚のように行き来していた友人が敵にまわり、なにかと頼み事をしてきた親類縁者も近づかなくなった。

「出世せねばならぬ」

時蔵は手のひらを返した世間を見返してやろうと誓った。そのためにはどうしても藩で重き地位にならねばならなかった。だが、時蔵は新しい藩主に媚《こ》びることはしなかった。藩主の寵愛が出世の近道だと身に染みて知っていたが、それが砂上の楼閣に過ぎないことを嫌というほど思いしらされていた。

「実力でのしあがってやる。米倉の家を牛耳《ぎゅうじ》るためには、どんな汚いことにでも手を染める」

肚《はら》をくくった時蔵は、その日から悪所《あくしょ》通いを始めた。岡場所、博打場などは人の暗い部分を象徴している。表に出せないことも、そこでは日常であった。

「丹後守さまに聞いた天明《てんめい》四年の刃傷。その裏を利用すればいい。家の闇を握る。そうすれば、誰も儂《わし》を排除することはできぬ」

成人をこえ、すでに閨を共にする関係ではなくなっていたが、男同士の仲は特別である。米倉丹後守は、時蔵にすべてを話していた。

「ようやく、つけておいた道が役にたつ」

時蔵は、一軒の家に足を踏みいれた。見た目はどこにでもあるしもた屋風だが、なかは怒声が飛びかう鉄火場になっていた。

「おや、お珍しい。時蔵さまじゃございませんか」

上座で見番《けんばん》を勤めていた初老のやくざ者が、時蔵に気づいた。

「無沙汰《ぶさた》をした。代貸《だいがし》」

腰の刀を賭場の若い衆に渡して、時蔵が見番の前に座った。

「よそへ河岸《かし》を変えられたかと思いやしたぜ」

代貸が嫌みを口にした。

「金を借りたままで不義理などできるものか」

気まずそうな表情で時蔵が言った。

「今晩は、お遊びでござんすか。ちゃんとお宝をお持ちいただいたんでござんしょうね」

きびしい口調で代貸が問うた。

「刀なんぞかたに置かれても困りやすんで。ここ最近刀を質に入れられるお侍さまが増えたとかで、値段がつきやしやせんから」

「わかっている」

代貸の言葉に、時蔵が苦い顔をした。

「じゃあ、金をお出し願いやしょうか。賭場の借金は本来待ったなし。その場で精算できなければ首を取られても文句は言えない決まり。それを催促もせずにお待ちしたのは、時蔵さまのご身分に遠慮しただけ。それもそろそろ限度が来やす。このままじゃあ、お屋敷まで取りたてに行かせていただくことになりやすぜ」

代貸がすごんだ。

「金はないが、その代わり仕事を持ってきた」

「仕事だと」

がらりと代貸が態度を変えた。

「前に言っていただろう。仕事を持ってきたやつには一分の割り前を払うと」

負けがこんで、賭場脇のただ酒と肴《さかな》で気分を変えているときに、時蔵は代貸から香具師《やし》のしきたりをいくつか聞いた。そのなかの一つにこの話があった。

「親分のところで聞きやしょう。おい、後を頼む」

そばにいた若い者に見番を任せた代貸が、時蔵を奥へと案内した。

浅草をしきる香具師の親分は、女だった。先代親分の一人娘が、婿《むこ》もとらず代貸を後見に看板を守っていた。

「お侍さま。みょうな考えを起こしたんじゃござんせんね」

女親分が念を押した。いい話には罠《わな》が仕掛けられていることが多かった。女だてらに江戸でもっとも実入りの大きな縄張りを持つだけに、いろいろなちょっかいがあちこちから出されていた。なかには親戚筋の香具師もいたし、治安の維持を回復したい町奉行所の手もあった。

「心配はしなくていい。まずは話を」

時蔵が説明した。

「奥右筆組頭っていうのをやればいいのでござんすかえ」

女親分が要約した。

「そうだが、一筋縄ではいかぬぞ。こいつには腕のたつ旗本がついている」

時蔵が衛悟のことを告げた。

「強いですって、旗本が」

声をあげて女親分が笑った。

「腰のものが重いと嘆く連中に、やられるような出来の悪いのはうちにはいませんよ。よろしゅうござんしょ。お引き受けいたしやした。おい、房吉《ふさきち》」

「へい」

女親分に命じられた代貸が首肯した。

「香具師には香具師のやり方がある。任せてもらいやしょう。時蔵さまへの割り戻しは、後金を受けとったときに」

「ああ」

うなずいた時蔵の目の前に、小判が二枚差しだされた。

「このままお帰りになるのも芸がございませんでしょう。ちょっと遊んでいってくださいな」

「かたじけない」

女親分から渡された金を手に、時蔵が勇んで賭場へと戻っていった。

「ご覧よ、あれが天下のお侍さまだ」

「へえ。藩随一の遣い手と言ったところで、あのていどの輩《やから》で。あとあとを考えれば儲《もう》けの多い仕事になりそうで」

房吉が笑った。

「一万石そこそこじゃ、しゃぶりがいがあるとは思えないけど……」

女親分も頬《ほお》をゆがめた。

「房吉、まずはその奥右筆とかいうのを調べあげておくれな。それから手段と人をね」

「承知」

ていねいに房吉が頭をさげた。

顔をつきあわせて内緒話している女親分と房吉を、博打に夢中になっているはずの時蔵が醒《さ》めた眼で見ていた。

同じ夜、田沼家江戸家老森民部は、供も連れず一人で品川の回船問屋伊丹屋の寮を訪れていた。

「御前は本日お疲れとのこと。お目通りはかないませぬ」

とりつくしまもない口調で、絹が森民部をあしらった。

「こちらにお見えではございませぬか」

あきらめきれない森民部が食いさがった。

「御前はお屋形《やかた》にてお休みでございまする」

「ならば、絹どの」

森民部が、絹に迫った。

「なりませぬ。わたくしを手にしたければ、それだけの手柄をたてなされと何度も申したはず。無礼もほどほどになされねば、御前にご報告いたしまする」

「手柄ならばたてたではございませぬか。田沼の当主を御前のお申しつけどおり、あつかいやすい子供にいたしました。これは手柄でございましょう」

しつこく森民部が食いさがった。

「主殺しを手柄と。しかも、毒殺ではございませぬか。まこと武士の節度も地に落ちました」

「うっ、それは」

言われた森民部の顔が青くなった。

「他人に誇れてはじめて手柄と申すのではございませぬか。森さま。あなたさまがなさるべきは、田沼家の当主が、今後ともに真相に近づかぬように導くこと。出世欲を持たせる。されど、決して満たせない。そうもっていかれるようにと御前から命じられたのではございませぬか」

「…………」

絹の言いぶんに森民部が沈黙した。

「おわかりになれば、お帰りなされませ。申すまでもなきことながら、ここからまっすぐお屋敷に戻られるようなまねはお止めくださりませ。品川あたりのいかがわしい見世《みせ》で、しばしのときをお過ごしあれ」

子供を諭すように絹が告げた。

意気消沈して森民部は、寮を出た。

その一部始終を、お庭番《にわばん》村垣源内が見ていた。隣接する寺の屋根に腹ばっていた源内には、室内の話までは聞き取れなかったが、森民部が一橋治済《はるさだ》とかかわっていることは確認できた。

悄然《しょうぜん》とうなだれて品川のほうへと向かう森民部のあとを源内は追わなかった。そのまま寮を見張り続けた。

およそ一刻半（約三時間）ほど過ぎた深更《しんこう》、人気《ひとけ》の絶えた道を一人の男が近づいてきた。ちらと周囲に目を走らせた男が、すっと音もなく寮へと消えた。

「…………」

微動だにせず、源内はそれを見送った。

やって来た男は、冥府防人であった。

「森民部が来ました」

絹が伝えた。

「ふん。おまえを抱きにか」

冥府は見抜いていた。

「すごすごと帰りましたが」

冷たく絹が告げた。

「あの者など端《はな》から数に入っておらぬわ。御前の手になるには覚悟も技量も足りぬ。しかし、ここまで来るとは、ちと思慮が足りなすぎる。それにあやつの用もすんだ」

瞳に鈍《にぶ》い色を浮かべた冥府が懐《ふところ》から小さな刃物を出した。諸刃《もろは》で、笹の葉を細くしたような形のそれは暗器と呼ばれる謀殺用のもので、肝臓へ押しこむようにして使うのだ。

「品川へ行くようにと申しました」

「上出来だ。遊び帰りに殺されたでは恥の上塗り。一族も田沼家も騒ぎたてはすまい」

冥府が妹を褒《ほ》めた。

「気がついていたか」

不意に冥府が話を変えた。

「いえ」

さっと絹の顔色が変わった。

「動くな。気取《けど》られる」

あわてて外のようすを観ようと腰をあげかけた妹を冥府が止めた。

目には見えなくとも、室内のようすは外からでもあるていど把握できた。なかに人がいた場合、どうしても気に変化が出るからであった。とくに動けば、室内の空気が乱れる。それは襖《ふすま》や障子《しょうじ》にわずかな揺れを生み、そして音をたてた。

「申しわけございませぬ」

唇《くちびる》を嚙《か》んで絹が詫《わ》びた。

「おまえのせいではない。おまえには忍の術ではなく、くの一の技ばかりを修行させたからな」

くの一とは、女忍《おんなしのび》のことである。女という字を分解してできるく、ノ、一を隠語として使っていた。同時にくの一は、苦の一でもあった。女にとってもっとも辛《つら》い意に染まぬ男に身を任せることが任のさいたるものだったからだ。

甲賀忍《こうがしのび》の家に生まれた女は、眉目秀麗《びもくしゅうれい》なほど不幸であった。美しければ美しいほど、女忍の価値はあがる。そして絹は、生まれたときからその運命を背負わされた。男を籠絡《ろうらく》するための手管《てくだ》を身につけるために、初潮が始まる前からいろいろなことをしこまれた。仕草、しゃべり方、そしてなにより閨ごとの技をくりかえしくりかえし身体《からだ》に刻まれた。

顔も覚えていないほど多くの男を受けいれさせられた女の多くは、気が触れるか、無感動になるかだが、絹は最後まで正気を保った。その結果、絹は甲賀の切り札として一橋治済のもとへ送られた。女としての魅力を削《そ》ぐような体術の訓練はしていない。絹が外に忍ぶお庭番に気づかないのは当然であった。

「吾《われ》でも気づかぬところであった。風が吹かねば気づかなかっただろう。一瞬風の向きが変わったとき、ほんのかすかに人の匂いがした」

冥府が語った。

「伊賀者《いがもの》でしょうや」

絹が問うた。

「どうであろうか。伊賀者が動いているようすはない。ひょっとすると、あれが噂《うわさ》に聞いたお庭番とやらかも知れぬ」

推測を冥府が口にした。

吉宗が和歌山から江戸に入ったとき、手の者としていた探索方を連れてきたことは、伊賀も甲賀も感じていた。そして、それがお庭番と称され、中奥に配されたこともすぐに知れた。だが、そこから先がまったくといっていいほど見えなかった。

吉宗は徹底してお庭番を囲いこんだのだ。それだけ吉宗は家康以来の旗本を信用していなかった。まともな血筋とあつかわれることもなかった吉宗が、紀州の藩主に成りあがれたのは、多くの信頼する家臣たちのお陰であった。

ただ吉宗にのみ忠誠を誓い、諾々《だくだく》と命《めい》に従う家臣を失わないためにどうしたらよいかを吉宗は理解していた。吉宗以外の権力者たちと触れあわせなければいいのだ。

吉宗はお庭番を徹底して隠した。まず、住居を一ヵ所に集め、お庭番だけで一つの組屋敷を造らせた。さらに、他職との交流を厳禁し、通交も婚姻《こんいん》も組内だけにかぎらせた。そのうえで、お庭番のことは将軍直々《じきじき》の命のみに限定し、さらに息子といえども将軍世継ぎでない者には、いっさい教えなかった。

隠すほどに漏《も》れるのが世の常である。お庭番の存在は、すぐに御用部屋、伊賀者、甲賀者たちに知られたが、その技や実力については秘されたまま、吉宗、家重、家治、家斉とときを過ごしてきた。

「お庭番……」

絹が絶句した。

お庭番が出てきた。これは、将軍が知ったと同義であった。

「兄上」

「心配するな。我らの後ろにおられるは、御前ぞ。たとえ将軍家といえども、うかつな手出しはできぬ。なにより、表沙汰になって困るのは、上様なのだからな」

不安そうな絹を、冥府がなだめた。

「さて、せっかくのおいでだ。もてなさずに返すわけにもいかぬ」

冥府が、腰をあげた。

刀の目釘《めくぎ》を確認しながら、冥府が笑った。

「お庭番の秘めた力というのを見せてもらおうか」

「お気をつけて」

不安そうな絹を背中に、冥府が寮を出た。

品川と日本橋、二つの繁華な町をつなぐ街道沿いとはいえ、夜になればさみしく、月がなければ鼻をつままれてもわからないぐらい暗い。

冥府は絹から借りた提灯《ちょうちん》を前に突き出しながら、もと来た道を帰った。

「…………」

その明かりが見えなくなるまで、源内は動かなかった。

そっと源内が屋根の上で身体を起こした。ちらと目を寮に走らせた源内が、不意に奔《はし》りだした。

火事の多さと被害の大きさにあきれた吉宗によって、江戸の屋根は瓦葺《かわらぶ》きになりつつあった。板や萱《かや》と違い、滑りやすく、重なりがあるぶん音をたてやすい。

しかし、源内は屋根瓦の上を、まるで平地をいくように駈《か》けた。

先に歩んでいた冥府は、背後にかすかな気配を感じると、足並みを変えず、さりげなく辻を左に曲がった。

曲がるなり提灯を消し、軒下に張りついた。

少し遅れて、源内が冥府の潜《ひそ》んでいる屋敷の瓦を踏んだ。源内は、冥府の持つ提灯の明かりが消えたことに気づいた。

すでに冥府は、鯉口《こいぐち》をきっていた。見失った相手がこのあたりの屋敷に入っただろうと考えておりてくる源内を、冥府は待ち受けた。

煙草《たばこ》を一服すいつけるほどの間、ようすをうかがっていた源内が背中を向けた。先ほどよりも疾《はや》い足取りで、源内が去っていった。

「……ふむ。手強《てごわ》いな」

軒下から出た冥府は、源内の消えた方向を見た。

「武術のほどはしれぬが、忍としてはできる」

つぶやいた冥府は、きびすを返し、西へと走った。忍にもっとも求められるのは、生還することである。何か一つのことでも手に入れた報せを主《あるじ》にもたらすのが、何よりの任であった。

翌日、品川の遊郭で森民部が死んでいるのが見つかった。町方の介入を嫌う遊郭の常、すぐに森民部の家に報せが行き、ひそかに死体は引き取られた。

「……民部が……死んだ。あれは、殺されたのだ。まだ、田沼の家は許されてはいないのか」

苦悶《くもん》の表情をはりつけた寵臣《ちょうしん》の死に顔を見て、絶句した田沼意壱は、大きく身体を震わせた。この後、田沼意壱は一気に覇気をなくし、猟官の熱意を失った。

二

誰に頼るか、悩んだ併右衛門は、人を探すにはまずこの一件をよく知らねばならぬとの結論に達した。ことのつながりを読み解くことができれば、頼るべき人物も、さけるべき相手もおのずとわかると併右衛門は考えた。

奥右筆組頭という立場は、これにうってつけであった。それこそどこにある書付《かきつけ》でも手に入れることができるし、筆写しても咎《とが》められることはなかった。

併右衛門は御用にまぎれこませながら、せっせと天明四年（一七八四）の一件を調べた。

まず、当事者であった若年寄田沼山城守《やましろのかみ》意知と新番佐野善左衛門政言《さねこと》の二人について、資料を集めた。続いて刃傷《にんじょう》に立ち会ったとされる若年寄の米倉丹後守昌晴、太田備中守資愛《びっちゅうのかみすけよし》、井伊兵部少輔直朗《ひょうぶしょうゆうなおあきら》の三人、そして佐野善左衛門を取り押さえた大目《おおめ》付《つけ》、松平対馬守忠郷《つしまのかみただざと》の記録を手に入れた。

それらを隠すようにして併右衛門は自宅へと持ち帰った。

夕餉《ゆうげ》の後、衛悟と併右衛門は、書付と格闘した。

「これを……」

書付の量を見せられた衛悟が絶句した。

「すべてではないのだぞ。これでもな。井伊家など彦根《ひこね》の本家から始めれば、それだけでこの倍にはなる」

「そうでしょうが、これを全部読めと」

「ああ。このていどの書付に驚いているようでは、文方としてお役目につくことなどできぬぞ。奥右筆はもとより、勘定方《かんじょうかた》もこれ以上の書付を連日処理せねばならぬのだ」

しりごみした衛悟を併右衛門がたしなめた。

「養子先は、武方をお願いしまする」

ため息混じりに衛悟は言った。

旗本には筋というのがあった。その家がつける役職が決まっていることである。大番組やお先手組などの武方と勘定方やお納戸組などの文方に分けられた。

立花家も柊家も文方であった。もともと侍は戦うのが本分というのもあって、武方は文方を少し下に見るきらいがあり、交流もほとんどない。同じ筋から嫁や養子をとるのが当たり前であり、それをこえての縁組みは話題になるほどめずらしかった。

「同心でもよいのなら、なんとか探してやるが」

意地悪げに併右衛門が言った。同心となれば禄《ろく》はないにひとしく、なにより将軍家お目見えができない身分であった。

「それは……」

「なら、覚悟するんだな」

口ごもった衛悟にきびしい声をかけて、併右衛門は手元の書付を行灯《あんどん》に近づけた。

衛悟もしかたなく書付に目を落とした。

最初に見たのは、大目付松平対馬守のものであった。

「なんと」

感嘆の声を衛悟は漏らした。

「どうした」

「対馬守どのは、七十歳で大目付役をおつとめでござった」

問うた併右衛門に衛悟は答えた。

松平対馬守は、安永《あんえい》二年（一七七三）勘定奉行から大目付に転じた。大目付は大名たちの非違を監督するのが仕事であった。諸国を見張るほかにも、江戸城中での礼儀作法にもきびしく目を光らせていた。

当番役である大目付は、朝どの大名よりも早く登城し、最後の大名が過怠なく下城するのを見届けなければならない。

天明四年三月二十四日、当番であった松平対馬守は、下城時刻を過ぎた江戸城内を見回っていたときに、刃傷と出くわした。

「七十をこえてお役目を果たしておられるだけでもおそれ入るに、そのうえ刃物を抜いた佐野を抑えるとは」

衛悟は驚いていた。新番組と言えば、城中で将軍の警固《けいご》を担う旗本のことだ。書院番や小姓番のように家柄で選ばれるものではなく、武術に秀でていることが条件であった。その新番組の佐野善左衛門が脇差《わきざし》を抜いて暴れていたのを、松平対馬守は後ろからとはいえみごとに取り押さえたのだ。

衛悟は己も剣を遣うだけに、その難しさがよくわかった。

「老人と馬鹿にしたものではないということだな」

老境と呼ばれる年齢にさしかかった併右衛門が、衛悟をにらんだ。

「まあ、わたくしの師もそうでございまするし。歳はあまり関係……」

そこまで言った衛悟は、ひっかかるものを覚えた。

「どうした」

黙った衛悟のようすに併右衛門が怪訝《けげん》そうな顔をした。

衛悟は手にしていた書付をむさぼり読んだ。

「やはり……」

「なんだ、申せ」

不機嫌に併右衛門が命じた。

「立花どの。なぜ佐野は松平対馬守どのが抑えたのでございましょう」

「現場に居あわせたからであろう」

応えながら、併右衛門の表情が変わった。

「……みょうな」

「やはりそう思われまするか」

衛悟が確認した。

「他の者たちはなにをしていたのだ」

併右衛門が、つぶやくように口にした。

鯉口《こいぐち》三寸（約九センチメートル）切ってもお家取《と》り潰《つぶ》しのうえ切腹と、きびしく規制されているにもかかわらず、過去江戸城内で何度か刃傷は起こっていた。

五代将軍綱吉の治世では二度も起こっていた。

堀田筑前守《ちくぜんのかみ》正俊の刃傷と、かの赤穂浪士討ち入りのもととなった浅野内匠頭《たくみのかみ》長矩が高家《こうけ》肝煎《きもいり》吉良上野介《こうずけのすけ》義央《よしなか》に斬りつけた話である。

赤穂浪士の一件は戯作者竹田《たけだ》出雲《いずも》によって浄瑠璃《じょうるり》になり、津々浦々で大好評をとったことで、庶民の間にも知れわたっていた。

しかし、幕府にとって元禄十四年（一七〇一）の浅野内匠頭による一件は、その前貞享《じょうきょう》元年（一六八四）の刃傷にくらべればたいしたことはなかった。

貞享元年八月二十八日に起こった刃傷が特別なのは、加害者も被害者も幕府の重鎮だったことによる。まず襲われたのがときの将軍綱吉の寵臣大老堀田筑前守、そして襲ったのが若年寄稲葉美濃守《みののかみ》正休だった。

江戸城、それも将軍の執務する御座の間近く、上の御用部屋前で起こった刃傷は、幕府に大きな衝撃を与えた。

襲われた堀田筑前守は、稲葉美濃守の一刀に肩口を割られて即死した。

いっぽう、襲撃した稲葉美濃守は、物音に驚いて御用部屋から出てきた老中、若年寄によってその場を去らさずに斬り倒された。

城中で刀を抜くというのは、己《おのれ》の破滅を覚悟してのことであった。よってその場を去らさずに討ちとり、乱心として処分し、家や一族にできるだけ影響がいかないようにするのが武士としての情けとされていた。

したがってこのときの御用部屋一同のとった対応は、非難されることはなかった。

しかし、このことで従兄弟《いとこ》同士の間柄で親しく行き来していた堀田筑前守と稲葉美濃守の間になにがあったかは、わからなくなってしまった。その場で当事者の二人が死んでしまったからだ。

それ以外に、この一件は大きな前例を作った。

のちに播州赤穂城主浅野内匠頭が、吉良上野介へ刃傷におよんだおり、脇差《わきざし》を振りまわす浅野内匠頭を取り押さえた人物梶川与惣兵衛《かじかわよそうひょうえ》へ、悪口雑言が浴びせられた。

「家も捨て、家臣も捨ててまでの遺恨。せめて吉良上野介へ止《とど》めを刺すまで待ってやるのが武士の情けではなかったのか」

一件のあと五代将軍綱吉から褒められ、加増を受けた梶川与惣兵衛への風当たりはかなりのものであった。

元禄の刃傷から八十年余、当時を知る者さえいなくなっていたが、この手の話は父から子へ、子から孫へと語り継がれていくものである。とくに慣例ですべてが動いている江戸城中において、前例は金科玉条のごとく重い。

殿中での刃傷への対応は、心得ごととなっているはずであった。

「ちょっと待て」

併右衛門が、ていねいに積みあげていた書付のなかから数枚を引き出した。

「それは」

「米倉家の家譜じゃ。確かここに……」

目的とする項目を併右衛門はすぐに見つけだした。

「ここじゃ、衛悟、見よ」

併右衛門のさしだした書付を衛悟は目で追った。

「天明四年四月七日、さきに営中において佐野善左衛門政言、田沼山城守意知に疵《きず》つけしとき、その処置よからざるむねお気色かうぶり、拝謁を止められ、十四日許される」

声を出して読んだ衛悟は、併右衛門に顔を向けた。

「他の方々は」

「儂は井伊を見る、そなたは太田を」

数枚の書付を渡されて、衛悟は探した。

「ない」

独特の書き崩し字になれている併右衛門は、あっという間に終わった。

「まだか」

「読みづらいのでございますれば」

四苦八苦していた衛悟も、ようやく家譜のなかに目的の日時を見つけた。

「ありました。米倉家のものとまったくおなじでございますぞ」

勢いこんで衛悟は告げた。

「井伊の家譜には記述がない」

併右衛門と衛悟は顔を見あわせた。

「たしか、刃傷があったのは三月の二十四日」

衛悟が口火を切った。

「お咎めがあったのは四月七日。十一日ほどときが経っておるが、これは田沼どのが亡くなられるかどうかを見きわめていたからであろう。田沼どのは四月の二日に死亡していいるからな」

「ならばお咎めの日時や、内容にみょうなことはないと言われるか」

「うむ。若年寄の職にあった者へとしては軽いかもしれぬが、辞めさせるとなれば、四名の若年寄が一人だけになってしまう。それでは政《まつりごと》がとどこおる。つつがなく政をおこないつつ、咎を与えるとなれば拝謁を停止するのが精一杯であろう」

拝謁停止とは将軍である家治に会えないだけであり、登城して執務に就くことはできた。

「それでは、罪になりませぬ」

聞いた衛悟はあきれた。

「本音と建て前じゃ。家治さまにとって寵臣であった田沼主殿頭どのが息子が殺されたのだ。本心ではもっと重い罪、それこそお役御免《ごめん》にされたかったのやも知れぬが

……」

併右衛門が語尾をにごした。

「みょうなのは、そのところではないわ。なぜ井伊どのだけがお咎めなしですんだのだ」

「たしかに」

言われて衛悟も気づいた。

「佐野善左衛門のお調べ書きがあったはずじゃ、あった」

書付の山から、違《たが》わずに併右衛門が探しだした。

大目付松平対馬守が書いた調書の写しであった。

「当日の次第を読むぞ。暮れ七つ（午後四時ごろ）、御用を終えた若年寄四名が下の御用部屋を出て、下部屋へと向かった」

下の御用部屋を出た田沼山城守らは、奥土圭《おくとけい》の間《ま》から新番組《しんばんぐみ》前廊下、中の間を経て桔梗《ききよう》の間、納戸前、台所前廊下を通って下部屋へと向かった。

前後に二人ずつ並んで田沼山城守たちは廊下を進んだ。

前列左に井伊兵部少輔、右に太田備中守、後列左に田沼山城守、そして右が米倉丹後守の順であった。

そして中の間にさしかかったところで、背後から近づいた佐野善左衛門が無言で斬りかかった。

背後から肩口を割られた田沼山城守は即死しなかった。必死で狼藉者《ろうぜきもの》と叫びながら、逃げようとした。

「そのとき、他の若年寄方はなにをなさっていたので」

「逃げまどっていたようじゃ。それぞれが勝手に動いたがために、田沼山城守どのの逃げ道をかえって塞《ふさ》ぐことになったとある」

後ろから襲われた者は、まず前へと逃げようとする。田沼山城守も同じだった。だが、そこには何があったのかわからず、呆然《ぼうぜん》とした井伊兵部少輔と太田備中守がいた。二人にさえぎられた山城守は、右手に活を求めた。なぜなら、田沼山城守の左は、中の間の板戸で仕切られていたからだ。

しかし、そこにも米倉丹後守がいた。

米倉丹後守にぶつかって田沼山城守は転びかけた。ところへ佐野善左衛門が追い打ちの一刀を振るった。それが背後からの袈裟懸《けさが》けとなった。

力尽きて倒れた田沼山城守に馬乗りになろうとした佐野善左衛門を、騒ぎに気づいて走ってきた松平対馬守が背後から羽交《はが》い締《じ》めにして、止めた。

脇差を持って暴れる佐野善左衛門を、老体ながら松平対馬守は抑えつけ、大声で人を呼んだ。

佐野善左衛門が取り押さえられたのを見て、多くの人が集まってきた。ただちに宿直《との》いのために城中にいた典医が呼ばれ、手当がおこなわれ、応急処置の後、田沼山城守は戸板にのせられ、お納戸口まで運ばれた。そして、本来は決して認められることのない江戸城大手門内での乗り物をとくに許されて、屋敷へと帰った。

「江戸中の名医が招かれたそうだが、そのかいなく六日後、田沼山城守どのは死去された」

併右衛門が調書を読み終えた。

「ここには書かれておらぬがな。御殿坊主から仕入れた噂話によるとな」

声を併右衛門がひそめた。

「田沼山城守どのを運びだした後、気づいたそうだが、米倉丹後守どのの姿がなかったらしい」

「ないとは、どういう意味でございましょうか」

わからず衛悟が問うた。

「田沼どのを納戸門まで見送ったなかにいなかったのだそうだ。そこで御殿坊主に探させたところ……」

さらに併右衛門が声を小さくしたので、衛悟は身を近づけた。

「米倉丹後守どのは、ずっと奥に戻った御用部屋近くの厠《かわや》で震えてござったそうだ」

併右衛門が嘲笑《ちょうしょう》した。

「それはあまりに」

衛悟も言葉を失った。戦《いくさ》が絶えてひさしいとはいえ、大名は戦国の世で功名をあげた武将の末なのだ。白刃相手に素手で奮戦しろとは言わないが、せめて傷ついた同僚の救護ぐらいはするべきである。

「そのころ、ずいぶん城中で笑われたそうだ。頭隠して尻隠さずの若年寄どのとか、無駄遣いの一万二千石とかな」

本人に聞こえよがしに言ったであろうことは想像に難くない。米倉丹後守はいたたまれなかっただろうと衛悟は思った。

「そのせいかどうかは知らぬが、米倉丹後守どのは、翌年に身体をこわし亡くなっておられる」

ここまでだと併右衛門が話を終えた。

「よりつじつまがあいませぬな」

衛悟は疑問を口にした。

「なにがだ」

併右衛門が問うた。

「逃げたのは米倉どのお一人。ならば、米倉どのだけ咎が重いか、太田どのが軽いかでなければなりますまい」

武家にとって背中を見せるは怯懦《きょうだ》として嫌われた。夜盗や辻斬りにあって死んだ旗本でも、疵《きず》が背中になければ家はそのまま受けつがれたが、あれば改易となった。

「江戸城中でのこと皆に知れわたったのでございましょうが、なにも太田どのと同じあつかいにせずとも、少しでも重くされていれば、世間も納得し、悪口も自然とおさまったでしょうに」

「衛悟の言うとおりよな」

言われて併右衛門も思案に入った。

「ここらになにかありそうじゃな」

そう併右衛門が口にしたとき、衛悟がきっと天井を見あげた。

「何者か」

「なんだ、衛悟」

衛悟の誰何《すいか》に答えたのは、驚いた併右衛門であった。

「ふふふ。なかなか敏《さと》いの」

「その声は、冥府」

すぐに衛悟は、脇差を左手に持って立ちあがった。狭い室内で太刀を使えば、梁《はり》や天井板にぶつかってしまう。刃渡りの短い脇差を抜くのが心得であった。

「小僧、女に助けられた気分はどうだ」

先夜のことを冥府が皮肉った。

「逃げたのはきさまだ。拙者が背中を見せたのではない」

言い返しながら衛悟は、冥府の気配を探った。しかし、冥府の声は、右から聞こえるかと思えば左、上からかと思えば床下と、一定しなかった。

「幼いの。強がりを口にしているようでは、まだまだ子供よ。まあいい。今宵《こよい》はおまえの相手をしに来たのではない」

冥府の声にあきらかなあざけりがあった。

「おのれっ」

頭に血がのぼった衛悟が、立ちあがった。

「衛悟、落ちつけ」

併右衛門に抑えられて、衛悟は腰をおろした。

「冥府どのと言われたか。御前の命《めい》で来られたのだな」

衛悟が大人《おとな》しくなるのを見てから、併右衛門が訊《き》いた。

「いいや。御前はご存じない。拙者の独断で参った」

天井裏から返答がした。

「もう一度与《くみ》せよと言われるなら、答えは変わらぬぞ」

しっかりとした声音で併右衛門が告げた。

「愚かな。一度断った者を御前が許されることはない。そうではない。おもしろいことを教えてやろうと思ってな」

笑いを含んだ声で、冥府が述べた。

「おもしろいことだと」

疑いの目で、衛悟が天井板を見あげた。

「田沼山城守を殺したのは佐野善左衛門だ。だが、最初にそのもとを作ったのは、主殿頭《とのものかみ》よ」

「馬鹿を申すな。主殿頭どのは、山城守どのの父親ぞ。子供を殺す親がいるものか」

衛悟が叫んだ。

「ふん。若いゆえの世間知らずも度を過ぎると、腹立たしいな。柊、おまえは納得していないようだが、立花は違うようだぞ」

「なにを」

冥府に言われて併右衛門に目を移した衛悟が絶句した。

「…………」

蒼白になった併右衛門が、言葉を失っていた。

「天明四年の刃傷の前にあったことといえば、家基さまの……」

併右衛門が、震える声でつぶやいた。

「立花どの……」

病のように身体を震わせる併右衛門に驚愕《きょうがく》した衛悟は、去っていく冥府を追うことさえ忘れていた。

三

二月二十四日、東叡山寛永寺《とうえいざんかんえいじ》で十代将軍家治の長男、家基の年忌法要がおこなわれた。神君と称される家康や先代家治の法要とくらべると、かなり規模は小さくなるが、それでも多くの旗本や大名たちが参列して、それなりに盛大なものであった。

徳川家の菩提寺《ぼだいじ》寛永寺は、宮家が京から下向して住職となる門跡《もんぜき》寺院として壮大な伽藍《がらん》を誇っていた。

元和《げんな》八年（一六二二）、徳川二代将軍秀忠と天海大僧正《てんかいだいそうじょう》によって発願《ほつがん》され、寛永二年（一六二五）に建立《こんりゅう》された。年号を寺号にいただく格式と寺域三十万坪を誇り、寺領一万石というまさに大名をしのぐ威勢を持っていた。

そこに家綱、綱吉、吉宗、家治の四人が眠っていた。

徳川家には菩提寺が二つあった。上野東叡山寛永寺と、芝《しば》の増上寺《ぞうじょうじ》である。

増上寺はもともと関東にあった寺院であり、江戸入りした家康がときの住職源誉《げんよ》上人《しょうにん》に帰依《きえ》したことで菩提寺となった。

二つの菩提寺はことあるごとに反目しあってきた。とくにどちらに将軍の遺体が安置されるかは、菩提寺としての面目はもとより、幕府から支払われる供養代、法要費の増減に大きく影響した。

現在まで、十人の将軍が仏となっていた。そのなかで、初代家康と三代家光だけは、江戸ではなく、日光東照宮にまつられていた。

残りの八人を、寛永寺と増上寺はうまいぐあいに四人ずつを分けあっていた。

しかし、次の将軍として西の丸入りもすませ、前髪も落としていた家基の墓を引き受けただけ、寛永寺が増上寺よりまさっているのはたしかであった。

寺域をゆったりとゆさぶるような読経の声が、重く響くなか、米倉長門守昌賢は寛永寺本堂でじっと目を閉じていた。

寛政五年（一七九三）米倉長門守は、体調不良を理由に、務めていた大番頭を辞していた。あれから四年、体調もよくなった米倉長門守は、あたらしい役職に就きたいと願ったが、無役となった辛さ、儀式以外で家斉に会うこともできず、また病がちとの印象を与えたことによって執政たちから声もかからず、悶々《もんもん》とした日々を送っていた。

一度役から降りた者に、執政たちは冷たかった。いや、冷たいのではなく、相手するだけの暇がないのだ。役に就きたい者はいくらでもいた。譜代大名でも生涯無役のままで終わる者のほうが多いのだ。

一度とはいえ、檜舞台《ひのきぶたい》に上がっただけで、米倉家は幸いとすべきであった。しかし、米倉長門守は、父ののぼった若年寄よりも先を望んでいた。そのためには、まずどのようなものでもよいから、役に就く必要があった。

そこで米倉長門守は、執政衆が相手にしてくれないならば、将軍家斉に願うしかないと考えた。しかし、なにか役職をと頼むのは、拝謁を願う理由にはならない。ならばと、米倉長門守は命じられてもいないのに、家基の法要に参列した。

家斉の名代として参列しているのは、お側御用取次であった。

お側御用取次とは、将軍に持ちこまれる政いっさいの受け渡しをおこなう役目で、老中といえどもその許しなく家斉に会うことはできないほどの権を誇っていた。側近中の側近だけに、家斉の信も厚い。

今日の代参のことも、ていねいに報告されることは間違いなかった。どのような順番で儀式が進み、誰が参列していたかなど、執務の合間の雑談としても語られる。

米倉長門守は、その話題に己の名前があがってくれることを期待したのだ。まさに藁《わら》にも縋《すが》る思いであった。

徳川将軍家の法要に参列している者たちで敷物が許されるのは名代だけであった。米倉長門守は、冷たく固い本堂床に耐えた。

一刻（約二時間）近くかかって法要はようやく終えた。名代よりも早く座に着いていなければならなかった米倉長門守には、じつに一刻半（約三時間）をこえる苦行であった。

疲労困憊《こんぱい》した米倉長門守を、留守居役《るすいやく》が出迎えた。

「殿、お疲れでございましたでしょう」

「うむ」

げっそりとした米倉長門守は、僧坊でため息をついた。

寛永寺に数ある僧坊のどこかと、大名は誼《よしみ》を通じていた。幕府が主催する法要などへ出席するときの着替えや休憩場所とするためであった。

「冷えるな」

米倉長門守は、言いわけをしながら火鉢に手を伸ばした。

僧坊が用意する火鉢は、炭を二つ入れた手あぶりでしかなかった。八畳ほどの部屋をあたためるにはほど遠く、米倉長門守一人両手を差しだせば、余地がないほど小さなものであった。

「中食《ちゅうじき》もここでお取り願いまする」

申しわけなさそうな顔で留守居役が告げた。

僧坊には、節季ごとに付け届けはしてある。さらに今日のお礼として線香代も包んだが、それだけではすまなかった。

僧坊の歓迎に見える中食も、そのじつは強制であった。もちろん、名目上は施しなので無料だが、べつにお礼を包まなければならなかった。

「わかった」

力なく米倉長門守が首肯《しゅこう》した。

徳川家の菩提寺、その僧坊の機嫌をそこねることは、いろいろな障害をもたらした。僧坊の部屋を断られては、こういう法要の参列ができなくなる。

「無駄金にならねばよいがな」

「さようでございますな」

留守居役も同意した。

「お屋形さまのお怒りはまだ解けぬか」

「はい。いまだお目通りどころか、ご家老さまへのご面会もかないませぬ」

重い顔で留守居役が首を振った。

独立した一個の藩である御三家と違い、御三卿は家臣団を持っていなかった。あくまでも将軍家の一門、家族というあつかいであった。

家老を始めすべての役人が、幕臣のなかから選ばれ、そして転出していった。とくに本家に血筋を返した一橋家は別格であり、家老を経験した者は、大目付や旗奉行などの顕官《けんかん》への栄転が約束されていた。それだけに権威もあり、大名家の留守居役など鼻先であしらうことがままあった。

「初手を失敗したのが痛いな」

米倉長門守は、苦い顔をした。

「父の名前に傷がついてはならぬと、時蔵の申すももっともだと思ったが、先走りすぎたかの」

天明四年の父米倉丹後守昌晴が加わった策謀を守り抜くと、早めに打った手が裏目となった。

「だが、まちがってはいなかったはずじゃ」

「はい。わたくしめもそのように考えまする」

留守居役も首肯した。

「病の芽は軽いうちに摘《つ》むのが名医ぞ。初手で止《とど》めを刺せなかったのは失敗であった。見事仕留めてさえおけば、その功績でいまごろ余は、詰衆《つめしゅう》いや奏者番《そうしゃばん》に就けていたであろうに」

無念そうな声で、米倉長門守が告げた。

「父が今少し、壮健であったなら、このような要らぬ苦労はせずともすんだものを」

最後はいつも父丹後守への愚痴《ぐち》になった。

「中傷など気にせずにいればよかったのだ。あのまま我慢していれば、若年寄を辞めさせられるどころか、家斉さまの治世となったとき、老中の座も約束されていた。そこまで生きてさえいてくれれば、余も田沼山城守のように部屋住みの身から幕政にたずさわることができ、いまごろは御用部屋で奥右筆組頭どもを顎《あご》で使っていたはず」

「…………」

それに対し、留守居役は頭を下げるだけで応えなかった。

「ご殊勝なおこころがけでございますな」

そこへ僧坊の住職が小坊主に膳を持たせて入ってきた。

「家基さまは、先代将軍家の世子でありながら、大樹の座に就かれることなく十八歳のお若さでお亡くなりになられた。このようなお方のことを世間は忘れがちになるものでございましてな。まあ、それも世の常でございまするが。生者は死者を忘れることで生きて行くことができる。死者の面倒は坊主の仕事には違いありませぬがの、長門守どのは、お命日にはこのようにご参拝なされる。なかなかにできることではございませぬ。いやあ、愚僧、感服つかまつりました」

にこやかに笑いながら、住職が膳を勧めた。

「お供のお方にも、別室でご用意をいたしております。ささ、どうぞ」

僧侶にうながされて、留守居役が部屋を出ていった。

「無事にご法要も終えました。精進落としなどと世俗では申すようでございますが、このような日には薬湯が一番で。どうぞ、般若湯《はんにゃとう》をお召しなされ」

米倉長門守の杯に酒が注がれた。

法要の次第は、終了するなり治済に報告された。

「そうか、長門守がの。おろかなことを」

脇息《きょうそく》にもたれながら、絹の報告を聞いていた一橋治済が鼻先で笑った。

「病弱を理由にお役を退いた者が、そう簡単に復帰できるはずがないであろうに。そのくらいのことにも気づかぬとは……やはり遣えぬな」

「細い紐《ひも》とわかっていても、頼りたいと思うのが人でございましょう」

絹が、米倉長門守を弁護した。

「ふん。紐よりも細いぞ。長門守のしていることは髪よりも細い糸にぶら下がり崖を登るようなもの。見えていないにもほどがある。が、そのようなものかも知れぬな。人に使われる身として生まれてきた者は」

「わたくしどもも、そのような細い糸につかまっておるのでございますか」

真剣な顔で絹が問うた。

「安心いたせ。甲賀が握ったのは、柱よ。それも幕府を支える心柱ぞ」

「お縋《すが》り申しております」

深く絹が平伏した。

「それぐらいのこと、余のもとに来るまでに調べていたであろうに。嫌みにもならぬぞ、そのていどではの」

さげすむような目で、一橋治済が絹を見た。

同じころ、家斉も米倉長門守が法要に参列していたことを側役《そばやく》中根壱岐守《いきのかみ》から聞いていた。

「米倉長門守と申したか。はて、どのような者だったかの」

思いあたらぬと家斉が首をかしげた。

「当人はご存じではないやも知れませぬが、亡父が若年寄を勤めておりました」

「そうか。それでも覚えておらぬ」

家斉が、首を振った。

「一時、城中でも噂《うわさ》になっておりましたが……」

言うか止めるか、中根壱岐守が口ごもった。

「噂とは、なんじゃ」

最後まで言えと家斉が命じた。

「米倉長門守の父、丹後守は天明の刃傷のおり、現場にいながら逃げだして、厠《かわや》で震えておったとか」

御休息の間下段に控えている小姓番へ聞こえないように、小声で中根壱岐守が伝えた。

「それはまずい噂だの」

当時、まだ子供だった家斉のもとへ、その噂は聞こえていなかった。

「大名といえども、武家。いや、大名こそ武家の模範たらねばならぬ。白刃を目の前にしてもすくむことなく、背中を向けず立ち向かってこそ、万石をこえる領地を与えられている値打ちがある」

「仰《おお》せのとおりでございまする」

中根壱岐守が感服した。

「いかがなされまする」

「なにがだ」

家斉が首をかしげた。

「米倉長門守に褒美《ほうび》を与えましょうや」

うかがうように中根壱岐守が、家斉を見あげた。

「褒美。なぜだ」

不思議なことを言うと家斉が問うた。

「法要に出ただけで、賞していたのでは、毎月幕府はなにかしらのものを出さねばならぬぞ」

家斉があきれた。

幕府も十一代を数えた。これは、将軍が十人死んだと同義であり、幕府には一年で最低でも十回の命日が来るのである。

「なによりも家基は、将軍にはなっておらぬのだぞ。それを認めれば、御台所《みだいどころ》はおろか、将軍生母、そして将軍の子供、すべての法要で褒美が必要になる。そんなおろかなまねができるわけないであろう。前例を作ることは避けねばならぬ」

「ご明察。ご英断、畏《おそ》れ入りましてございまする」

中根壱岐守が低頭した。

そこへ、お側御用取次が声をかけた。

「なんじゃ」

「一橋卿、上様にお目通りを願っておりまするが、いかがいたしましょうや」

お側御用取次が、訊いた。

実父といえども、将軍にたいして一橋治済は、家臣でしかない。会うには家斉の許可が要った。

「父上がか」

なんの用か知らぬかと家斉は、中根壱岐守の顔を見た。中根壱岐守が無言で否定した。

「お急ぎか」

「そのようにはお見受けいたしませんが」

答えたお側御用取次が、困ったような顔をした。

一橋治済のわがままは、江戸城中で知らぬ者がいないほど有名であった。不意に登城し、家斉への面会を強要することもざらにあった。

「御用繁多《はんた》とお断りいたしましょうか」

気を利《き》かせた中根壱岐守が口をはさんだ。

「それであきらめてくれるようなお人ではなかろう。わかった。ここへ」

嘆息しながら、家斉がお側御用取次に告げた。

「はっ」

急いでお側御用取次が下がっていった。

「わたくしめは、いかがいたしましょう」

「おればよい。壱岐守がいては困るような話なら聞かぬ」

下段の間で座っているようにと家斉が告げた。

「治済でござる。上様のご尊顔を拝し奉り、恐悦至極と存じまする」

傍若無人に一橋治済が、御休息の間にやって来た。

「一橋卿、いかに上様のご実父とはいえ、ここは御休息の間でござる」

中根壱岐守が、たしなめた。

「壱岐守か。上様のお側ご苦労であるな」

嫌みを一橋治済は、あっさりと流した。

「父上、今宵《こよい》はなんの御用でござる」

側近と実父の険悪な雰囲気を、家斉ののんびりとした声が割った。

「用と言うほどではないが。上様、今朝方《けさがた》の法要について報せは受けられたかの」

ちらと中根壱岐守に目を向けて、一橋治済が質問した。

「ついさきほど、壱岐守より話がありましたが、なにか」

家斉は面倒くさそうに応えた。

「米倉長門守が来ていたそうじゃな」

「よくご存じでございますな。わたくしでさえ、今耳にしたばかりですのに」

驚いた顔を家斉が見せた。

「江戸城中より、一橋館のほうが、世俗に近いからの」

一橋治済があっさりと言った。

「そんな些末《さまつ》なことはどうでもよかろう。で、上様、どうなさるおつもりかの」

上様と呼びながらも、一橋治済は家斉を子供あつかいにしていた。

「どうとは、一橋卿」

あえて家斉は父を名跡で呼んだ。

「長門守を登用なさらぬのか」

「はて、異なことを言われるの」

どうしたらいいのかというとまどった表情で、家斉は中根壱岐守に目をやった。

「一橋さま」

黙っていた中根壱岐守が、声を出した。

「役目にはふさわしい人材というのがございまする。法要に出たくらいで褒賞を与えていては、お城から役人が溢《あふ》れることになりかねませぬ」

「余は上様に問うたのだぞ」

出過ぎたまねをと、一橋治済が中根壱岐守を咎めた。

「まあよい。では、上様には米倉長門守を遣《つか》われることはないのだな」

「先のことはわかりませぬ。なれど、米倉長門守どのに才あれば、いずれはふさわしき役目に任じられることもございましょう」

中根壱岐守が、家斉に代わって応えた。

「承知いたした。それをうかがって安心いたした。いやご当代さまは、名君であられる」

言いたいことを口にして、一橋治済が御休息の間を去っていった。

家斉がほっと息をついたのもつかの間、すぐにお側御用取次が申し訳なさそうな顔でふたたび現れた。

「なんじゃ」

不機嫌な声で家斉が尋《たず》ねた。

「松平越中守さま、お目通りをと」

言いにくそうに小姓番頭が告げた。

「…………」

大きく家斉がため息をついた。

「父と話していたのだ。御用繁多で断ることもできぬ。越中と会わぬわけにはいくまい。通せ」

しぶい表情で家斉が許した。

どのような火急があろうとも、上に立つ者が泰然自若としていなければ、皆を不安に陥《おとしい》れる。落ち着きこそ政をなすものに必要な素養と断言するだけに、松平定信の歩みはゆっくりであった。

「上様、ご健勝のほど、およろこび申しあげまする」

御休息の間下段の中央に松平定信が、両手をついた。

「うむ。越中も変わりないようでなによりじゃ」

横を向きながら家斉が返礼した。

「で、何用じゃ。余はそろそろ大奥へと参りたいのだが」

家斉がさっさと用件を述べよと急《せ》かした。

「はい。今日、わたくしめが参上つかまつりましたのは、他でもございませぬ。ここ最近の勘定方《かんじょうかた》が費やしておりまする金額について、一言……」

「ああ、わかったわかった」

うるさそうに家斉がさえぎった。

「皆、遠慮せい」

家斉が命じる前に、中根壱岐守が人払いを告げた。

当番の小姓が出ていくのを確認して、中根壱岐守も一礼して続いた。

「近くへ参られよ」

口調を変えて、家斉が招いた。

「御免《ごめん》」

先ほどのゆったりした動きとは別人のように、すばやく松平定信が上段の間へと移った。

「お屋形さまがお出でのようでございましたが、米倉長門守のことでございましょうや」

「うむ。そのとおりじゃ。さすがよな」

松平定信の問いかけに、家斉が首肯した。

「どのような意味があったのであろうな」

父一橋治済の意図を家斉ははかりかねていた。

「おそらく、米倉長門守を操るためでございましょうなあ」

「と申すと」

松平定信の返事に家斉が身を乗りだした。

「もし、上様が米倉長門守をお引き上げになられるならば、前もってその旨《むね》を伝え、お屋形さまの力添えがあったと恩を着せる」

「なるほど。役を与えた理由までは話さぬからの。で、続きは。一つだけではなかろう」

聡明な家斉は、松平定信の言葉に先があることを見抜いていた。

軽く頭をさげて、松平定信が続けた。

「無駄であったことを報せ、そして新たな手を差し伸べるかと」

「ただその手をつかむには、条件がある」

「はい」

「さらに、手の裏には大きな棘《とげ》が隠れているのだろう」

「ご明察」

松平定信が、感心した声で首肯した。

「困ったお方じゃ」

大きく家斉が息を吐《は》いた。

「この部屋の主《あるじ》になりたくてしかたがなかったとはいえ、あまり馬鹿をされてもな」

「あのお方のせいばかりとは言えませせぬ。おおもとを糺《ただ》せば、八代さまを責めねばならなくなりましょう」

愚痴《ぐち》を漏らす家斉を、松平定信がたしなめた。

幕府にとって創始の初代家康と、中興の祖と讃《たた》えられる八代吉宗を非難する言葉は、将軍といえども口にすべきではなかった。

「血筋などどうでもよいことではないか。任にあった者がその座に就く。役人には足高《たし》《だか》などをして、家柄のあわぬ者でも能力さえあれば、格上の役になることができるようにされたご当人が、子孫にだけは筋を求められた。それも己の代だけ」

松平定信のいさめも功を奏しなかった。家斉は、たまっていた不満を一気に放出した。

「おかげで、余は将軍などという、女を抱くにも見張りがいるようなものにならされた。それにふさわしい権があるならばまだしも、飾りでしかないではないか。政はいつも御用部屋ですべてを決し、余がすることは紙の余白に花押《かおう》をいれるだけ。右筆で十分に代わりがつとまる」

慶長八年（一六〇三）、家康によって幕府が建てられ、二百年近い年月が経った。当初、家康という傑物のもとで運営されていた幕府は、いつのまにか譜代大名たちからなる老中によって左右されるようになっていた。二代秀忠、三代家光、四代家綱と凡庸《ぼんよう》な将軍が続いたことが、その原因である。それをもう一度将軍親政にと強権を振るった五代将軍綱吉が、悪政を垂れ流したことで、将軍の権威は破壊された。

六代家宣の治を担った新井筑後守君美《あらいちくごのかみきんみ》、七代家継を補佐した間部越前守詮房《まなべえちぜんのかみあきふさ》と二代続いて、将軍は政から切り離された。新井筑後守も間部越前守もともに譜代名門ではなく、引きあげられた将軍の寵臣であったことが、かつての形態と違ってはいたが、将軍自体からはなんの権力もなくなっていた。

そこへ登場したのが、八代将軍吉宗であった。

徳川御三家の一つ、紀州家の当主であった吉宗に将軍の座が回ってきたのは、七代家継が跡継ぎを作らずして死去したおかげであった。

将軍直系の血筋が絶えたとき、その地位に就くことが許される家康の子孫、御三家のなかで唯一家康の玄孫だった吉宗は、執政たちの懇願をもって迎えられた。

それだけ家康にどれだけ近いかが、幕府にとって重要だったのだ。そして、吉宗は将軍を継ぐにあたって執政たちに一つの条件をつけた。

吉宗のやることに口出しをしない。

受けいれがたい条件だったが、八代将軍の席をいつまでも空けて置くわけにもいかず、執政たちは首肯した。

吉宗の治がこうして始まった。

まず、吉宗がおこなったのは、老中と将軍の間で壁となる役目、お側《そば》御用取次《ごようとりつぎ》の新設であった。これで、老中といえどもお側御用取次を経なければ、吉宗と面会することができなくなった。

お側御用取次は、また別の意味での壁であった。

将軍吉宗が命をくだすとき、お側御用取次の口をとおすようにした。こうすれば、老中たちが吉宗の意に反対を唱えることができないのだ。なにせ、お側御用取次が許さないと吉宗と会えないのである。

「そのようなご用件、お取り次ぎいたすわけには参りませぬ」

お側御用取次に断られてしまえば、老中たちにはなすすべがなかった。

政に必要な検証から逃げたにひとしい吉宗の策であったが、見事に功を奏し、譜代大名の手に奪われていた権力を、取りもどすことに成功した。

しかし、これも吉宗という傑物なればこその手であった。将軍独裁であったが、吉宗に政をおこなうだけの能力があったがゆえに、譜代大名たちも黙ってしたがったのだ。肝腎《かんじん》の吉宗が、この世を去るとふたたび状況は変わった。

九代を継いだ家重が無能だったのだ。

家重は幼少のころわずらった熱病で、言語不明瞭であった。言いたいことさえ告げられない将軍に政を任せられるはずもなく、吉宗が残した将軍親政は、一代で潰《つい》えた。

もとの木阿弥《もくあみ》であった。

九代家重には、大岡出雲守忠光《おおおかいずものかみただみつ》、十代家治には田沼主殿頭意次という寵臣が現れ、幕政を一手にした。

まだ家斉にはその二人に代わる寵臣がおらず、御用部屋が政いっさいをしきっていた。

「お怒りなされるな。ときはございましょう。上様はまだお若い。思いを巡らせてくださりませ。家康さまが天下人となられたのは、還暦をこえられてから。吉宗さまが江戸城に入られたのは、三十三歳のおり。それを思えば」

「わかった、わかった。何度も聞かされて覚えたわ。臥竜《がりよう》、鳳雛《ほうすう》のときを耐えればよいのであろう」

「ご名君となられますことは、この定信が保証いたしまする」

家斉をなだめるように松平定信が頬をゆるめた。

「まったく、越中こそ、この座にふさわしい。今からでも代わってもらいたいものじゃ」

「それればかりはなりませぬぞ。将軍は、神聖にして侵すべからずでござる。一度家臣におりたものを担ぎあげても、人はついて参りませぬ」

きっぱりと松平定信が、首を振った。

「それよりも、いかがなされましょう。お屋形さまのこと」

「父をどうこうすることはできぬ。徳川の基は、忠孝よ。息子が父親を害しては、いかに将軍といえども、世間は許すまい」

「では、米倉長門守を……」

「これ以上愚かなことをするようならば、見せしめにせねばなるまいなあ」

辛そうに家斉が言った。

「米倉の家は、踊らされただけじゃからの。いや、踊りきれなんだ。先代が舞台から逃げ降りてしまった」

「それが悔しいのでございましょうな」

松平定信が同情した。

血眼で猟官しているのは、米倉家だけではなかった。

「しかし、このまま潰してやるのは哀れよな」

「はい」

家斉の思いやりに、松平定信がうなずいた。

「大目付や、目付は動かせませぬ」

大名を監察する大目付や、旗本の非違と江戸城での儀礼違反を見張る目付を出せば、米倉家に傷がつく。

「かと申して、お庭番は探索だけしかできぬぞ」

松平定信と家斉が顔を見あわせた。

「上様、ならば、あの奥右筆組頭をお遣いになれば」

「奥右筆をか。字は書けるやも知れぬが、戦いには向かぬぞ」

馬鹿を言うなと、家斉が首を振った。

「それでよろしいのでございまする。剣の戦《いくさ》をするのではございませぬ。奥右筆は、江戸城、いえ、この日の本の国すべてを知ることのできるお役目。ならば、その立場を利用して、天明の一件にたどり着かせれば……」

「そうか。真相を知っておるぞと匂わせるだけで、米倉は動けなくなる。そして父も……」

名案だと家斉が、認めた。

「その代わり、奥右筆組頭の命が危なくなりましょう」

「安いものではないか。大名を一つ潰せば、百をこえる浪人が生まれ、千に近い者が炊《かしき》の道を失う。それにくらべれば旗本の一つなど、たいしたことではない」

つい先ほど米倉家を憐《あわ》れんだとは思えない冷たい声で、家斉が言った。

「お見事でございまする。政は澄んだ話ばかりではございませぬ。ときには氷の刃を振るうことも必要。まさに、まさに、上様は吉宗さまの再来」

深く平伏しながら、松平定信が感心した。

「が、手助けはしてやらねばなるまい。簡単に殺されたのでは、いくらなんでも目覚めが悪い。それにことあるごとに奥右筆を犠牲にしていけば、なり手がいなくなる」

家斉が声をひそめた。

「承知いたしました。では、あの奥右筆組頭は、わたくしが預かりましょう」

「余の直属としてもよいのだぞ」

「いえ。いざというとき、上様の身に噂だけでも火花が飛んではなりませぬ。わたくしならば、すでに悪評がついておりますれば」

気を遣う家斉に、松平定信が笑って見せた。

「すまぬな」

ひょっとすれば主従が違っていてもおかしくない松平定信に、家斉が頭をさげた。

四

一橋治済から呼びだされた米倉家の留守居役は、勇んで出かけた。そこで留守居役は、法要の出席が無意味であったことを報された。

「わざわざのお知らせ、かたじけなきしだいにございまする」

悔しさを声ににじませながらも、留守居役は一橋治済へ低頭した。

「心中はさっしてやるぞ。譜代大名は、上様にお仕えして初めてお役にたつからの。名誉を与えられぬ辛さ、同じ思いだと長門守に伝えてくれ」

同情の言葉を一橋治済がかけた。

「ありがたき思《おぼ》し召《め》し、長門守に代わって御礼申しあげまする」

平伏した留守居役を一橋治済が、手招きした。

「このまま終わるつもりか」

一橋治済が水を向けた。

「たしかに、藪《やぶ》をつついて蛇を出したのは、そなたたちだが、その大元を作られたのは、八代さまと言っても差し支えない。このまま米倉家を関東の小藩として終わらせては、先代丹後守の後生にさしさわる」

「…………」

留守居役は無言で聞いていた。

「もう一度だけ、余が手を貸してやろう。あの奥右筆組頭と力を貸している部屋住みの次男を始末せよ。うまくいけば、きっと上様にかけあって、米倉長門守を奏者番に、いやお側御用人に任じてくれよう」

「お側御用人」

思わず留守居役が絶句した。お側御用取次の新設で影が薄くなった感はあったが、お側御用人は将軍のもっとも近くに在《あ》り、まさに側近中の側近なのである。田沼主殿頭意次や、間部越前守などもお側御用人から破格の出世をとげた、譜代大名垂涎《すいぜん》の的であった。

「疑うでない」

一橋治済が強くうなずいた。

「太田備中守に先を越されては、どうしようもないのだぞ」

「備中守さまも、動かれると」

驚愕《きょうがく》の声を留守居役があげた。太田家、米倉家は、あのときともに手を組んで田沼家の力を削《そ》いだ仲だったが、いまではまったくつきあいがないどころか、仇敵《きゅうてき》のような状況であった。

「主に相談いたさねばなりませぬゆえ、即答はお許し願いまする」

そそくさと留守居役は一橋の屋敷を後にした。

「お屋形さま、よろしいのでございまするか」

襖の陰で聞いていた絹が、手に膳を持って現れた。

「もう一度舞台に上がりたいというのでな、出番を用意してやったのだ。どのように踊るかは、向こうの勝手であろう」

差しだされた杯を受けとりながら、一橋治済が笑った。

「踊ると仰せでございまするが、米倉さまも太田さまも人形。お屋形さまの手から伸びる糸に操られるだけ」

酒を注ぎながら絹が言った。

「それが分《ぶん》というものじゃ。人には生まれたときから身にあった分というものがある。それに気づかず、高望みをする者が悪いのだ。登ったところで、はしごを外されても、文句は言えぬ。因果応報だからの」

杯に口をつけながら、一橋治済が返した。

「絹」

手を摑《つか》んで引き寄せながら一橋治済が訊いた。

「冥府にも、行けと伝えておけ」

「はい」

懐《ふところ》に手を入れられながら、絹が答えた。


上屋敷に戻った留守居役から伝言を聞いた米倉長門守は、すぐに決断した。

「国元からも人を呼べ。金を遣っても構わぬ。腕の立つ者を雇え」

頭に血をのぼらせて命じる米倉長門守を、江戸家老がいさめた。

「お膝元でございますぞ。あまり派手なことをいたしては、御上の目をひくことになりましょう。お屋形さまも騒動を引きおこせとは仰せではございますまい」

人数で押しきろうとする米倉長門守の考えを、江戸家老が止めた。

「奥右筆組頭、立花併右衛門の屋敷は麻布《あざぶ》簞笥《たんす》町《まち》でござる。お城にも近く、周囲に旗本屋敷も多い。他人目《ひとめ》をひいてはことが漏れましょう」

「しかし、これが最後の機会ぞ。太田備中守に手柄を独り占めされるのは、もう我慢ならぬ」

米倉長門守が叫んだ。

天明四年の刃傷の折、父米倉丹後守と同じく拝謁停止になりながら、そのまま若年寄にとどまったのみならず、いまや老中として幕閣に重きをなしている太田備中守のことを米倉長門守は憎んでいた。

「すでに手は打ってございまする」

時蔵が胸を張った。

「浅草の地回りに声をかけましてございまする」

「地回り風情で役にたつのか」

米倉長門守が、疑念を表した。

「わたくしに策がございまする」

すっと時蔵が膝《ひざ》を進めた。

「言え」

急《せ》かすように米倉長門守が命じた。

「まず地回りどもに襲わせるのでござる。われらはそれを少し離れたところから傍観していればよろしい。地回りどもが無事に立花と柊を討ちとられたなら、凱旋《がいせん》していくそやつらを……逆に、撃退されたならば、その後を狙うのでござる。疲れ傷ついた者の相手ならば、たやすいでございましょう。それに、一度敵を押しかえして油断もしておりましょう」

米倉長門守の問いに、時蔵が策を述べた。

「そううまくいきましょうか」

疑義をはさんだのは留守居役であった。

「地回りどもは失うものがございませぬ。思いきった人数を出してきたならば、我らでは勝てぬということになりませぬか」

留守居役の危惧《きぐ》はもっともであった。

「ご心配あるな。地回りほど金に汚い。こちらが払う金の嵩《かさ》以上の人は出しませぬ」

「失敗しても戦力を減らしてくれるだけで儲《もう》けものということか」

留守居役が納得した。

「これ以上の手はないようだな」

家臣たちの顔を見まわして米倉長門守が決意を口にした。

太田備中守のもとにも、一橋治済からの誘いが来ていた。

「執念深いお方じゃ」

あきれた口調で太田備中守が言った。

「上様と拝《はい》し奉《たてまつ》られたくてしかたがないのでございましょう。それが無理ならば、せめて大御所《おおごしょ》と呼ばれてみたいと」

応えたのは留守居役田村一郎兵衛であった。

「どうするかの。我が家からも手を出すか。なにぶん、調べられてはつごうが悪いことでもある。もっとも表に出せることではない。万一、儂を咎められるというなら、一蓮托生じゃ。上様ごと奈落へお連れするだけ」

太田備中守が、開きなおった。

「…………」

田村は無言をとおした。

「だが、知らぬ顔もできまい。一橋卿の声がかりとなればの」

「ですが、殿。藩士を出すのはお止《や》めになられたほうがよろしいかと存じまする。手の者を出すことは、こちらからかかわりがあったと教えるも同然」

「そうよな。名将太田道灌《どうかん》以来の我が家に傷をつける必要はない」

「お任せくださいませ。奥右筆組頭の立花併右衛門とは面識がございまする。万一のおりの手配はいかようにでもできますゆえ」

「そうか。だが、何もせぬというのも不安じゃ」

長く執政の座にあっただけに、太田備中守は慎重であった。

「あの者を遣わせましょう。あの者ならば正体がばれたところで、当家とのかかわりはありませぬ。なにより、殺されても口を割ることはございませぬ」

「であったな。腕を目を失っても帰還し、任を果たすが伊賀の矜持《きょうじ》、そう申していたな。よかろう、任せる。褒賞《ほうしょう》は、与力《よりき》への格上げを約束してやれ」

田村の案を太田備中守が認めた。

「ならば死にものぐるいでかかりましょう」

主の決断に、田村が首肯した。

一橋家、米倉家、太田家、三家の思惑をのせた使者が夜の江戸を走った。

天井裏へ冥府の侵入を許したことが、衛悟の相を変えた。

「無茶はせねばならぬこともある。だが、無謀はいかぬ。今のそなたは、なにかにとりつかれているようだ」

鬼気迫る衛悟のようすに、師大久保典膳は危ないものを感じ、衛悟に稽古《けいこ》を禁じた。

「しばらく道場への出入りを禁ず。そのような顔で竹刀《しない》を振られたのでは、他の弟子どもが気味悪がって稽古に身が入らぬわ」

「衛悟、頭を冷やせ」

師範代の上田聖も、衛悟をいさめた。

二人に言われてはどうしようもない。衛悟は黙って道場を出た。

「聖よ、衛悟の構えが変わったことに気づいていたか」

「はい。半歩ですが、踏みだし足が前に出て、そのぶん、腰が落ちておりまする」

問われて聖が答えた。

「その通りじゃ。誰にも教えることのできぬ必死の間合い。衛悟は人を斬ったことで、それを身につけたらしい」

大久保典膳が言った。

「衛悟は剣士の道をはずれた。あやつは戦人《いくさびと》となった」

「……今の世に居場所のない者」

聖が重い声を出した。

「剣士は理に沿い、高みを目指す者。戦人は場にしたがい、生き残ることをなによりとする者」

「…………」

　つぶやくような大久保典膳の言葉に、聖は無言であった。

「剣禅一如《けんぜんいちによ》だとか、明鏡止水だとか、寝言を言ったところで、剣が人殺しの術であることは違いないことだ。先達たちが何百年という月日を重ねて生みだした技は、すべてどうやって敵を倒し、己が傷つかずにすむかの大成。涼天覚清流も同じ。一撃必殺とは、相手の反撃をくらわぬためのもの。衛悟は、そこに己の身をなくした。己を捨ててでも、敵を倒す。己が死ぬときは、敵も生かしてはおかぬ。見事な覚悟に見えるが、そのじつは……」

「敵の恐怖から逃げているだけでございますな」

　師の言葉を、聖が引き取った。

「いまの衛悟に、儂やおまえの声は届くまい。意見は逆に衛悟をなかに閉じこめることになりかねぬ。かといって、放置しておくわけにはいかぬ。このままでは、まちがいなく衛悟は死ぬ」

　大久保典膳がはっきりと告げた。

「心当たりがございまする」

「女か」

じっと大久保典膳が聖を見た。

「はい」

「そうか。剣が男を育てるのに気の遠くなるようなときが必要だが、女は一言で男を変える。失敗すれば大きな傷となるが、それしかあるまい。今日ほど、剣を教えていて無力を感じたことはないわ」

大きく大久保典膳がため息をついた。

追いだされた衛悟は、やむなく実家の庭で真剣を振ることにした。

袋竹刀では軽すぎた。馬の皮に割竹を入れて作る袋竹刀の重さは、真剣の半分にもおよばない。袋竹刀ばかり振っていると、真剣での戦いとなったとき、その重さについていけなくなり、間合いを読みまちがえることになる。最悪、振った真剣の重さに負けて、手から太刀が飛んでいってしまいかねない。戦いの場で得物を失えば、待っているのは敗北による死だけである。

左足を半歩前にした構えから、大きく右足を踏みだし、腰を落とすようにして太刀を振った。最後はほとんど座るような形で、剣は地面と水平に、ほとんど膝の高さまで落とされる。

決まれば、敵を骨ごと真っ二つに両断する涼天覚清流必殺の一天の太刀であった。

衛悟はなんどもこれをくりかえした。手のなかから滑りだそうとする柄をぐっと握りしめ、息を詰めて振る。十回ほどで衛悟の身体から汗がにじみ出てきた。

百を数えたところで、衛悟は一度太刀を鞘《さや》に戻した。

見れば手のひらが柄糸ですれて真っ赤になっている。衛悟はその痛みをごまかすように手のひらをこすりあわせ、荒くなった息を落ちつかせた。

休息を終えた衛悟は、素足で地面をえぐるように、足場を決めていった。

右足を後ろに引いて、軽く腰を曲げた衛悟は、ふたたび太刀を鞘走らせた。真剣の重さを確認するかのように、ゆっくりと太刀を天に向けてあげていった。

二間（約三・六メートル）先に、衛悟は冥府の顔を浮かべた。

今でも衛悟の脳裏には、色あせることなく冥府の太刀筋が残っていた。それなりに遣えると自負していた衛悟の誇りを微塵《みじん》に砕いた一刀は、あまりにもすさまじかった。

衛悟は一天の太刀を振りおとし、そして斬りあげ、また斬りおろした。涼天覚清流の奥義霹靂《へきれき》の太刀である。

一撃で鎧武者《よろいむしゃ》を倒す一天の太刀を何度となくくりだす霹靂は、息をつくことも許されないほどの集中を求められた。

呼吸を詰めたままで、全身の力を肩と腕に集約する霹靂の太刀は、何度も連続することができなかった。師大久保典膳が五度、師範代の聖《ちから》でも三度が精一杯であった。霹靂の太刀を教えられたばかりの衛悟は、二度がやっとだった。もちろん、形だけなら何度でもできた。しかし、一撃一刀のどれもが一天の太刀と同じだけの威力を持っていなければ、霹靂の意味はない。三度目の一閃《いっせん》でも、敵を両断できるだけの気迫と威力をこめなければならない霹靂の太刀は、奥義にふさわしくそう簡単に身につくものではなかった。

「おう、りゃあ、とう」

腹の底からの気合いを発しながら、衛悟は三度ずつ太刀を振った。

「まだか」

落胆の声を衛悟は漏らした。

己をごまかすことはできなかった。三度目の太刀を振るったとき、手の内が少しゆるんだことを、衛悟は知っていた。

剣の威力を決めるのは、肩でも腕でもなく、手のしまりであった。柄を握る手がゆるめば、刃筋がぶれ、敵に当たったときの角度が狂ってしまう。鋭利な刃物ほど、この手のずれを嫌った。わずかなずれが、必殺の一刀を無にしかねなかった。

衛悟は、どうしても三撃目が甘くなった。

「もう一度だ」

すでに衛悟が真剣を振り始めて一刻（約二時間）が経《た》とうとしていた。

「御免《ごめん》」

大久保典膳のもとを辞した聖が、立花家を訪れた。

「ご無沙汰いたしておりまする」

玄関まで出てきた瑞紀に、聖が軽く頭をさげた。

聖と瑞紀は衛悟をつうじて何度か顔をあわせていた。

「黒田侯がご家中の、上田さま」

すぐに瑞紀は気づいた。

「本日は、どのような」

突然訪ねて来るほど親しい仲ではない聖に、瑞紀が首をかしげた。

「衛悟の、柊のことでござる。このままでは、衛悟が死にまする」

余分な挨拶《あいさつ》を避け、聖が用件を告げた。

「衛悟さまの命にかかわることなのでございましょうか」

大きく目を開いて、瑞紀が驚いた。

「衛悟のようすを、おかしいと感じておられましょう、立花どののご息女」

「はい」

瑞紀はしっかりとうなずいた。

毎日会っているのである。衛悟の表情の変化に瑞紀は気づいていた。

「あやつは今、死の影にとりつかれておりまする。真剣での戦いを経験し、勝てぬ相手と出会ったとき、剣士が陥る状態でござる。すべてを捨てて、ただそいつに勝つことだけを求める。これがどういうことか、おわかりでござろう」

「周囲がまったく見えなくなると」

瑞紀の答えに、聖が首肯した。

「わたくしにどうせよと」

「衛悟の目をさましてやっていただきたい」

「なぜ、わたくしに」

いだいて当然の疑問を瑞紀が、問うた。

「衛悟のことをもっともよくご存じだと勘案つかまつった」

「……承知いたしました。わたくしにはたしてどこまでできまするか、わかりませぬが、精一杯のことをさせていただきまする」

「頼みまする」

肚《はら》の据《す》わった瑞紀のまなざしに、聖は安心して背を向けた。

衛悟は聖と瑞紀が会ったなど知るはずもなく、太刀振りに夢中であった。

聖を見送った瑞紀は、一度自室へと戻った。

少しして出てきた瑞紀は、晴れ着に着替え、さらに薄く紅までひいていた。

母の代わりに立花家の台所を預かっている瑞紀は、普段あまり華美な格好をしなかった。その瑞紀が精一杯己を飾っていた。

瑞紀は、表からではなく、庭伝いに柊家へと踏みいった。

勝手知ったる他人の家、瑞紀は迷うことなく衛悟が稽古を続けている奥庭へと進んだ。

すでに一刻半（約三時間）以上真剣を遣った衛悟は、全身汗まみれであった。

「……うおおお」

疲れでまともに動かなくなった両足を鼓舞して、素振りをした衛悟は重心を崩して、よろめいた。

「くっ」

地面に叩《たた》きつけられるのを覚悟した衛悟は、固いはずの感触が例えようもなく柔らかいことにとまどった。

「えっ」

目を開いた衛悟は、鮮やかな色彩に驚いた。顔を動かした衛悟は、ようやく己の身体を瑞紀が支えてくれたことに気づいた。

「……瑞紀どの」

「無茶ばかりなさって」

いつもよりも瑞紀の声に張りがなかった。

「ほんとうに、衛悟さまは昔となにも変わっておられない」

ぐっと衛悟の頭を、瑞紀が胸に抱えこんだ。

「な、なにを」

頬にあたる感触と、瑞紀の襟元《えりもと》から立ちのぼるかすかな脂粉の香りに、衛悟はうろたえた。

「お静かに。暴れずに耳をおすましあれ」

小さな声だったが、衛悟にはしっかりと聞こえた。

衛悟は、力を抜いて瑞紀の言葉にしたがった。

「わたくしの心の臓の音が聞こえませぬか」

「聞こえまする」

早鐘のような振動が、衛悟に届いていた。

「これは、わたくしが生きている証《あかし》。そして、衛悟さまの心の臓も同じく打っていましょう」

「たしかに」

「己の心の臓の音は、普段聞くことはできませぬ。なのに、他人のものはこうやって寄り添えば耳にできる。衛悟さま、それがどういうことかおわかりではございませぬか」

子供に言い聞かせるように、瑞紀が話した。

「わかりませぬ」

すなおに衛悟も答えた。

「人は、他人がいてこそ、生きていることがわかるのでございまする。己が生きている確証は、他人でなければわかりませぬ。山のなかで誰にもあわず、たった一人で知られずにいるお方は、生きていると申せましょうか。少なくとも、そのお方はわたくしにとって生きておられませぬ」

「…………」

乱暴な言いぶんだが、衛悟は反駁する気にならなかった。

「そのお方が、すばらしい剣の技を会得されたとしても、誰にも伝えることがなければ、それはなにも生みだしていないのと同じでございましょう」

瑞紀の声は、かつて衛悟が耳にしたことがないほどやさしかった。

「今の衛悟さまは、その方と同じでございまする。いえ、そうなのでございます」

違うと口を開きかけた衛悟を、瑞紀が抑えた。

「たしかに衛悟さまは、ご実家におられまする。そして、夕方になれば我が父を迎えに外桜田まで行き、その後我が家で一夜を明かされまする。ですが、衛悟さまの心がここにはございませぬ。衛悟さまの心は、先夜の曲者《くせもの》に飛んでおりましょう」

「……………」

これを否定することはできなかった。

「心ここにあらず。これでは、万一のことがあったとき、父もわたくしも未練が残りましょう。誠心誠意、護《まも》ってくださると思っていたのに、気もそぞろだったなどと知っては……」

言われた衛悟は、殴られたような衝撃を受けた。

「護衛が、集中していなければ、安心できずで当然か」

頭から水をかけられたようであった。

「申しわけござらぬ」

衛悟は詫《わ》びた。ようやく、己の独り相撲に気づいた。

たとえ冥府が出てきたにしても、衛悟が頭に血をのぼらせて駆けだしてしまえば、後に残った併右衛門はなすすべがないのだ。頼るべき盾《たて》が、矛《ほこ》に変じて側を離れては、どうしようもない。

「覚えておられまするか」

胸に押しつけていた衛悟の頭をそっと両手で、瑞紀が動かした。衛悟の目に立花家の庭で堂々と枝を張る枇杷《びわ》の木が映った。

「……ああ」

一拍の後、衛悟は思いだした。

「折れた跡が残ってましたな」

衛悟は、久しぶりに微笑《ほほえ》みを浮かべた。

「ええ。衛悟さまは昔から、一つのことに夢中になると他が見えなくなられる。あのときもそうでございましたね。枇杷の枝に引っかかった羽根をとるために、あんな細い枝に足をかけて……」

懐かしそうに瑞紀が語った。

衛悟が十歳、瑞紀が七歳のときであった。二年前に亡くなった瑞紀の母が、娘のためにと作った手作りの羽根を使って、二人は羽根つきをしていた。

何度やっても勝負は衛悟の勝ちであった。負けん気の強い瑞紀は、ついに何度目かの敗北の後、癇癪《かんしゃく》を起こして、強く羽根を突いた。

拍子というのか、それがまっすぐに上へと飛んで、枇杷の木の枝に引っかかってしまった。

幼い娘にとって母の形見に近い羽根である。瑞紀は真っ青になって泣き出した。

それをみた衛悟が羽根をとろうと枇杷の木に登った。羽根は枇杷の木の上、かなり細い枝に絡むようにして止まっていた。

衛悟はその羽根だけを見て、枇杷をよじ登り、あと少しというところまで行った。しかし、子供の哀しさ、手がわずかに届かなかった。

瑞紀が下から見守るなか、衛悟はもう一歩と足を踏みだした。いかに粘りがあり木刀にも使われる枇杷の木といえども、子供の体重を支えるには細すぎた。衛悟の指先が羽根に届いた瞬間、枝があっさりと折れた。

衛悟はそのまま地に落ち、右くるぶしにひびを入れた。

「衛さんが、衛さんが」

右足を押さえてうずくまる衛悟を見て、より一層《いっそう》瑞紀は泣いた。

騒ぎに気づいた家人が、駆けつけてくる前、衛悟は落ちながらも握っていた羽根を瑞紀に渡して、笑った。

「ごめんね」

衛悟はそう言って、瑞紀の頭を撫《な》でた。衛悟は己が一度でいいから負けておけばよかったとわかっていたのだ。そうしておけば、羽根がひっかかることもなかったし、瑞紀は泣かずにすんだ。

「あの羽根は……」

「まだありまする。ちゃんとたいせつにしまっております」

それから二度と瑞紀は羽根つきをしなくなった。やがて、二人の間に男女という区別が入りこみ、遊ぶこともなくなっていった。

「あのとき、衛悟さまが謝られたのが、最初不思議で不思議で」

瑞紀が、やさしい微笑みを浮かべた。

「でも、衛悟さまと一緒に遊ぶことがなくなって気づきました。あやされていたのだと」

「今から思えば、子供とはいえ傲慢《ごうまん》でございましたな」

衛悟は苦笑した。

女のほうが心の発育は早いという。いつのまにか、所作に娘らしさが出て、大人びていった瑞紀に、衛悟は大人を見た。

剣の修行に明け暮れていた衛悟と違い、瑞紀は母の代わりに立花家の台所をしっかりと預かっていた。

「やはり勝てませぬな」

そのことに気づいたとき、衛悟のなかに湧《わ》いたのは、敗北感ではなく、あこがれのような初恋だったのかも知れなかった。

「おわかりになりましたか」

寄せていた身を、すっと瑞紀が離した。

遠ざかっていく暖かさに、衛悟は寂しさを覚えた。

「今でも、わたくしは、いえ、立花家は衛悟さまを頼りにいたしております。きっとお守りくださると信じておりまする」

すっと立った瑞紀の姿は、暮れかけた冬の日を受けて息を呑《の》むほど美しかった。衛悟はその言葉に応えることを忘れて、見とれた。

「そろそろ父を迎えに行ってくださいませ」

先ほどまでのことなどなかったかのように、取り澄ました顔で瑞紀が告げた。

「あ、ああ」

首肯した衛悟の顔から険はすっかり抜けていた。

逆に、背中を向けて立花家へと歩いていく瑞紀の頰は真っ赤であった。

第六章　墨の威力

一

いつものように大奥で気に入りの側室と情をかわした家斉が、厠《かわや》にたった。

「上様」

出迎えた香枝の表情が硬いことに家斉が気づいた。

「どうかしたか」

問うた家斉に、香枝が口を開いた。

「ご命《めい》のありました家基さまのご逝去にかんしまして、兄よりお報《しら》せするようにと」

そこまで言った香枝が、一瞬言葉を詰めた。

「申せ」

急《せ》かした家斉の顔色が、話を聞くにつれて蒼白になっていった。

「なんということを……」

絶句した家斉は、厠を出ると慣習を破って中奥へと戻った。

まんじりともせず、一夜を明かした家斉は、登城してきた中根壱岐守《いきのかみ》を見るなり命じた。

「越中《えっちゅう》をこれへ」

ただちに溜間《たまりのま》から松平定信が呼ばれた。いつものように人払いがなされる。

「いかがなされました、上様」

家斉の顔色の悪いことに気づいた松平定信が訊《き》いた。

「……お庭番が報告して参った。家基どのの死について調べよと申した結果をな」

「それならば、知っておりまする。あれは田沼主殿頭《とのものかみ》が……」

わかっていると語りかけた松平定信を家斉が止めた。

「違うのだ。真相はここにある」

家斉が話した。

「竹姫《たけひめ》さまが……なんということを。人倫にもとる行為でござるぞ。これでは、将軍家の威信が……」

聞いた松平定信も息を呑《の》んだ。竹姫とは、公家清閑寺《せいかんじ》大納言の娘で徳川綱吉の養女のことである。松平正邦《まさくに》、有栖川宮正仁《ありすがわのみやまさひと》親王と二度婚約をなしたが、二度とも相手に死なれて、そのまま大奥に残った。のちに吉宗の養女となって黒田大隅守《おおすみのかみ》に嫁した。掌中《しょうちゅう》の玉のように吉宗が可愛がったことで有名であった。

「越中守よ。このことを知られてはならぬ。とくに父にはな」

「どうせよと」

「父には、相手を与えておけ。己《おのれ》の野望に邁進《まいしん》されるお方だ。阻害する者をかならず排除しようとする。それまでは、他のことに眼が行くまい」

松平定信の問いに、家斉が答えた。

「なるほど。奥右筆《おくゆうひつ》に手を差し伸べてやるのでございますな」

すぐに松平定信が理解した。

「すでに敵であるわたくしと、新たな邪魔者奥右筆組頭《くみがしら》が手を結んだと知られれば、お屋形《やかた》さまは、きっと手出しをしてこられる」

「うむ。越中守には悪いがそうするよりあるまい」

家斉が、すまぬと詫《わ》びた。

「それについてはお気遣《きづか》いなく。なれど、奥右筆組頭を手に入れることで、逆にことが漏《も》れるようなことにはなりませぬか。幕府の書付《かきつけ》すべてをあの者は見ることができまする」

「これだけを隠し、残りを報せてやればいい。人というものは、真実の一端に触れただけで、すべてを知った気になるものだ」

「よろしいので」

「奥右筆組頭にはお庭番をつけ、絶えず見張らせよう。そして、万一真相に届いたならば、死を与えるしかあるまい」

松平定信の懸念に、家斉は冷酷に宣した。

冥府の侵入以来おかしくなったのは、衛悟だけではなかった。併右衛門も変わった。

無口になった。

もともと寡黙《かもく》であったが、いまではほとんど口をきかず、一日沈思していた。いや、暗鬱《あんうつ》な表情になった。

真剣勝負の呪縛《じゅばく》から解き放たれた衛悟は、ようやく併右衛門の憔悴《しょうすい》振《ぶ》りに目がいった。

「立花どの、お顔の色がすぐれませぬが」

外桜田門で合流してすぐに、衛悟が問うた。

「なんでもない」

併右衛門は、首を振って否定した。

そのまま会話もなく、衛悟と併右衛門は、立花家へと戻った。

食事をすませた後、衛悟は与えられている部屋に入った。衛悟に供されたのは、併右衛門の居間から二部屋玄関側に離れた六畳である。住んでいるわけではないので、荷物などはまったくなく、部屋の隅に実家から持ちこんだ夜具が置かれているだけであった。

衛悟は、そこで毎晩まんじりともせず、夜明けまで不寝番《ふしんばん》を務めた。

一人になった併右衛門は、文箱から何枚かの書付をとりだした。

「まさかな」

併右衛門が見ているのは、一橋家の家譜であった。

御三卿《ごさんきょう》の一橋家は、徳川吉宗の四男宗尹《むねただ》を始祖とする。享保《きょうほう》六年（一七二一）生まれの宗尹は、吉宗三十八歳の子であった。

紀州家から本家を継いだ吉宗には、実子として男子四人、女子一人がいた。長男が九代将軍となった家重であり、次男が御三卿田安家の創始宗武、早世した三男の源《げん》三《ぞう》、そして四男宗尹の順である。

己が末子であったことも関係しているのか、吉宗は宗尹をとくに可愛がった。

「小五郎《こごろう》は、余が将軍になってから生まれた子じゃ。将軍の子ぞ」

宗尹を側《そば》に置いては、吉宗はよくそう言った。

吉宗が将軍宣下を受けたのは、享保元年（一七一六）であった。本来ならば源三と一人娘の芳姫《よしひめ》もそうなのだが、不幸なことに源三は生後二ヵ月で、芳姫も一歳で死去し、宗尹だけとなっていた。

己を家康の再来と公言してはばからなかった吉宗は、子供にまで家康と同じように接した。

家康は、嫡子であった秀忠に将軍の座は譲ったが、関ヶ原の合戦以降、それも豊臣の勢力を削《そ》ぎ、実質の天下を取った慶長《けいちょう》六年（一六〇一）よりあとに生まれた御三家紀州初代頼宣を手もとに置いて、それこそなめるように寵愛《ちょうあい》した。

吉宗は、それをまねた。

天下分け目の関ヶ原に遅刻してくるような愚昧《ぐまい》な息子に家康は天下を渡した。ならば儂《わし》もそうするしかないと吉宗は、家重を九代に指名した。

「家を継ぐは、嫡子の仕事なれば」

まともにしゃべることさえできない家重を、吉宗は執政たちの反対を押しきって跡継ぎにした。

さらに吉宗は家康のまねをして、己の血筋を将来のためと残した。御三家に対抗する卿《きょう》の成立であった。

そこまで読んだ併右衛門が、独り言を漏らした。

「ここまでまねられずともよろしかろうに」

徳川家において家康は神であった。そして、吉宗もまた崇敬の対象となっていた。

「待て。将軍となってからのことはまねられたかも知れぬが、それまでの人生は偶然にも一致したのだ。だからこそ、吉宗さまは、家康さまをなぞられた」

戦国の世を平定し、天下を手中にした家康の前半生は、辛苦の一言につきた。生まれてすぐに人質に出され、他人の家での生活を余儀なくされた。

吉宗も不遇だった。生母の身分が低かったため、紀州家二代藩主光貞《みつさだ》の子と長く認められず、家臣に育てられた。

成長してからも家康は今川《いまがわ》家の属将として、辛酸をなめた。三河岡崎《おかざき》の城主でありながら、今川家の武将に抑えられ、己は城にはいることさえもできなかった。

吉宗も紀州藩主になるには、三人の兄という敵がいた。父光貞から数えて二代、二人の兄が藩主の座に就くのを、指をくわえて見ているしかなかった。

天下を取るにあたっては、織田信長、豊臣秀吉の後塵《こうじん》を拝するしかなく、家康は二人の英雄の死を待つしかなかった。

御三家紀州の当主となり、将軍になる資格を得た吉宗の前に、六代将軍家宣の息子で七代将軍を継いだ家継、御三家筆頭尾張《おわり》家の当主吉通《よしみち》が立ちはだかった。

「吉宗さまが、八代将軍の座に就かれるには、家継さま、吉通どのが亡くなられるのが条件だった」

併右衛門は怖れを禁じられなかった。

さらに震える手で併右衛門がもう一枚の書付に手を伸ばした。

「典医《てんい》記録」

併右衛門が手にしているのは、家基が亡くなった日につけられた御典医の診療録であった。そこには、家基の病状が細かく記されていた。

診療録を読み終えた併右衛門は、知人の医師から借りた書物を開いた。

「同じではないか」

目を走らせていた併右衛門が、息を呑んだ。

「畏《おそ》れおおいことぞ」

己に言い聞かせるように、併右衛門がつぶやいた。

「来たか」

立花家の周囲を殺気が取り囲んだことに、衛悟が気づいた。

左手に太刀を持つと、衛悟は併右衛門の居間へと走った。

「な、なんだ」

書付に集中していた併右衛門は、いきなり襖《ふすま》を開けた衛悟に驚いた。

「敵でござる。立花どの、瑞紀どののもとへ。拙者は玄関にて迎え撃ちまする」

「わ、わかった」

江戸城に近い麻布《あざぶ》箪笥《たんす》町《まち》で、奥右筆組頭を勤める旗本の家を夜中とはいえ襲う者がいるなど、少し前までなら考えられなかった。だが、それも調べてきた一件の闇だと併右衛門はすんなり受けいれた。

「瑞紀どのを連れて、我が柊の家へ。行き道は、瑞紀どのがご存じでござる」

衛悟は告げた。

狙いが併右衛門であることはわかっていた。襲撃者たちはまず併右衛門を探して家《や》捜《さが》しをするに違いなかった。最初から柊家に逃げておけば、かなりときが稼げる。それに衛悟一人なら、背後を気にすることなく戦えた。

大きな音がして門が破られた。

「御免《ごめん》」

併右衛門の返事を聞くことなく、衛悟は駆けだした。

「門を破ったか。まるで赤穂浪士の討ち入りだな」

不思議と衛悟は落ちついていた。

「お守りくださると信じております」

瑞紀の言葉が、衛悟の耳にしっかりと残っていた。

二

廊下の突きあたり、玄関の扉が蹴倒され、そこから刀を抜いた地回りたちが踏みこんでくるのを見て、衛悟も太刀を抜いた。

梁《はり》や柱、襖《ふすま》など太刀を振りまわすに邪魔なものがある屋内では、脇差《わきざし》を使うのが心得とされていた。しかし、衛悟はあえて太刀を手にした。

涼天覚清流《りょうてんかくしんりゅう》は、まっすぐの一閃《いっせん》を組みあわせてできている。しっかりと周囲を目に入れて、切っ先まで注意すれば、どこで振るっても同じであった。梁に太刀を食いこませるのは油断でしかないと、衛悟は学んでいた。

「死ねええ」

問答無用で先頭の地回りが衛悟目がけて斬りかかってきた。地回りは手にしていた長脇差《ながどす》を真っ向から振ったが、衛悟に一尺（約三〇センチメートル）届かなかった。

真剣での戦いになれていないと、恐怖から手や腕が縮んでしまうことが多い。喧嘩《けんか》で度胸をつけた地回りも、初めての真剣勝負にあがっていた。

「えっ……」

先手をとった地回りが手応えのなさに気づいたとき、衛悟は容赦《ようしゃ》のない一撃を放った。

一天の構えでは天井板に引っかかる。そう読んだ衛悟は、太刀先を青眼よりわずかに高い位置で止め、走った勢いを高さの代わりに使った。

「かああ」

肩の力を抜き、太刀行きを早くするために、涼天覚清流では気合い声を発するのを常としていた。

裂帛《れっぱく》の気合いとともにくりだされた一刀は、呆然《ぼうぜん》となっていた地回りの左首筋から胴へと五寸（約一五センチメートル）食いこんだ。

「げふっ」

肺を割られて地回りが、口から血を吐《は》いて倒れた。

「このやろう」

先頭の仲間がやられたことで、頭に血がのぼった次の地回りが、跳びこんでこようとして、廊下に転がっている仲間の死体に、一瞬躊躇《ちゅうちょ》した。

多人数を相手にしなければならない衛悟は、その逡巡《しゅんじゅん》を見逃さなかった。

鍛錬のため冬でも足袋《たび》を履《は》かない衛悟は、廊下に拡がりつつある血を気にせず、踏みこんだ。

指先を拡げるようにすれば、多少の水気でも足が滑ることはない。またたく間に間合いを詰めた衛悟は、下段に降りていた太刀を跳ねあげた。

「ぎゃっ」

股間から下腹を斬りあげられて、地回りが絶叫した。切れ目から青白い腸を垂らしながら、地回りは逃げたが、数間（約五メートル）ほど走ったところで倒れた。

「さがるな、相手は一人だ包みこめ」

後ろで見ていた房吉が命じた。

言われて三人が前に出た。しかし、あっという間に仲間二人がやられたのを見て、腰が引けていた。

廊下を背にして戦えば、併右衛門たちのもとへ敵を行かせることなく、止められる。衛悟は玄関に出ていく気はなかった。

「用心棒なんだろう。どうだ、五両だそう。黙って出ていってくれないか」

房吉が誘った。衛悟は動じなかった。廊下と玄関の境界で、太刀を構えたまま、衛悟は待った。

二人を倒し、残りは五人になっていた。

ときが経てば、夜襲をかけたほうが不利になる。やっていることが悪いとわかっているだけに、見つかれば終わりだと焦《あせ》るのだ。

「ちっ。手間をかけさせてくれる。おい、二人、後ろへ回れ」

じれた頭領が手下に告げた。衛悟に太刀を向けていた三人のなかから一人と、頭領の脇に控えていた男が、うなずいて玄関を出ていった。

廊下の雨戸を蹴破って衛悟の背後に回ろうというのだ。

残ったのは頭領と、衛悟に太刀を向けている二人だけになった。

衛悟は残った三人の間合いを計った。衛悟に太刀を向けている二人までが二間（約三・六メートル）、玄関先の頭領までが三間（約五・六メートル）あった。

剣術の戦いで必死の間合いは、二間である。互いが一歩踏みだせば、相手に刃が届く。すでに衛悟と二人の地回りは一足一刀の間合いになっていた。

「後ろに回ったぞ」

房吉が衛悟の注意をそらそうと口を開いた。廊下の雨戸がきしみ音をたてた。それは逆効果になった。衛悟を狙っている二人の地回りの意識がほんの少しだけ、そちらに向けられた。

衛悟は、その隙《すき》を待っていた。

「ちぇいやああ」

大声をあげて、衛悟は大きく踏みだした。右足を大きく前に出して腰を落とした。

廊下と違い玄関の天井は高い。衛悟は太刀先をぴんとあげ、真っ向から斬りおとし、さらに、成果を確認することなく、勢いのまま身体《からだ》を回し、下から斬りあげた。

「ぎゃっ」

「げふっ」

衛悟に刃《やいば》を向けていた二人が、続けざまに絶息した。

「ば、馬鹿な。一家でも腕と度胸のある奴ばかりを集めたのだぞ。それがあっという間に四人も……」

房吉が、呆然とした。

「どこの者だ」

血刀を前に突きだして、衛悟が尋問した。最初に襲われたときの経験が生きていた。

「ば、ばけもの。逃げろ」

絶叫して房吉が背を向けた。

そのあまりの声に、衛悟は驚愕《きょうがく》し、一瞬気をのまれた。

脱兎《だっと》のごとく房吉が逃げだした。

「くそっ」

追いかけようと玄関を出た衛悟と雨戸を蹴破ろうと裏に回っていた二人が出会い頭になった。逃げだそうとして、衛悟と鉢合わせしたのだ。

「うおっ」

あわてて一人が長脇差を振った。とっさに身をひねった衛悟だったが、駆けだした勢いが殺せず、ほんの少しかすられた。衛悟の横鬢《よこびん》から血が流れた。

「やったぞ」

切っ先に手応えを感じた地回りが、歓喜した。

「………」

真剣勝負の興奮は、衛悟に痛みを感じさせなかった。

衛悟は、気合いを出すことなく太刀を突いた。

「くへっ」

不思議なものを見るような顔をして、喜んでいた地回りが己の胸に刺さった衛悟の太刀を眺《なが》めた。

「痛い……」

泣きそうな声でつぶやくと、白目を剝《む》いて絶息した。

「こいつがああ」

仲間の身体に太刀を取られたと見て、最後の一人が刀を叩《たた》きつけてきた。

衛悟は太刀を捨てて、身体をひねってかわした。

「逃がすかあ」

続けて長脇差が振られた。身体を回すようにしてこれも避けた衛悟は、脇差の柄に手をかけ、そのままの勢いにのせて、抜き撃った。

交錯していた衛悟と地回りの間合いは一間（約一・八メートル）をきっていた。脇差はぞんぶんに胴体を割った。

「…………」

最後の声もなく、最後の地回りが崩れた。

「しまった」

衛悟は頭領以外の全部を倒したことに気づいて、舌打ちをした。

「また手がかりを失ったか」

しかし、衛悟は後悔をしていなかった。真剣での戦いに、そんな余裕を持ちこむことはできなかった。もし、少しでもみような気を起こしていれば、倒れたのは敵ではなく己だったかもしれないのだ。

衛悟は伏している敵の胸から太刀を抜くと、まず門を閉じた。

門は閂《かんぬき》を叩き折られていたが、かろうじて閉めることができた。旗本でも大名でもそうだが、門が開かれていないかぎり、なかでどのようなことがあろうとも、近隣は手を出さないのが慣例であった。屋敷は武士にとっての城とされていたからである。助けを求めないかぎり、見て見ぬふりをするのが武士の情けとされていた。

併右衛門と瑞紀の安否を確かめるべく、ふたたび玄関へと戻った衛悟の目に、二人の姿が映った。

「我が家に行ってくださったのでは……」

　実家へ避難しているとばかり思っていた併右衛門と瑞紀が、出てきたことに衛悟は驚いた。

「旗本の当主が、家を捨てて己だけ逃げだすわけにはいくまいが。衛悟、おぬしが先日言うたではないか。生涯後悔を背負って生きていくのは嫌じゃと。儂も同じよ。もう逃げるのは止めた。あの御前と会った夜、冥府と戦うおぬしに背中を向けた。助かったと思ったのは確かだ。しかし、血相を変えて出ていく瑞紀を見たとき、吐きそうになった。己の醜さ、卑小さにな。旗本にとって、将軍家への忠義は命にもまして重い。それと同じほど、男として逃げぬこともたいせつなのだ」

「立花どの……」

「父上さま……」

　衛悟と瑞紀が、感嘆の声を漏らした。

「そのような顔をするな。気恥ずかしいわ」

　併右衛門が照れた。そのとき、ふたたび門が破られた。

「なにっ」

　背中を向けていた衛悟は、一瞬対応が遅れた。

襲撃してきたのは、房吉が逃げだしていったのを見ていた米倉家の家臣である。時蔵に率いられた米倉藩士は四人、一人は槍を手にしていた。

「やれっ」

時蔵の合図で、槍が衛悟目がけて突きだされた。

「衛悟さま」

瑞紀が目を覆《おお》った。衛悟の身体を槍が貫いたように見えた。

身体を投げだすようにして衛悟は、槍から身を逃れさせた。そのまま転がって槍使いの足下に近づいた。

「こいつ」

己より低い位置にいる敵を攻撃することは難しい。とくに長い得物は取り回しに融通がきかず、衛悟の動きについていけなかった。

「かっ」

小さく息を吐いて、衛悟は手にしていた太刀で槍の藩士の臑《すね》を割った。

「ぎゃっ」

急所を斬られた槍使いが、大声で悶絶《もんぜつ》した。その場にいた者すべてが、悲痛な声に気を取られた。その隙に衛悟は立ちあがった。

「囲め、まずはこいつを殺せ」

時蔵も抜刀して、衛悟に向かってきた。ここが肝腎《かんじん》なところと時蔵はみずから出向いていた。己の命を危険にさらさねば、事後の権を主張しにくいと、時蔵は命を賭けていた。

衛悟は一天に構え、右へ奔《はし》った。

「えっ」

衛悟に狙われた藩士が、とまどった。

数を頼みにする者は、どうしても必死さに欠けた。他の誰かが何とかしてくれるだろうと、わずかながら依存してしまうのだ。

ほんの一瞬のためらいが、藩士を殺した。間合いに飛びこんだ衛悟が、刀を真っ向から落とした。

「…………」

首筋を撃たれて、藩士は声もなく落ちた。

「西沖《にしおき》。あわせるぞ」

時蔵が朋輩《ほうばい》に告げた。西沖が蒼白な顔色で首肯《しゅこう》した。

「行くぞ」

号令とともに二人が突っこんできた。衛悟は待たなかった。三方のうち欠けた右へと足を運んだ。

「逃げるか」

衛悟の動きに、時蔵が迷った。

二人で息を合わせるというのはそう簡単なことではなかった。間合いが同じならばまだどうにかできるが、衛悟が動いたので、それも狂った。

左手の藩士から衛悟は遠ざかる形になった。

「細かいことを」

そう口にした時蔵目がけて衛悟は突っこんだ。

「たわけが」

余裕で太刀を上段から時蔵が落とした。その刃の下へと衛悟は自ら飛びこんだ。

「なにっ」

驚いた時蔵の太刀は、空を斬った。衛悟は時蔵の膝《ひざ》ほどの高さまで足を大きく開いて体勢を低くしていた。

「しまった」

剣術を長くやった者の癖が時蔵もあった。振りおろした太刀で床を打たないよう、水平になったところで止める習慣が、無意識に出た。衛悟はその刃の下に潜った。

「せいっ」

真横に薙《な》いだ衛悟の太刀が、時蔵の胴に吸いこまれた。

「熱い」

己に白刃が食いこんだことを、時蔵は火傷《やけど》のような痛みで知った。

衛悟が太刀を引き抜いた。

「殿に呼ばれたか」

最後にそうつぶやいて、時蔵は絶息した。

時蔵の身体が邪魔をした西沖は、太刀を振りおろすこともできず、立ち止まっていた。

「ああああああ」

時蔵の腹から血が出るのを見て、ようやく西沖が再動したが、すでに遅かった。衛悟の一刀は、抵抗なく西沖の胸に吸いこまれた。

「すさまじいな」

震える声で併右衛門が、衛悟を褒《ほ》めた。

「……衛悟さま。血が……」

瑞紀の顔色はなかった。衛悟の横鬢の傷に気づいた瑞紀が、玄関から土間へと飛びおりて駆けよった。開いた門の前を横切ろうとした瑞紀に影が伸びた。

「瑞紀どの」

衛悟の目の前で、瑞紀が捕らえられた。

「大人《おとな》しくしろ」

瑞紀を押さえた黒覆面が、衛悟に命じた。黒覆面が瑞紀の首に太刀を模《ぎ》した。

「……おのれ」

衛悟は残心の形をゆっくりと解いた。門から続いて黒覆面が二人入ってきた。

「瑞紀」

飛びだそうとして併右衛門も、目の前に白刃を突きつけられてたたらを踏んだ。

「久しいな、立花」

頭領らしい黒覆面が、口を開いた。

「きさまは」

頭領の声に併右衛門が驚きの声をあげた。

「思いだしたか」

笑いを含んだ声で、頭領がしゃべった。

「あのときに申したはずだ。二度目はないぞと。立花よ、おまえの役目はもう終わった。黙って死んでいくがいい」

「父上」

瑞紀が泣きそうな声を出した。

「路上で奥右筆組頭を殺したとなれば、目付がうるさいが、家のなかなら問題にはならぬ。隠してくれるだろうからの、そちらが」

含み笑いをしながら頭領が言った。

当主の変死は家の存亡にかかわる。正直に届け出て、お調べを受け家に傷をつけるより、死人に口なしで、恨《うら》みごと墓場へ埋めてしまうほうを選ぶのは遺《のこ》された者にとって当然の選択であった。

旗本の家では、当主に異変が起こった場合、病死として届け出るのが決まりごとになっていた。

「心配するな。娘は生かしておいてやる。我らゆかりの者を婿に迎えさせねばならぬからの。奥右筆組頭までのぼった家の跡継ぎだ。役に就くのもたやすかろう」

「なにを抜かすか」

併右衛門が激昂《げきこう》した。

「騒いでいいのか。人が来れば、立花の家が潰れるぞ。そうなれば娘も殺すことになる」

冷酷に頭領が告げた。

「ううぬ」

ぐっと併右衛門が黙った。

「では、成仏するんだな。おい」

頭領が、首をしゃくった。

併右衛門に白刃を突きつけていた黒覆面が、太刀を振りかぶった。

誰もの注目が、併右衛門に集中した。

それを衛悟は待ち続けていた。人が殺される瞬間を目の当たりにするのだ。どうしても気がそちらにそれる。

衛悟はだらりと下げていた太刀を、すくうようにして投げた。併右衛門に刃を向けている黒覆面の腹に、刃が抵抗なく沈んだ。

「えっ」

鋭利な日本刀の傷は、痛みを生まないことがある。黒覆面は、唖然《あぜん》とした。

その声に、瑞紀に太刀を突きつけていた男が反応した。

「しゃがめ」

普段の言葉遣いも捨てて、衛悟が叫んだ。

瑞紀がすぐに反応した。注意をそらされゆるんだ腕のなかから瑞紀が下へと逃げた。衛悟は、脇差を抜きながら駆けた。

「ちっ」

対応したのは、頭領であった。

衛悟と瑞紀の間に割りこむように身を入れてきた。

「逃がすな」

怒鳴《どな》りつけられて、黒覆面が瑞紀の身体に手を伸ばした。ここで瑞紀を捕まえられては、せっかくの好機が失われる。衛悟は、惜しげもなく脇差も投げた。脇差は瑞紀に手を伸ばした黒覆面の首を縫った。

「ぐへっ」

黒覆面がみょうな声を出して潰《つぶ》れた。

「馬鹿が、得物をなくして、儂に勝てるか」

頭領が勝ち誇って剣を振りおとした。

衛悟は、なんとか一撃をかわした。頭領の腕は、無手でさばけるほど甘くはなかった。

「立花どの、太刀を」

衛悟が、叫んだ。

「使え、衛悟」

併右衛門が手にしていた太刀を放り投げた。それを受けとろうと衛悟が、身をひねった。

「馬鹿が、渡させるものか」

太刀を伸ばし、頭領が、衛悟の手が刀へと出されるのを邪魔した。

頭領の動きに無理が生じた。併右衛門の太刀目がけて刀を振ったことで、頭領の身体が伸びきった。

人の身体は、動くためには一度縮まなければならなかった。刹那《せつな》の間、頭領の動きが止まった。すぐさま、衛悟が退いた。一間半（約二・七メートル）だった間合いが、二間（約三・六メートル）に開いた。

「馬鹿は、おまえだ」

衛悟は最初から併右衛門の太刀を手にできるとは考えていなかった。衛悟が伸ばしたのは、腰に残っていた太刀の鞘《さや》であった。

すばやく鞘を腰から外すと、太刀のように一天に構えた。

「なにをしている。鞘ごときで儂を止められるとでも思ったか」

嘲笑《あざわら》いながら、頭領が近づいてきた。

二間の間合いで頭領が、太刀を上段にあげた。

衛悟は微動だにしなかった。太刀の鞘は、柄のぶんだけ短い。衛悟は脇差のつもりで、間合いをはかった。

最初に動いたのは衛悟であった。大きく踏みこみながら、鞘を一天から撃ちおろした。鞘は、頭領に届くことなく空振りした。

「遠いわ」

一瞬足を止めて、衛悟の一撃を見切った頭領が、伸びるようにして上段の太刀をくりだした。

「死ねえええ」

「………………」

冥府の一撃にくらべれば、はるかに遅い。無言で衛悟は、その一刀を見切った。一寸（約三センチメートル）の差で白刃がそれた。

衛悟がさらに一歩踏みだした。衛悟と頭領の顔がほとんど触れあうほどの距離になった。

「なっ」

異常な間合いに、頭領が息を呑んだ。頭領が外された太刀をひるがえすようにして、下段からの一閃《いっせん》を放った。

「おうりゃああ」

衛悟が叫んだ。身体を頭領にぶつける勢いで前に出し、下段に落ちていた鞘を霹靂《へきれき》の勢いで跳ねあげた。

太刀と鞘。重さの違いが疾《はや》さの差となった。衛悟の鞘が、寸瞬はやく頭領の股間を撃った。

「ぎゃっ」

はじきとばされた頭領が、玄関の板戸に背中を打って、うめいた。最初の一撃を見せ太刀と気づかなかったときに、頭領の負けは決まっていた。

「おのれ」

立ちあがった頭領が憤怒《ふんぬ》の声を出した。

「さて、ゆっくりと話を聞かせてもらおうか」

落ちていた刀を衛悟は拾いあげた。誰のものかはわからなかったが、そんなことはどうでもよかった。

「しゃべると思うてか」

言いながら頭領が後ずさりに門へと寄っていった。衛悟も本気で追い詰めてはいなかった。併右衛門と瑞紀が側《そば》にいるのだ。窮鼠《きゅうそ》猫を嚙《か》むは避けるべきであった。この場は逃がすのが最良と衛悟は考えた。

後ろ手に門を開こうとした頭領が、みょうな顔をした。

「ひくっ」

しゃっくりのような声を漏らして、頭領の瞳から力が抜けた。頭領の首から切っ先が生えていた。

三

「新手か」

衛悟は、大股で間合いを詰めると、瑞紀の手を引いて抱えこんだ。

「……衛悟さま」

瑞紀が衛悟の胸のなかで、呆然とした。切っ先が引っこんだ。門に縫いつけられたようになっていた頭領が、ずれるようにして落ちた。

ゆっくりと門が開かれた。

「まったくぶざまなものよな」

現れたのは冥府防人であった。冥府は初見のおりに差していた大太刀を手にしていた。

「長い……」

あらためてその大きさに、衛悟は驚愕《きょうがく》した。刃渡りだけで三尺（約九〇センチメートル）はあった。

「米倉まで踏み台にしたのは、よかったが、このありさまではな」

嘲笑《ちょうしょう》を浮かべながら、冥府が倒れている頭領を見おろした。

「人質を取るなど、卑怯《ひきょう》な手を使う。だから伊賀《いが》は同心なのだ。そのことに気づかぬ卑《いや》しさが、身分を決める。おろか者が」

「伊賀組か、あれは」

併右衛門が納得した顔をした。

冥府が、後ろ手に門を閉じた。

「さて、柊よ。おもしろい技を遣ったではないか」

衛悟の出した霹靂を冥府は見ていた。

「剣の修行などとうに捨てたが、ときどき血が騒いで困る」

冥府が、衛悟に目を向けた。

「やろうぞ、柊」

「いけませぬ、衛悟さま」

胸にすがって瑞紀が、止めた。瑞紀は冥府に殺される寸前であった衛悟の姿が忘れられなかった。

「二度も興を削《そ》ぐな、女。今度は斬る」

冥府が殺気を放った。

「…………」

衛悟もひるむほどの気迫に、瑞紀が声を失った。

「瑞紀どのを、お願いいたす」

腕のなかから瑞紀をはがし、衛悟は併右衛門のほうへ押した。

「衛悟……」

娘を受けとった併右衛門が、悲愴な目をした。

「お手出し無用に願いまする」

手にした太刀を構えながら、衛悟が釘を刺した。

「立花どのと瑞紀どのは、関係のない剣士としての勝負よな」

衛悟は冥府に告げた。

「あほうが。この惨状を目のあたりにし、政《まつりごと》の闇に触れた者をそのままにしておくわけはなかろう。二人を生かしたければ、儂に勝つことだ」

冥府が、衛悟の甘さを指摘した。

「そうか」

それ以上衛悟は続けなかった。剣士としての気迫を貯めることに専念した。

「いらぬまねをするな。さきほどの太刀筋だけで来い」

そう命じながら、冥府は大太刀を鞘に納めた。

左足を這《は》うように前に出す。つれて冥府の腰が沈んでいった。やがて冥府の股は大きく前後に開かれ、腰は半分の高さになった。

「鞘が、地をすっている……」

併右衛門が、異常な構えに驚いた。

衛悟は気にしなかった。周囲の状況を切り捨て、ただ冥府の鯉口《こいぐち》だけを見つめた。

鞘内にあって勝負を決するのが居合いの極意である。しかし、いかに名人といえども鯉口を切らずして太刀は鞘走らせず、抜かずして人を斬ることはできない。
衛悟は太刀を天高く伸ばし、じっと待った。
剣気が満ちた。
緊張で口の渇いた瑞紀が、固唾《かたず》を呑んだ音がきっかけとなった。
「おうりゃあ」
衛悟は冥府の左手が鯉口を切るために、わずかにひねられたのを見逃さなかった。
渾身《こんしん》の力をこめた一閃を、ただ真正面に落とした。
間合いは二間（約三・六メートル）少しあった。一天の太刀には遠い間合いだった
が、衛悟は気にせずに撃った。
甲高《かんだか》い音と火花が散った。
下からすくうように放たれた冥府の大太刀が逆袈裟《ぎやくけさ》に襲い来たのを、衛悟の太刀は
上から迎えた。
「……やるな」
すばやく冥府が太刀を鞘に戻した。
「鬼神流《きじんりゆう》、一の矢を防いだか。よいぞ、柊」
冥府が楽しそうに言った。

「では二の矢はどうだ」

ふたたび、冥府の腰が下がっていった。

衛悟は、最初と構えを変えた。先ほどの一閃は、冥府の一刀を防ぐことが目的だった。居合いは鞘から出ればただの太刀でしかない。鞘のなかに隠れているからこそ、太刀行きの疾さ、長さに幻惑されるのだ。見えてしまえば、対処のしようもあると考えたのだが、あれほどの大太刀に、常識は通用しなかった。

受け止めた重さに押され、二の太刀をくりだすことができなかった。腰を据《す》えたお陰で大太刀を止められたが、間合いを詰めるだけの余力がでなかった。

衛悟は理解した。

「守っては勝てぬ」

ただ一心に振りおろす一天の太刀、その疾さに衛悟は賭けた。

「や、やめて……」

瑞紀が涙でかすれた声を出した。瑞紀の泣き声を聞くのは何年ぶりだろうかと、衛悟はみょうなことを考えた。

頭にのぼっていた血が、すっと引いた。

「ほう」

冥府が衛悟の変化に気づいた。

「剣を学んだ日から、いつかはこの日が来ると覚悟していたであろう。剣士として死んでいくがいい。婿《むこ》養子となって尻に敷かれて一生送るよりは、はるかにましぞ」

しゃべりながら、冥府が腰を折っていった。

「ちゃあああああ」

仕掛けたのは衛悟からであった。

衛悟は、冥府の腰が落ちきる前に動いた。

「……むっ」

応じて、冥府が腰をひねった。白刃が鞘から衛悟の左胴目がけて伸びた。

横薙《よこな》ぎに来た冥府の大太刀を衛悟はわざと腰で受けた。

「なにっ」

冥府が驚いた。冥府の一刀は衛悟の脇差に食いこんでいた。衛悟は脇差に冥府の大太刀が当たるように身体をひねったのだ。

「小癪《こしやく》な」

すぐに冥府が大太刀を引いた。衛悟がついていく。衛悟の太刀は一天の形を保っていた。

「ぬん」

衛悟は気合いを口で押さえて、一天を冥府目がけて落とした。

「なんの」

手もとに繰りこまれていた冥府の大太刀が、一天を防いだ。衛悟は太刀を止めることなく、わずかに跳ねると右袈裟懸けに二閃目を放った。

それも大太刀が止めた。そして、衛悟は三撃目を左袈裟に送った。

「があぁあ」

冥府が叫びながら大太刀を出した。

鈍い音がして、衛悟の太刀が折れた。大太刀の厚みに負けたのだ。

「……くっ」

折れた太刀を衛悟はだらりと下げた。鞘ごと一撃を受けた脇差は曲がっていて使いものにならなかった。

衛悟は、肩の力を落とした。

「いやあああああ」

瑞紀が絶叫した。

「よく遣ったぞ」

冥府が衛悟を褒めた。

「地獄で鬼に自慢するがいい」

そう言って、冥府が大太刀で衛悟を突こうとした。

その冥府の目の前をなにかが飛んだ。大きく冥府が後ろにさがった。

「誰だ」

鋭い声で、冥府が誰何《すいか》した。

閉まっていた門が開き、目を塞《ふさ》ぐほどの明かりが差しだされた。

「明かりの下に闇のおる場所はない。そうそうに立ち去れ」

声の主が明かりのなかに姿を見せた。

黒装束に身を包んだ三人の男が、手に龕灯《がんとう》を持って入ってきた。

「なにものだ」

すばやく冥府が大太刀を鞘に戻し、居合いの構えをとった。

「見忘れたか。先夜、品川で会ったぞ」

三人の中央に立つ黒装束が告げた。

「きさま……お庭番」

思いだした冥府が、歯がみした。現れたのはお庭番《にわばん》であった。

「お庭番だと……」

併右衛門が驚愕の声をあげた。さすがに奥右筆組頭《おくゆうひっくみがしら》である。併右衛門はお庭番の存在を知っていた。

「なぜここに」

冥府も驚きを隠せなかった。

「すべては奥右筆組頭立花併右衛門を軸に動いている。ならば、この屋敷を見張っておけば、いつかはきさまが出てくるだろうと考えた。ひそむことにおいて、お庭番にまさるものはない」

お庭番が告げた。

「立花どの、お庭番とはなんでござるか」

いきなり置いてけぼりをくらった衛悟が質問した。

「上様直々《じきじき》の隠密よ。ただ将軍家の命のみにしたがう。己の命をかえりみることのない剽悍無双《ひょうかんむそう》の者」

併右衛門の声に畏怖《いふ》がこめられていた。

教えられて、衛悟はあらためてお庭番たちを観察した。衛悟のような大きな体軀《たいく》をしているわけではないが、黒装束の上からでも鍛えた身体つきがうかがえた。なにより衛悟が怖れたのは、お庭番からはなんの気配も感じられないことであった。

人というのは生きているだけで気を発している。歓び、怒り、哀しみ、そして殺気もそうだ。冥府防人は、身体が紅く光るほどの殺気を見せているが、それを向けられているお庭番はいっさい反応していなかった。

「将軍の飼い犬が、なぜ出てきた」

「訊かねばわからぬか」

嘲《あざけ》るように村垣源内が返した。

「…………」

冥府が沈黙した。

「去れ。これ以上我らをかかわらせるな。きさまのなしたるは、一族根絶やしにされて当然のことぞ。今はまだ命がおりてはおらぬゆえ、手出しを控えておるが、歯向かうとならば遠慮はせぬ」

村垣源内が冷酷に告げた。

「くっ」

お庭番三人と衛悟を敵に回すことはできないと、冥府はゆっくりと後ずさった。

「このままにはすまさぬ」

最後に衛悟を睨《にら》みつけて、冥府が闇へと消えた。

見送った村垣源内が、併右衛門に身体を向けた。

「奥右筆組頭立花併右衛門どのだな。ご同行願おう」

「どちらへ」

行き先を併右衛門が質問した。

「言えぬ。案ずるな。貴殿もご存じのお方のお呼びだ」

村垣源内は、名前をあかす許可をもらっていないと語った。

「立花どの」

「父上さま」

衛悟と瑞紀が、不安げな声を併右衛門にかけた。

「……承知つかまつった」

しばらく考えていた併右衛門は首肯した。

「では、拙者についてこられよ」

先に立って村垣源内が併右衛門を誘導した。

「拙者も……」

続こうとした衛悟を残っていたお庭番が止めた。

「ご案じあるな。我らが供をいたしまする」

「しかし……」

「よいのだ。衛悟。おまえは瑞紀についてやってくれ」

併右衛門が、娘のことを頼むと言った。

「……承知いたしました」

振り返った衛悟は、まだ呆然としている瑞紀を見て首肯した。

「では」

門を出かかった村垣源内が、足を止めた。側に立っていたお庭番に話しかけた。

「後片付けをせねばなるまい。このままでは、さすがにまずい」

玄関は血まみれであった。

「承って候」

お庭番がうなずいた。

「頼む」

うなずいて村垣源内と併右衛門が門を出た。

「我らが後始末をいたしますゆえ、お二方はなかへ」

お庭番にうながされて、衛悟と瑞紀は屋敷へと入った。

他人の目がなくなった途端、瑞紀がふたたび泣き始めた。声もなくただ幼女のように、すすり泣く。

「瑞紀どの……」

衛悟はどうしてよいのかわからず、ただ瑞紀の頭をなでた。かつて子供のころ、泣き始めた瑞紀をなだめたように、ただひたすら衛悟は続けた。

やがて瑞紀の声が落ちつき始め、あわせるように衛悟の心に残っていた殺気も薄れていった。

四

門を出た併右衛門と村垣源内は、無言で夜の江戸を進んだ。

江戸城の堀沿いに東に進んだ村垣源内は新シ橋《あたらばし》を渡って外桜田に入り、日比谷《ひびや》堀に突きあたるところ、長州《ちょうしゅう》萩藩《はぎ》毛利《もうり》家の上屋敷角を右に曲がった。

「ここだ」

萩藩の屋敷を過ぎたところで、村垣源内が足を止めた。

「ここは、桜田の御用屋敷」

併右衛門は、すぐに気づいた。

御用屋敷とは、大奥女中たちが体調を崩したときの養生場所である。また、亡くなった将軍の側室たちが剃髪《ていはつ》して余生を過ごすところでもあった。

「そういえば、お庭番は御用屋敷に長屋を与えられていた」

お庭番が併右衛門をここに連れてきたわけに思いあたった。

「お待ちぞ」

じっと御用屋敷の門を見あげている併右衛門を、村垣源内が急《せ》かした。

御用屋敷の塀《へい》に沿うようにしてお庭番たちの屋敷があった。村垣源内はそのなかの一軒に併右衛門を案内した。

「なかへ」

村垣源内にうながされて、屋敷にあがった併右衛門は、待っていた人物を見て言葉を失った。

「来たか」

薄明かりの書院で待っていたのは、かつての老中首座松平越中守定信であった。

「まさか……」

「久しいの、立花」

松平定信が、併右衛門に声をかけた。松平定信が老中だったとき、併右衛門は平の奥右筆として何度か顔をあわせていた。

「ご無沙汰をいたしております」

ようやく我を取りもどした併右衛門が低頭した。

「夜分にすまぬな」

松平定信が、併右衛門に詫びた。

「いえ」

頭をさげたまま、併右衛門が首を振った。

「立花よ」

「はい」

併右衛門が、平伏したまま応えた。

「すべてなかったことにしてくれぬか」

いきなり松平定信が言った。

「なかったことにせよと仰せられますか」

返した併右衛門の声には憤《いきどお》りが含まれていた。

「何度も命を狙われ、屋敷まで襲撃されたのだ。怒るのも無理はない。儂が詫びる。

このとおりじゃ。こらえてくれ」

振り向いた松平定信が、頭をさげた。

「越中守さま、なにを」

吉宗の孫という主筋の態度に、併右衛門は唖然《あぜん》とした。

「そこまで越中守さまがなさらなければなりませぬのか、この裏にあるものは」

「うむ。立花もうすうす感じてはおろう」

「はい。田沼山城守どのが刃傷《にんじょう》にかかわりのあることだとは……」

併右衛門が応えた。

「どこまで読んだ」

表情を引き締めて、松平定信が尋《たず》ねた。

「田沼山城守《やましろのかみ》どのは米倉丹後守《たんごのかみ》どの、太田備中守《びっちゅうのかみ》どのらの謀《はかりごと》にはめられた」

結論を併右衛門は最初に言った。

「田沼山城守どのがことに米倉丹後守どのと太田備中守どのが手を貸されていたことは、すぐにわかりました。お二方とも田沼山城守どのが逃げ道を塞ぐのがお役目」

「うむ」

聞いていた松平定信が、大きく首を縦に振った。

「立花。肚《はら》をくれるかの」

「肚をでござりまするか」

言われた併右衛門が確認した。

「そうじゃ。今以上に幕政の秘密にたずさわる覚悟よ。ここで帰るというなら、沈黙と引き替えになるが、役を異動させてやろう。江戸ではつごうが悪いゆえ、遠国《おんごく》の奉行にでもしてやろう」

「遠国奉行」

併右衛門が息を呑んだ。遠国奉行とは、場所によるがおおむね千石高以上の役である。その地方では大名と同じだけの権が与えられ、余得も多い。

首肯しかけた併右衛門の脳裏に、大坂城代副役《そえやく》となって赴任した直後に死んだ田沼意明のことが浮かんだ。

「……ご遠慮いたしましょう」

寛政の改革をおこない、田沼主殿頭意次のおこなった天明の悪政をただし、白河の水の清きに魚住みかねてとまで言われた松平定信であったが、併右衛門はもう信じる気にはなれなかった。

併右衛門はあまりに幕政の闇に触れすぎていた。

「儂はせぬぞ」

気づいた松平定信が、苦笑した。

「いえ。江戸におりたく存じますれば」

きっぱりと併右衛門は断った。

「ならば、覚悟をいたせ。立花、おぬしは、儂を頼るしかないのだ」

松平定信が強い口調で言った。

「……他の御方というわけには参らぬようでございますな」

背後に控える村垣源内の気が膨《ふく》れたのを併右衛門は察知した。断れば、生きて帰ることはできない。いや、併右衛門だけではなかった。後始末と称して残ったお庭番二人は、そのじつ衛悟と瑞紀を人質にとったのだ。

「承知いたしました。この立花併右衛門、松平越中守《えっちゅうのかみ》さまにしたがいましょう」

ゆっくりと併右衛門は頭をさげた。

「重畳《ちょうじょう》じゃ。おぬしには、奥右筆部屋にあがってくる案件のなかから、これと思うものを調査してもらう。もちろん、儂から頼んだときもな」

「……まさか」

「心配するな。お庭番が儂についていることからもわかるように、すべては上様もご存じのこと。決して、おぬしの行動が旗本の道からはずれることはない」

安心しろと松平定信が、併右衛門をなだめた。

「一つおうかがいいたしてよろしいでしょうや。なぜ、田沼山城守意知どのは殿中で刺されなければならなかったのでございましょうか。巷説《こうせつ》のとおり、佐野善左衛門の憤懣《ふんまん》の果てなので」

平伏していた腰を伸ばして、併右衛門が訊いた。

「まず家基さまのお亡くなり方が異常すぎまする。狩りを終えられるまでは、ご機嫌もよく、ご体調にも問題はなかった。それが、狩りを終えられる寸前、立ち寄った寺で茶を飲んだとたんにご気色を損なわれた。お城に戻られて医師によるお手当てのかいもなく、翌日には還らぬ人となられておられまする」

「急なご発病やも知れぬではないか」

「越中守さま」

松平定信の抵抗を、併右衛門はため息をついて受けた。

「奥右筆は典医の記した診療録も見ることができまする」

「そうであったな」

思いだしたかのように、松平定信が首肯した。

「巻き狩りの終わり、寺にてお茶を飲まれた家基さまは、突然の嘔吐《おうと》で中食《ちゅうじき》に召しあがられたものいっさいを戻され、そのあと高熱を発しられました。お帰りの御駕籠《おかご》のなかでは、譫言《たわごと》のように寒いと喉《のど》が渇いたをくりかえされ、ご帰城後すぐに意識喪失、細かい痙攣《けいれん》をおこされた。激しかった脈が弱く、呼吸も糸のように細くなられてお亡くなりになられた」

併右衛門が診療録をそらでしゃべった。

「なにより、お亡くなりになられる前より、ずっと家基さまのご逸物が天を突いておられたよし。これは斑猫《はんみょう》の毒独特のものだとか」

「やれやれ、そこまで知っていたか。奥右筆になんでも書かせるのは、ちと考えものだの」

盛大なため息を松平定信が漏らした。

「家治さまはな、使われてしまったのよ。お庭番をな。ただ一人生き残った我が子を死なせたのが誰かお知りになりたかったのだろう。御用部屋をつうじて伊賀者に命じられればごまかしようもあったのだが、家治さまはお庭番に託された。お庭番は、将軍に絶対の服従を誓った者。調べあげた真実をありのままに報告した」

ちらと松平定信が、村垣源内に目を走らせた。併右衛門も振り返って見たが、村垣のようすに変化はなかった。

「家基さまを殺したのは、甲賀者望月小弥太《もちづきこやた》。そなたも知っておるだろう。今宵《こよい》も会ったはずだ」

「会った……まさか、冥府防人が」

併右衛門が息を呑んだ。将軍世継ぎを殺した男が、堂々と江戸の町を歩いていることに、併右衛門は底知れぬ恐怖を覚えた。

「驚きついでじゃ。望月に家基さまをなき者にせよと命じたのは、ときの老中筆頭田沼主殿頭《とのものかみ》意次」

「そんな……田沼どのは、家治さま第一の寵臣《ちょうしん》ではございませぬか。家治さまのお血筋に将軍が受けつがれれば、あのまま執政の座に……それだけではございますまい。ご嫡男の山城守意知どのも老中として、親子で御用部屋に詰め、並ぶ者なき権力を手にすることもできたでしょうに」

衝撃のあまり併右衛門は、松平定信を怒鳴りつけんばかりの勢いで叫んだ。

「田沼家は、お庭番ぞ」

静かに松平定信が告げた。

「えっ」

意表を突いた言葉に併右衛門が詰まった。

「そして、八代将軍吉宗さまは、第二の神君になりたかった。家康公になりきるためには、その事跡をまねるのがもっとも簡単じゃ。吉宗さまはな、できるだけ家康公の一生に似せようとされた」

「それはわかりまする」

わざと感情を排した松平定信の声を聞いているうちに、併右衛門は落ちつきを取りもどした。

「家康公のご長男はどうなった」

「ご長男信康《のぶやす》さまは、武田家との内通を疑われて切腹。ですが吉宗さまのご長男家重さまはご無事でございますぞ」

問いかけに、併右衛門は答えた。

「二代将軍秀忠公が、三代将軍の座を三男忠長《ただなが》どのに譲ろうとしたとき、家康公はどうされた」

併右衛門の答えを流して、松平定信が質問を重ねた。

「長子が家を継がないのは、世の乱れとなる。そう仰せられて家光さまを三代将軍になされた」

「うむ。長子相続は、それで幕府の祖法となった。さて、ここで吉宗公には矛盾が出る。家康公と同じようにするなら、家重さまを殺さねばならぬ。しかし、戦国の世ではない。家重さまに切腹を命じる理由などない。さらに家康公は、長男の相続こそ天下泰平の大元と決められた。これを崇拝している吉宗公が破れるはずもない。しかたなく吉宗公は家重公に代を譲った」

「……………」

併右衛門は無言で先を待った。

「ところで、併右衛門。秀忠公は、家康公の何番目の公子であったかの」

「長男信康さま、次男秀康さま、そして秀忠さま、三男で。まさか」

指折り数えた併右衛門が、目を見張った。

「ご当代家斉さまのご実家一橋家は、吉宗公の四男宗尹さまが始祖」

「ついでに家康公の次男、秀康さまは、他家である結城《ゆうき》家へ養子に出られたため、徳川の跡継ぎにはなられなかった。儂に似ておらぬかの」

淡々と松平定信が言った。

吉宗の次男を祖とする田安家は、田沼主殿頭の強行で跡継ぎを白河藩に養子として出された。それが松平定信であり、これによって十一代将軍候補の筆頭だった田安家は、脱落を余儀なくされた。

「そんな馬鹿な。そこまでするなど……」

「吉宗公はな、狂気を秘めておられたのだ。紀州家の公子と認められず、誰からも敬われることのない庶子《しょし》の身分。その恨《うら》みを将軍の地位を手に入れることではらそうとされた。そのためには家康公になるしかないと妄執に囚《とら》われたのだ。そして、そのときに将軍にまでのぼりつめた。こうなれば、妄念は信念に変わる。吉宗公は、四代将軍家綱公、五代綱吉公、七代家継公が味わった直系の子孫へ譲れぬ無念さをなんとしてでも避けたいと考え、それも家康公をまねることで解決できると思われたのだ」

松平定信が冷たい表情になった。

「吉宗公は、己の手でなしとげられなかったことを、忠義の家臣に委ねた。そう、全幅の信頼を置ける腹心、和歌山不遇の時代から仕えてくれたお庭番田沼家にな。そのために必要な手を吉宗公はきちっと打たれた。田沼主殿頭を幕政の中心となるようにとの布石をな。あとは、そなたの知っているとおりだ」

聞き終えた併右衛門は、しばらく呆然としていた。

「もっとも信用していた寵臣に裏切られていたことを知った家治公が、復讐《ふくしゅう》を考えられたとしても不思議ではあるまい。同じく子供を奪われる辛《つら》さを田沼主殿頭に味わわせたいとして、米倉丹後守、太田備中守、そして佐野善左衛門を使われた。もっとも佐野善左衛門は道具として選ばれただけだがな。でなくば将軍の御座所《ござしょ》を警衛する新番組の番士が、殿中で刃傷などできるわけがない」

将軍が後ろで画策したのなら、そのくらいはたやすい。

「では、大坂で田沼意明どのが客死したのも」

「うむ。真相に気づいたからだ。せっかく田沼主殿頭が、任を果たした後はお庭番筋からはずしてくれるようにと願っていた親心も無駄になったな」

家治の復讐に気づいた田沼主殿頭は、次の将軍である家斉に家の筋を替えてくれるように頼んだ。実質一万石もない小藩ではあるが、子孫には平穏な生活を残したかったのだ。だがそれは無駄に終わった。父意知の死に家治がかかわっていたと知った意明は、その裏を探ろうとして、一橋治済に飼われていた家臣に殺された。

「わかったか」

松平定信が訊いた。

「あと一つだけ。すべてを御前はご存じなのでございますな」

ここまで来て併右衛門は、御前の正体に気づいた。

「ああ。あのお方は吉宗公の膝のうえで、この策略を聞かされていた。だからこそ、望月小弥太を引き受けられたのだ。いかに、大御所吉宗公の命とはいえ、将軍の嫡男を殺したのだ。生かしておいては差しさわりがあろう。治済どのはな、望月を手にすることで、すべてを知っていると幕閣を脅しているのだ。なにせ、今の老中太田備中守もかかわっているのだからな」

「治済さまを除けられようとはなさらぬので」

これだけの暗闘があったのだ。いまさら一人ぐらい死者が増えたところで、たいした差はないと併右衛門は考えた。

「たわけ者が。上様に親不孝をさせるつもりか」

雷を落とすように松平定信が怒鳴った。

「申しわけございませぬ」

「我らは、上様をお守りするためにある。それはお身体だけではなく、お心もぞ。そのようなこと、二度と口にするな」

「はっ」

併右衛門は、畳《たたみ》に額をすりつけた。

「ところで、立花。あの隣家の次男、柊とか申したな。あの者をどうするつもりじゃ。なんならば我が藩で抱えてもよいぞ」

松平定信が話を変えた。これ以上訊くなとの意思表示であった。そのあたりの機微は、長く役人をしていた併右衛門の得意とするところであった。すぐに話を受けた。

「いえ、衛悟めはわたくしの手足といたしたく存じまする。いままで剣など役にたたぬと思っておりましたが、この度《たび》のことで考えをあらためましてございまする。奥右筆組頭が表立って動けぬとき、あの者を使いましょうほどに」

「なるほどな。だが、褒賞《ほうしょう》はどうする。陰扶持《かげぶち》でも出してくれようか」

ただ働きはすまいと松平定信が言った。

「ご懸念にはおよびませぬ。餌《えさ》はございまする」

「娘と家か」

「はい。なれど格が違いまする。実際に婿にするかどうかは……」

併右衛門が語尾を濁した。

「気に入ったぞ。その考えは、施政者につうじるものがある」

松平定信が、併右衛門を褒めた。

お庭番に追いはらわれた冥府からの報告を聞いた一橋治済は、意外なことに機嫌を損ねなかった。

「そうか。米倉も太田も失敗したか」

「申しわけございませぬ」

深く平伏して、冥府が詫びた。

「気にするな。お庭番が出てくるとは思わなかったからな」

一橋治済は、怒らなかった。

「不思議そうな顔をしておるの。余が怒鳴らぬのが奇妙か」

「…………」

認めるわけにもいかない冥府は沈黙した。

「理由は簡単ぞ。お庭番が出た。これはすべてをすでに上様が知っておられるとのことよ。それでいて、余にはなんの咎めもない。つまりは、上様は余のやったことをお認めなのだ」

一橋治済が語った。

「だがな、冥府。失敗は一度しか許さぬ。望月の家をかつての格に戻したくば、二度と失敗するな」

きびしい声をかけて、一橋治済は席を立った。

「はっ」

冥府が、畳に額をこすりつけた。

「そんなに欲しいかの。五位の身分を。きさまの先祖、甲賀五十三家肝煎《きもいり》が朝廷よりいただいたという土佐守《とさのかみ》の称号が」

冥府の先祖望月はもともと信州の豪族であった。鎌倉幕府に仕え、代々土佐守を名のりとしていたが、戦国の流転で領地を失い、甲賀へと流れてきた。

伊賀忍者とは成立からして違ったのだ。それが、幕府における格の違いとなっていたが、甲賀の与力はまだ不満だった。伊賀忍者と同列にあつかわれ、人でないもののように差別されることに我慢ができなかった。

そこに田沼主殿頭はつけこみ、冥府を使って家基を毒殺したのだ。

「さて、余はもう寝る。次はどうするかの。そうじゃ、もし今上様が亡くなれば、跡継ぎはまだ幼い。敏次郎が元服するまで、余が大樹に……ふはははは」

暗い笑いを浮かべながら、一橋治済が寝所へと消えた。

「……一度落ちた鬼の道。最後まで行くしかあるまい」

決意をつぶやきながらも、冥府の身体は細かく震えていた。

同じころ、深閑たる上野寛永寺の寺内、本堂の北東に位置する円頓院《えんとんいん》本坊の奥、ご門跡御殿の書院で、二人の僧侶が向きあっていた。

「ご苦労だの」

白絹の寝間着を身にまとった高貴そうな僧侶が、最初にねぎらいの声をかけた。

「畏れ入りまする」

平伏したのは、こぎれいな袈裟に着替えた覚蟬であった。

「覚蟬よ。このたびのこと、残念であったな」

「申しわけございませぬ。家基が十七回忌を利用して、ことの真相をあきらかにし、幕府の権威、いや現将軍家の威光を失墜させようといたしましたが、ことは松平越中守によって抑えられましてございまする」

低頭して覚蟬が詫びた。

「いや、覚蟬の策が悪かったのではない。表だって動けぬのだからな。余もそなたも。初手としては十分だと余は思う」

高貴な身形《みなり》の僧侶が覚蟬をなぐさめた。

「時期尚早でございました」

覚蟬が反省を口にした。

「まだ徳川に命脈があるということか」

「はい。内部では相克《そうこく》をくり返しておりまするが、そこをつくだけの力をもった者がおりませぬ」

大きく覚蟬が首を振った。

「外様の大名どもも駄目か」

「残念ながら、金と覇気がございませぬ。それに、徳川は腐ったとはいえ天下の主。まだまだ人にはことかきませぬ」

覚蟬の脳裏には衛悟の姿があった。

「徳川が幕府をたてて二百年、武家が政を専横するようになってからでは、六百年になろうというに、まだ武は威を失わぬか」

宮と呼ばれた僧侶が嘆息した。

「古来、命運のつきなかった覇王はございませぬ。かならずや大権は朝廷に戻る日が参りまする。それもそう遠くはございませぬ。どうぞ、今しばらくのご辛抱を」

慰めるように覚蟬が言った。

「わかった。お血筋を害された主上がお耐えになっておられるのだ。それをおもえば、関東で人質になっていることなどものの数ではない」

「ご叡慮《えいりよ》、感嘆つかまつりまする」

身を震わせて、覚蟬が感激した。

「そなたほどの名僧を地に落として申しわけなく思うが、周囲を徳川の手の者に抑えられている余の耳目は他にないのだ」

「かたじけなきお言葉。覚蟬、身に替えまして、公澄法親王《こうちょうほうしんのう》さまのために働きまする」

覚蟬の前に座っているのは、寛永寺門跡《もんぜき》公澄法親王であった。

「頼むぞ、覚蟬」

公澄法親王が覚蟬に命じた。

解説

縄田一男

今年（平成十九年）は、佐伯泰英の時代小説の著作が百冊を、そして、鳥羽亮が、著作百冊を突破したように、近年、凄まじい勢いで刊行されている文庫書下ろし時代小説が、一つのピークを迎えた年として、長く記憶されることになるに違いない。

その文庫書下ろし時代小説の四天王を選ぶとすれば、前述の佐伯泰英、鳥羽亮に加えて、藤原緋沙子、鈴木英治あたりであろうと思われるが、ここに大変なダークホースがいることを御記憶願いたい。それが、本書『密封——奥右筆秘帳』の著者、上田秀人である。作者の作風を一言でいえば、剣豪小説の魅力と、熾烈極まる権力抗争の凄まじさを、歴史の中のｉｆを用いて、二つながらに活写。文庫書下ろし時代小説を読んでいるにもかかわらず、その読後に感じるのは、大部のハードカヴァー作品を読み終えた充実感なのである。

上田秀人作品が講談社文庫に登場するのは本書がはじめてなので、ここで少々、作者の経歴について触れておきたい。上田秀人は、昭和三十四年、大阪府生まれ。大阪歯科大学を卒業、現在、大阪府下で開業している現役の歯科医である。小説の作歴は、故山村正夫の小説教室に学び、平成九年、泉岳寺《せんがくじ》の赤穂浪士の墓に秘められた、もう一つの忠臣蔵ともいうべき「身代り吉右衛門」で、第二十回小説CLUB新人賞佳作となった。その後、勝海舟と福沢諭吉を軸とした戊辰《ぼしん》の役《えき》異聞「幕臣の誉」、千利休切腹事件に独自の解釈を与えた「点前の軍師」等を「小説CLUB」に発表。しかしながら、同誌が廃刊となったため、しばしの文学的逼塞《ひっそく》を強いられることになる。

が、見るべき者は見ていた、というべきであろう。平成十三年に長篇第一作『竜門の衛』を徳間文庫から書下ろし刊行。圧倒的好評を得ることになる。作品はまず、八代将軍吉宗《よしむね》の治下、大岡越前《おおおかえちぜん》配下の同心・三田村元八郎《みたむらげんぱちろう》を主人公に、吉宗の御落胤《ごらくいん》騒動として有名な〈天一坊事件〉を題材としながら、物語を既にこの一件が終わったところからスタートさせ、これを新たな騒動の遠因とする、新人離れした小説作法の妙を見せる。更《さら》に物語の背後に、徳川《とくがわ》吉宗と尾張宗春《おわりむねはる》との確執や朝廷の動向をも見据《みす》えたスケールの大きさは、史実をおさえつつも、そのまま、この作者の天衣無縫、活殺自在の筆さばきを示しており、実に小気味良い出来栄えであった。

このシリーズは、その後、『孤狼剣』『無影剣』『波濤剣』『風雅剣』と続き、平成十七年刊行の『蜻蛉剣《かげろう》』で完結を見るが、加速度を増したストーリーは、東に三田村元八郎あらば、西に快男児・伏見宮貞建《ふしみのみやさだたか》親王ありと、好漢たちを紙幅におどらせ、天下の大事を未然に防ぐべく、奔走させていくことになる。

そして、この連作長篇を貫くテーマは、前述の如く、徳川期の二重支配——すなわち、幕府と朝廷間の微妙な力関係を崩そうとする、いわば天下の動向にかかわる権力の争奪に他ならない。二作目で三田村元八郎は、将軍家重警固《いえしげけいご》という新たな任務が加わり、作品は、尾張宗春が、復讐に燃えて、尾張柳生《やぎゅう》の剣鬼、柳生主膳《しゅぜん》を放つ一方、水戸家の動向も絡み、御三家の暗闘の様相すら見せはじめる。その中で吉宗は、元八郎などは、所詮《しょせん》、自分の思い通りに動く手駒の一つとしか思っていない冷酷非情な人物——このあたりの設定は、本書を読了された方は、思わず、ニヤリとするに違いない。だが、そうはいかない。こうした苦境の中で元八郎が守り抜こうとするのは、吉宗の立場でも宗春のそれでもなく、禁中の願いに象徴される天下の泰平に他ならないのだから。

　この後、元八郎は吹上お庭者支配となるが、作者は、彼にこうもいわせている――「民はそこまで愚昧ではない。天皇家、鎌倉幕府、足利氏、豊臣家、そして徳川家と天下の主は変遷しても、庶民の暮らしに変わりはない」「民の生活が第一です」と。これは主人公のそして作者の、権力の簒奪《さんだつ》に血道をあげる亡者どもに対する反骨と矜《きよう》持《じ》に他ならないであろう。

　上田秀人は、このシリーズの圧倒的好評により、時代小説ファンの注目の的となるが、作品を通して〈徳川裏面史〉を見るようなスケールは、時として既に大家の風格さえ見せ、作品数こそまだ二十冊に満たないが、内容的には前述の文庫書下ろし四天王に肉薄せんばかりの充実ぶりを見せている。

　そして作者は、三田村元八郎シリーズと平行して、徳間文庫から織江緋之介《おりえひのすけ》シリーズをスタートさせている。こちらは、平成十六年に刊行した『織江緋之介見参　悲恋の太刀』を皮切りに現在まで、『不忘《わすれじ》の太刀』『孤影の太刀』『散華の太刀』『果断の太刀』の五作が刊行され、今後も続刊が予定されている。未読の方のため、詳述は避けるが、この連作、吉原を舞台としつつも、隆慶一郎の『吉原御免状』とは別種の魅力を盛ることに成功した剣豪小説で、ストーリーは、豊臣秀吉《とよとみひでよし》の朝鮮出兵にまでさかのぼり、柳生一門以下、小野次郎右衛門《おのじろうえもん》、若き日の水戸光圀《みとみつくに》、松平伊豆守《まつだいらいずのかみ》ら、虚実さまざまな作中人物が紙幅に躍動する快作であった。

そして、更に作者は、前述の『悲恋の太刀』をものした平成十六年、光文社文庫から『幻影の天守閣』を刊行。これが現在までに刊行された作者唯一のノン・シリーズ作品である。この長篇で、無住心剣術《むじゅうしんけんじゅつ》の使い手である主人公、工藤小賢太《くどうこげんた》がつとめる役職は、明暦《めいれき》の大火で番をすべき天守閣が消失したにもかかわらず、役目だけは残った〈お天守番〉。作品は、五代将軍継嗣をめぐる暗闘が描かれ、存在しない天守閣は、権力とは、所詮《しょせん》、砂上の楼閣にも等しき、ありもしない幻影の如《ごと》きもの、という隠喩《いんゆ》となっているのである。

この作品を経て、上田秀人が光文社文庫でスタートさせたシリーズが、『破斬』（平成十七年）を第一弾とする〈勘定吟味役異聞〉である。シリーズ名となっている勘定吟味役とは、勘定奉行以下、勘定所関係の職務勝手方全般の監察役で、天和《てんな》二年に初置、享保《きょうほう》六年に公事方《くじがた》、勝手方に分離しているが、この物語は、前述の如く、この役職が五代将軍綱吉《つなよし》が幕府の逼迫《ひっぱく》した財政に頭を痛めて創設しつつも、元禄《げんろく》十二年、勘定吟味役から勘定奉行へ抜擢《ばってき》された荻原重秀《おぎわらしげひで》が廃止、それが六代将軍家宣《いえのぶ》の代になって復活するところからはじめられている。ストーリーの根幹にあるのは、家宣の治下、正徳《しょうとく》の治《ち》を推し進めようとする新井《あらい》白石《はくせき》と、あくまでも権力の座に君臨しようとする荻原重秀との間に展開される水面下の対決。そして白石が敵陣に打ち込んだ唯一の楔《くさび》が、復活したばかりの勘定吟味役についた、一放流《いっぽうりゅう》の使い手・水城《みずき》聡四郎《そうしろう》である。聡四郎が次第に幕府の経済事情、ひいては、荻原重秀の壟断《ろうだん》に近づいていく過程は、私たち読者が江戸の経済のしくみを理解していくそれと重なっているのである。

　このシリーズは、現在までに、『破斬』以下、『熾火《おきび》』『秋霜《しゅうそう》の撃』『相剋《そうこく》の渦』『地の業火《ごうか》』と五冊が刊行されているが、テーマは正に今日に通じる〈政治と金〉。作者は最新刊『地の業火』のあとがきで、「過去何度も政治体制は大きく変遷してきましたが、その影響を受ける庶民は変わっていません。明日を信じ、今日を生きるしかありません。／いつの世もつらい思いをするのは、庶民なのです」と、大いに反骨の気を吐《は》いている。その志や、良し――。

　その上田秀人が、遂《つい》に講談社文庫で、新シリーズの書下ろしに着手した。それが本書『密封――奥右筆秘帳』である。

　これまでにも作者は、既に記したように、〝お天守番〟や〝勘定吟味役〟といった特殊な役職を通して権力抗争の闇をあぶり出して来たが、今回、その役目を担わされたのが、奥右筆――作中にもあるように、奥右筆は、徳川家の公式文書一切を取りしきり、将軍の公式日程をはじめとして、役人の任罷免《にんひめん》記録、大名家の婚姻《こんいん》から断絶転封等、すべての文書を作成、管理していた。ために身分はさして高くなくとも、実際の権限は、若年寄さえ立ち入ることの出来なかった老中部屋へもお出入り自由。いわば、徳川の歴史すべての管理人といっても過言ではない。

作者は、そうした奥右筆の扱った文書には、決して表に出すことの出来ないものが、多々あったはずである、と推測。物語は、老練な奥右筆組頭《くみがしら》・立花併右衛門《たちばなへいえもん》が、たまたま、署名を入れた一枚の書付にひそむ、権力抗争の闇に呑《の》み込まれ、涼天覚《りようてんかく》清流《しんりゆう》の使い手である隣家の次男坊・柊《ひいらぎ》衛悟《えいご》とともに、死力を尽くして闘いを演じてゆくさまが興趣あふれる展開で描かれていく。

本書も、剣豪小説と政治小説という二つの要素から成り立っているのは、これまでの上田秀人作品と同様だが、二人の主人公を呑み込んでいく闇の何と底知れぬことか――。当初、事件は、田沼意次《たぬまおきつぐ》の権勢の落日のきっかけとなった、天明《てんめい》四年に江戸城中で起こった、佐野善左衛門《さのぜんざえもん》による、意次の嫡男・意知《おきとも》への刃傷《にんじよう》の謎のみかと思われていたが、ことは十代将軍家治《いえはる》の世継ぎである家基《いえもと》の怪死、更《さら》に、家基の墓は何故、八代吉宗《よしむね》と五代綱吉の墓の前に立ちふさがるように置かれているのか、という謎を境にして、その背後にある、八代吉宗の神君家康《いえやす》へ傾倒するあまり行って来た数々の秘事にまで及び、併右衛門らの心胆を寒からしめることになる。

未読の方のためにこれ以上は書けないが、作者の設定した〈政治の闇〉は、例えていえば、五味康祐の『柳生武芸帳』なみである、とだけ記しておこう。この他にも、併右衛門の戦いの動機が、天下の動向をめぐる謎を相手にしながら「あと五年、この地位にあれば、孫の代まで安泰だからの」と、極めて人間臭《くさ》いものであったり、刺客・冥府防人《めいふさきもり》を操る御前《ごぜん》とは誰か、という推理小説的興味、更《さら》には逆説の名君として登場する将軍家斉や、衛悟と併右衛門の娘・瑞紀《みずき》との恋の行方は、というように趣向も盛りだくさん。

が、それだけではない。いったん抗争に終止符が打たれ、奥右筆に新たな使命が与えられたと思いきや、事態は更に二転三転――。驚愕のラストが待っている。これで続きを読まずにおられようか。早くも二巻目が待ち遠しい、上田秀人、新シリーズの登場を祝ってこの解説の筆を置くことにしたい。

本書は文庫書下ろし作品です

|著者|上田秀人　1959年大阪府生まれ。大阪歯科大学卒。'97年小説CLUB新人賞佳作。歴史知識に裏打ちされた骨太の作風で注目を集める。講談社文庫の「奥右筆秘帳」シリーズは、「この時代小説がすごい!」(宝島社刊)で、2009年版、2014年版と二度にわたり文庫シリーズ第一位に輝き、第3回歴史時代作家クラブ賞シリーズ賞も受賞。「百万石の留守居役」は初めて外様の藩を舞台にした新シリーズ。このほか「禁裏付雅帳」(徳間文庫)、「聡四郎巡検譚」(光文社文庫)、「闕所物奉行裏帳合」(中公文庫)、「表御番医師診療禄」(角川文庫)、「町奉行内与力奮闘記」(幻冬舎時代小説文庫)、「日雇い浪人生活録」(ハルキ文庫)などのシリーズがある。歴史小説にも取り組み、『孤闘　立花宗茂』(中公文庫)で第16回中山義秀文学賞を受賞、『竜は動かず　奥羽越列藩同盟顛末』(講談社文庫)も話題に。総部数は1000万部を突破。
上田秀人公式HP「如流水の庵」 http://www.ueda-hideto.jp/

密封《みつぷう》　奥右筆秘帳《おくゆうひつひちょう》

上田秀人《うえだひでと》

2007年9月14日第1刷発行
2021年9月2日第31刷発行

講談社文庫
定価はカバーに
表示してあります

KODANSHA

発行者——鈴木章一
発行所——株式会社　講談社
東京都文京区音羽2-12-21　〒112-8001
電話　出版　(03) 5395-3510
　　　販売　(03) 5395-5817
　　　業務　(03) 5395-3615

Printed in Japan

デザイン—菊地信義
本文データ制作—講談社デジタル製作
印刷———豊国印刷株式会社
製本———株式会社国宝社

ISBN978-4-06-275844-4

講談社文庫刊行の辞

二十一世紀の到来を目睫に望みながら、われわれはいま、人類史上かつて例を見ない巨大な転換期をむかえようとしている。

世界も、日本も、激動の予兆に対する期待とおののきを内に蔵して、未知の時代に歩み入ろうとしている。このときにあたり、創業の人野間清治の「ナショナル・エデュケイター」への志を現代に甦らせようと意図して、われわれはここに古今の文芸作品はいうまでもなく、ひろく人文・社会・自然の諸科学から東西の名著を網羅する、新しい綜合文庫の発刊を決意した。

激動の転換期はまた断絶の時代である。われわれは戦後二十五年間の出版文化のありかたへの深い反省をこめて、この断絶の時代にあえて人間的な持続を求めようとする。いたずらに浮薄な商業主義のあだ花を追い求めることなく、長期にわたって良書に生命をあたえようとつとめるところにしか、今後の出版文化の真の繁栄はあり得ないと信じるからである。

同時にわれわれはこの綜合文庫の刊行を通じて、人文・社会・自然の諸科学が、結局人間の学にほかならないことを立証しようと願っている。かつて知識とは、「汝自身を知る」ことにつきていた。現代社会の瑣末な情報の氾濫のなかから、力強い知識の源泉を掘り起し、技術文明のただなかに、生きた人間の姿を復活させること。それこそわれわれの切なる希求である。

われわれは権威に盲従せず、俗流に媚びることなく、渾然一体となって日本の「草の根」をかたちづくる若く新しい世代の人々に、心をこめてこの新しい綜合文庫をおくり届けたい。それは知識の泉であるとともに感受性のふるさとであり、もっとも有機的に組織され、社会に開かれた万人のための大学をめざしている。大方の支援と協力を衷心より切望してやまない。

一九七一年七月

野間省一

上田秀人公式ホームページ「如流水の庵」
http://www.ueda-hideto.jp/

講談社文庫「百万石の留守居役」ホームページ
http://kodanshabunko.com/hyakumangoku/

講談社文庫「奥右筆秘帳」ホームページ
http://kodanshabunko.com/okuyuhitsu/

〈既刊紹介〉

上田秀人作品◆講談社

百万石の留《る》守《す》居《い》役《やく》 シリーズ

老練さが何より要求される藩の外交官に、若き数馬が挑む！

第一巻『波乱』２０１３年11月 講談社文庫

外様第一の加賀《かが》藩。旗本から加賀藩士となった祖父をもつ瀬能数馬《せのうかずま》は、城下で襲われた重臣前田直作《まえだなおなり》を救い、五万石の筆頭家老本多政長《ほんだまさなが》の娘、琴《こと》に気に入られ、その運命が動きだす。江戸で数馬を待ち受けていたのは、留《る》守《す》居《い》役《やく》という新たな役目。藩の命運が双肩にかかる交渉役には人脈と経験が肝心。剣の腕以外、何もない若者に、きびしい試練は続く！

上田秀人作品◆講談社

第一巻
『波乱』
2013年11月
講談社文庫

第二巻
『思惑』
2013年12月
講談社文庫

第三巻
『新参』
2014年6月
講談社文庫

第四巻
『遺臣』
2014年12月
講談社文庫

第五巻
『密約』
2015年6月
講談社文庫

第六巻
『使者』
2015年12月
講談社文庫

第七巻
『貸借』
2016年6月
講談社文庫

第八巻
『参勤』
2016年12月
講談社文庫

第九巻
『因果』
2017年6月
講談社文庫

第十巻
『忖度』
2017年12月
講談社文庫

第十一巻
『騒動』
2018年6月
講談社文庫

第十二巻
『分断』
2018年12月
講談社文庫

第十三巻
『舌戦』
2019年6月
講談社文庫

第十四巻
『愚劣』
2019年12月
講談社文庫

第十五巻
『布石』
2020年6月
講談社文庫

第十六巻
『乱麻』
2020年12月
講談社文庫

第十七巻
『要訣』
2021年6月
講談社文庫

〈全十七巻完結〉

上田秀人作品◆講談社

奥《おく》右《ゆう》筆《ひっ》秘帳 シリーズ

「筆」の力と「剣」の力で、幕政の闇に立ち向かう圧倒的人気シリーズ！

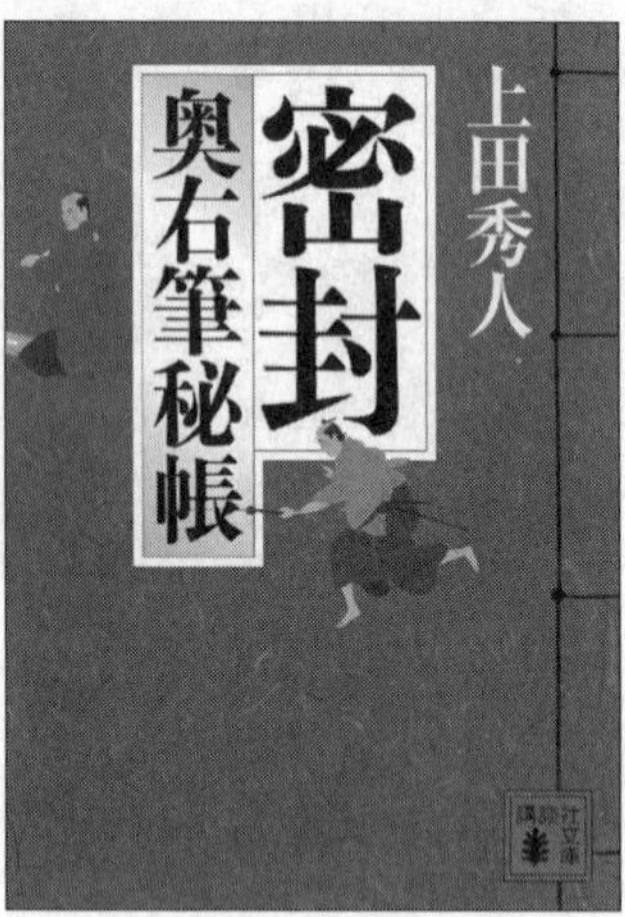

第一巻『密封』2007年9月　講談社文庫

江戸城の書類作成にかかわる奥右筆組頭《おくゆうひつくみがしら》の立花《たちばな》併右衛門《へいえもん》は、幕政の闇にふれる。帰路、命を狙われた併右衛門は隣家の次男、柊衛悟《ひいらぎえいご》を護衛役に雇う。松平定信《まつだいらさだのぶ》、将軍家斉《いえなり》の父・一橋治済《ひとつばしはるさだ》の権をめぐる争い、甲賀《こうが》、伊賀《いが》、お庭番の暗闘に、併右衛門と衛悟は巻き込まれていく。「この時代小説がすごい！」（宝島社刊）でも二度にわたり第一位を獲得したシリーズ！

梟《ふくろう》の系譜 宇喜多四代

戦国の世を生き残れ！
梟雄と呼ばれた宇喜多秀家の真実。

織田、毛利、尼子《あまこ》と強大な敵に囲まれた備前に生まれ、勇猛で鳴らした祖父能家《よしいえ》を裏切りで失い、父と放浪の身となった直家《なおいえ》は、宇喜多《うきた》の名声を取り戻せるか？

『梟の系譜』2012年11月　講談社単行本
2015年11月　講談社文庫

軍師の挑戦 上田秀人初期作品集

斬新な試みに注目せよ。
上田作品のルーツがここに！

デビュー作「身代わり吉右衛門」（「逃げた浪士」に改題）をふくむ、戦国から幕末まで、歴史の謎に果敢に挑んだ八作。上田作品の源泉をたどる胸躍る作品群！

『軍師の挑戦』2012年4月　講談社文庫

浦賀和宏　眠りの牢獄
浦賀和宏　時の鳥籠（上）（下）
浦賀和宏　頭蓋骨の中の楽園（上）（下）
上野哲也　五五五文字の巡礼〈魏志倭人伝トーク　地理篇〉
魚住　昭　渡邉恒雄　メディアと権力
魚住　昭　野中広務　差別と権力
魚住直子　非・バランス
魚住直子　未・フレンズ
魚住直子　ピンクの神様
上田秀人　密封〈奥右筆秘帳〉
上田秀人　国禁〈奥右筆秘帳〉
上田秀人　侵蝕〈奥右筆秘帳〉
上田秀人　継承〈奥右筆秘帳〉
上田秀人　簒《さん》奪《だつ》〈奥右筆秘帳〉
上田秀人　秘闘〈奥右筆秘帳〉
上田秀人　隠密〈奥右筆秘帳〉
上田秀人　刃傷〈奥右筆秘帳〉
上田秀人　召《めし》抱《かかえ》〈奥右筆秘帳〉
上田秀人　墨《ぼっ》痕《こん》〈奥右筆秘帳〉
上田秀人　天下〈奥右筆秘帳〉
上田秀人　決戦〈奥右筆秘帳〉
上田秀人　前夜〈奥右筆外伝〉
上田秀人　軍師の挑戦〈上田秀人初期作品集〉
上田秀人　天主信長〈表〉〈我こそ天下なり〉
上田秀人　天主信長〈裏〉〈天を望むなかれ〉
上田秀人　波乱〈百万石の留守居役（一）〉
上田秀人　思惑〈百万石の留守居役（二）〉
上田秀人　新参〈百万石の留守居役（三）〉
上田秀人　遺臣〈百万石の留守居役（四）〉
上田秀人　密約〈百万石の留守居役（五）〉
上田秀人　使者〈百万石の留守居役（六）〉
上田秀人　貸借〈百万石の留守居役（七）〉
上田秀人　参勤〈百万石の留守居役（八）〉
上田秀人　因果〈百万石の留守居役（九）〉
上田秀人　忖《そん》度《たく》〈百万石の留守居役（十）〉
上田秀人　騒動〈百万石の留守居役（十一）〉
上田秀人　分断〈百万石の留守居役（十二）〉
上田秀人　舌戦〈百万石の留守居役（十三）〉
上田秀人　愚劣〈百万石の留守居役（十四）〉
上田秀人　布石〈百万石の留守居役（十五）〉
上田秀人　乱麻〈百万石の留守居役（十六）〉
上田秀人　要《よう》訣《けつ》〈百万石の留守居役（十七）〉
上田秀人　梟《ふくろう》の系譜〈宇喜多四代〉
上田秀人　竜は動かず　奥羽越列藩同盟顛末〈（上）万里波濤編　（下）帰郷奔走編〉
内田　樹　下流志向〈学ばない子どもたち　働かない若者たち〉
内田　樹・釈　徹宗　現代霊性論
上橋菜穂子　獣の奏者〈Ⅰ闘蛇編〉
上橋菜穂子　獣の奏者〈Ⅱ王獣編〉
上橋菜穂子　獣の奏者〈Ⅲ探求編〉
上橋菜穂子　獣の奏者〈Ⅳ完結編〉
上橋菜穂子　獣の奏者〈外伝　刹那〉
上橋菜穂子　物語ること、生きること
上橋菜穂子　明日は、いずこの空の下
海猫沢めろん　愛についての感じ
海猫沢めろん　キッズファイヤー・ドットコム
冲方　丁　戦の国
上田岳弘　ニムロッド

大沢在昌　不思議の国のアルバイト探偵《アイ》
大沢在昌　拷問遊園地　アルバイト探偵《アイ》
大沢在昌　帰ってきたアルバイト探偵《アイ》
大沢在昌　雪　蛍
大沢在昌　ザ・ジョーカー
大沢在昌　亡命者〈ザ・ジョーカー〉
大沢在昌　夢の島
大沢在昌　新装版 氷の森
大沢在昌　暗黒旅人
大沢在昌　新装版 走らなあかん、夜明けまで
大沢在昌　新装版 涙はふくな、凍るまで
大沢在昌　語りつづけろ、届くまで
大沢在昌　罪深き海辺(上)(下)
大沢在昌　やぶへび
大沢在昌　海と月の迷路(上)(下)
大沢在昌　鏡の顔〈傑作ハードボイルド小説集〉
大沢在昌　覆面作家
大沢在昌／藤田宜永／堂場瞬一／井上夢人／今野敏／月村了衛／東山彰良　激動 東京五輪1964
逢坂　剛　十字路に立つ女

逢坂　剛　重《じゅう》蔵《ぞう》始《し》末《まつ》
逢坂　剛　じぶくり伝兵衛〈重蔵始末㈡〉
逢坂　剛　猿曳遁兵衛〈重蔵始末㈢〉
逢坂　剛　嫁盗み〈重蔵始末㈣長崎篇〉
逢坂　剛　陰の声〈重蔵始末㈤長崎篇〉
逢坂　剛　北門の狼〈重蔵始末㈥蝦夷篇〉
逢坂　剛　逆《げき》浪《ろう》果つるところ〈重蔵始末㈦蝦夷篇〉
逢坂　剛　奔流恐るるにたらず〈重蔵始末㈧完結篇〉
逢坂　剛　新装版 カディスの赤い星(上)(下)
逢坂　剛　さらばスペインの日日(上)(下)
オノ・ヨーコ　飯村隆彦編　ただの私《あたし》
オノ・ヨーコ　南風椎訳　グレープフルーツ・ジュース
折原　一　倒錯の死角〈201号室の女〉
折原　一　倒錯の帰結
折原　一　倒錯のロンド〈完成版〉
小川洋子　ブラフマンの埋葬
小川洋子　最果てアーケード
小川洋子　琥珀のまたたき
小川洋子　密やかな結晶〈新装版〉

乙川優三郎　霧の橋
乙川優三郎　喜知次
乙川優三郎　蔓の端々
乙川優三郎　夜の小紋
恩田　陸　三月は深き紅の淵を
恩田　陸　麦の海に沈む果実
恩田　陸　黒と茶の幻想(上)(下)
恩田　陸　黄昏の百合の骨
恩田　陸　『恐怖の報酬』日記〈酩酊混乱紀行〉
恩田　陸　きのうの世界(上)(下)
恩田　陸　七月に流れる花／八月は冷たい城
奥田英朗　新装版 ウランバーナの森
奥田英朗　最悪
奥田英朗　マドンナ
奥田英朗　ガール
奥田英朗　サウスバウンド
奥田英朗　オリンピックの身代金(上)(下)
奥田英朗　ヴァラエティ
奥田英朗　邪魔(上)(下)〈新装版〉

講談社文庫　目録

2021年6月15日現在